INFLUENCE DES SELS MINÉRAUX

SUR LA FORME ET LA STRUCTURE

DES VÉGÉTAUX

PAR

Ch. DASSONVILLE

VÉTÉRINAIRE MILITAIRE,
DOCTEUR ÈS SCIENCES NATURELLES.

LILLE
LE BIGOT FRÈRES, IMPRIMEURS-ÉDITEURS
68, rue Nationale, et 25, rue Nicolas-Leblanc.

—

1898

INFLUENCE DES SELS MINÉRAUX

SUR LA FORME ET LA STRUCTURE DES VÉGÉTAUX

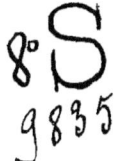

INFLUENCE DES SELS MINÉRAUX

SUR LA FORME ET LA STRUCTURE

DES VÉGÉTAUX

PAR

CH. DASSONVILLE

VÉTÉRINAIRE MILITAIRE,
DOCTEUR ÈS SCIENCES NATURELLES.

LILLE

LE BIGOT FRÈRES, IMPRIMEURS-ÉDITEURS

68, rue Nationale, et 25, rue Nicolas-Leblanc.

—

1898

LILLE, IMPRIMERIE LE BIGOT FRÈRES

A Monsieur Gaston BONNIER

Membre de l'Institut

Professeur à la Sorbonne

———

A Monsieur L. DUFOUR

Directeur-adjoint du Laboratoire de Biologie végétale de Fontainebleau

A Monsieur le Colonel DEBATISSE

Commandant le 12e Régiment d'artillerie

———

A Monsieur le Colonel LAMBERT

et

A Messieurs les Officiers

du 12e Régiment d'artillerie

A MON PÈRE

———

A MA MÈRE

INFLUENCE DES SELS MINÉRAUX

SUR LA FORME ET LA STRUCTURE DES VÉGÉTAUX

par Ch. DASSONVILLE

INTRODUCTION

On a déjà fait de nombreuses recherches relativement à l'influence de la nature du terrain sur le développement des végétaux. L'Agriculture a tiré de grands profits des études faites sur les engrais de toute nature.

Les procédés d'investigation ont été, jusqu'ici, presque exclusivement du domaine de la chimie.

On peut se demander si les ressources dont la micrographie dispose ne seraient pas aptes à compléter ces données, à les contrôler, et, dans tous les cas, à mettre au jour de nouveaux documents utiles.

Les différences que l'on observe dans la végétation suivant la nature du terrain, suivant que les champs de culture ont reçu des engrais spéciaux, portent à penser que l'aliment doit agir sur la structure au même titre que la lumière, la chaleur, etc.... C'est d'ailleurs ce qui ressort des recherches de M. Lesage sur l'influence du chlorure de sodium, et, on conçoit l'intérêt des recherches anatomiques quand on examine la série des faits recueillis sur l'action des milieux extérieurs par MM. Gaston Bonnier, Costantin, Dufour, Gain, Landel, Lothelier, Russell, etc.

On pressent, en outre, que si les sels ont une action sur la structure, on doit arriver à gouverner en quelque sorte cette dernière, puisque l'on peut aisément faire varier la nature ou la dose des sels que l'on emploie.

Les conclusions auxquelles doit conduire cette étude sont du plus haut intérêt pour la pratique agricole.

Si l'on connaissait exactement la marche que suit le développement des tissus, des organes et des appareils, sous l'influence des causes de variations les plus différentes, on pourrait chercher à obtenir les structures qui seraient démontrées être les plus avantageuses pour la pratique.

Si, par exemple, une grande plante herbacée a besoin d'un abondant tissu de soutien et qu'il soit prouvé qu'un certain sel s'oppose à la formation de ce tissu, il faudra éviter de cultiver cette plante avec un engrais renfermant ce sel.

Il importe donc de rechercher les lois générales qui régissent l'action des sels sur la structure, de laquelle dépend l'édification plus ou moins complète du végétal.

Il va de soi que de telles recherches sont en quelque sorte sans limite, et, je ne me dissimule pas que je n'ai fait que les aborder.

I. — HISTORIQUE

L'assimilation des substances minérales par les végétaux est restée longtemps ignorée.

Vers 1550, Bernard Palissy avait affirmé l'importance des sels dans la végétation et la nécessité de restituer au sol ceux qui lui sont enlevés par les récoltes. Mais, ces idées sont demeurées longtemps dans l'oubli.

Il faut arriver au milieu de notre siècle pour retrouver des informations précises à ce sujet.

Nous avons fait voir ailleurs (1) que le rôle exclusif attribué aux substances minérales par Brongniart, puis par Liebig, n'est pas suffisamment démontré. Mais la théorie émise par ces deux savants fut le point de départ d'un grand nombre de recherches dont nous aurons à examiner les conséquences.

On savait depuis longtemps que les végétaux absorbent les substances salines : Bergmann, Kirwan, Hassenfratz avaient montré l'erreur commise par Tull, Van-Helmont, Tillet, Bonnet, Duhamel, lorsque ces derniers avaient affirmé que les plantes ne puisent dans le sol que de l'eau.

Giobert et Hassenfratz avaient vu que les milieux dépourvus de substances solubles sont impropres à la végétation.

De Saussure (2) avait démontré l'absorption des sels. Il avait établi que la quantité de sel introduit dans les végétaux varie avec la nature de ce sel, sans rapport avec l'utilité de celui-ci ; et que,

(1) Ch. Dassonville : « *Les aliments de la Plante* » (Echo des Associations vétérinaires de France, 1897).

(2) De Saussure : *Recherches chimiques sur la végétation*, p. 241-249.

dans les solutions complexes, les plantes dont les racines sont intactes puisent les substances dissoutes en raison inverse de la « viscosité respective » de ces substances.

Après avoir si bien étudié l'absorption des sels, de Saussure a négligé d'étudier leur assimilation. Son attention, détournée par le rôle des matières ulmiques du terreau, l'avait poussé à soutenir l'assimilation de l'humus, opinion qui prévalut jusqu'à l'apparition du « Cours de chimie appliquée à l'Agriculture » que publia Liebig en 1840.

Liebig écrivait à la première page de son livre : « *C'est la nature inorganique exclusivement qui offre aux végétaux leurs premières sources d'alimentation* ».

Soutenue avec ardeur par Boussingault, cette affirmation prévalut. Mais elle n'était encore qu'à l'état d'hypothèse, et des études plus précises s'imposaient pour établir l'assimilation des matières minérales. L'Académie royale de Göttingue comprit la nécessité de nouvelles expériences et mit au concours la question suivante : « Les éléments inorganiques des végétaux sont-ils utiles au développement de la plante ? ».

Pour répondre à l'appel de l'Académie de Göttingue, Wiegmann et Polstorff ont fait des recherches qui ont démontré l'utilité de ces éléments. Dès lors, la voie était ouverte et les recherches se sont succédées, enrichissant, chaque jour, la science de nouveaux faits.

Je vais passer en revue les travaux ayant trait :

1° Au rôle alimentaire des composés minéraux en général ;

2° A l'action spéciale de chaque sel.

I

ROLE ALIMENTAIRE DES COMPOSÉS MINÉRAUX

L'étude du rôle alimentaire des composés minéraux a éte abordée par deux méthodes distinctes :

Par la méthode analytique, on se rend compte des composés qui existent dans le végétal.

Par la méthode synthétique, on fournit à la plante un aliment déterminé et on apprécie l'effet par le développement obtenu.

**1° Recherches des divers éléments minéraux contenus
dans les végétaux** (Méthode analytique).

a. Végétaux supérieurs. — L'analyse des cendres que laissent les
végétaux après leur incinération permet d'établir la composition
minérale de ces derniers.

De Saussure (1) a établi que cette composition varie avec le
milieu dans lequel la plante a vécu ; que la quantité des sels
augmente dans un organe donné jusqu'au moment où la sève cesse
d'y circuler ; qu'elle est plus considérable dans les tissus herbacés
que dans le bois.

En 1826, Berthier a reconnu que, dans un même terrain, les
cendres des mêmes espèces ont la même composition ; mais que
celle-ci varie avec l'espèce végétale.

Parmi les nombreux savants qui ont étudié la composition
minérale des plantes, nous devons citer, à côté de de Saussure et
de Berthier : Kirwan, Pertuis, Boussingault, Langlois, Liebig, Will,
Erdmann, Letellier, Rammelsberg, Leutchwein, Petzhold, Corenwinder, Malaguti et Durocher, Mayer, Péligot, Garreau, Kœchlin,
Henhonze, Fleitmann, Kane, etc....

De leurs travaux, il résulte qu'on rencontre normalement dans
les cendres des végétaux supérieurs : l'acide sulfurique, l'acide
phosphorique, l'acide chlorhydrique, la potasse, la soude, la
magnésie, la chaux, l'oxyde de fer.

D'après Berthier, l'alumine est toujours absente, probablement
à cause de son insolubilité et en raison de la décomposition de ses
sels solubles en présence des carbonates alcalins et terreux. Toutefois, Berzelius l'a observée dans le *Lycopodium complanatum* et Vauquelin dans le *Bouleau*.

La silice est rare dans les cendres du bois ; mais, elle est abondante dans les plantes annuelles. H. Davy a montré qu'elle siège
surtout dans l'épiderme.

Dans les tissus vivants, les bases sont, en grande partie, unies
à des acides organiques qui, à l'incinération, passent à l'état d'acide
carbonique ou abandonnent les oxydes. Les combinaisons des acides
phosphorique, sulfurique, chlorhydrique, résistent à la chaleur. On

(1) *Recherches chimiques sur la végétation.*

les retrouve, dans les cendres, à l'état de phosphates, de sulfates et de chlorures.

L'étude de la constitution chimique de la sève permet aussi d'y constater la présence des sels. Nos connaissances à ce sujet sont en grande partie dues aux recherches de Langlois (sève de la Vigne), Boussingault (sève du Noyer, du Charme, du Hêtre, de l'Orme, du Galactodendron, du Bananier, du Bambusa Guaduas), Liebig et Will (sève de l'Erable, du Bouleau), Avequin (mélasse de la Canne à sucre).

Garreau (1) a observé que les substances minérales diminuent dans les axes des plantes ligneuses au fur et à mesure qu'ils vieillissent, et, qu'elles augmentent, avec l'âge, dans les axes des plantes herbacées tant que ceux-ci conservent cet état. Leur proportion croît aussi dans les feuilles ; mais, quand celles-ci se différencient en calices, péricarpes, etc.. la quantité des sels qu'elles renferment subit une diminution très marquée.

Malaguti et Durocher (1858), Péligot ont constaté, dans les diverses familles du règne végétal, une constance assez accusée du phosphore, du potassium et du magnésium, en opposition avec une variabilité assez grande des proportions de chlore, de soufre, de sodium et de calcium.

Boussingault, Corenwinder, Mayer, ont montré qu'il existe un rapport constant entre l'azote et le phosphore contenus dans les divers organes.

La méthode analytique, appliquée à l'étude des organes aux divers états du développement, a permis de constater que certains sels subissent, dans la plante, des migrations.

Ainsi, Garreau (2) a observé que les combinaisons phosphorées quittent les organes âgés pour se diriger vers les organes en voie de formation. Leur répartition suit celle de la matière azotée à laquelle elles sont associées. Cependant, on retrouve une faible proportion de phosphore dans les cendres des organes qui ont atteint le terme de leur végétation. Cela tient, d'une part, à ce que ces organes ne sont pas entièrement dépourvus de matières organiques ; d'autre part, à ce qu'une portion des phosphates a nécessairement échappé à l'assimilation.

(1) Comptes Rendus de l'Académie des Sciences, t. 50.
(2) Idem, t. 50.

M. Isidore Pierre (1) a montré que ces migrations s'effectuent avec plus d'énergie, de la tige à la fleur, vers l'époque de la formation de la graine ; que, vers la fin de la floraison, la plante a acquis complètement les substances minérales qu'elle doit contenir à l'époque de sa maturité, et que, par conséquent, à partir de la floraison, l'influence des engrais est nulle ou peu sensible sur la récolte.

Arendt et Knop (2), Corenwinder (3), Péligot, MM. Berthelot (4) et André ont rassemblé des faits de même nature qui peuvent être résumés ainsi :

Le phosphore, le magnésium s'accumulent dans les organes où l'activité vitale prédomine ; les matières minérales insolubles s'accumulent dans les feuilles et les inflorescences de préférence à toutes les autres parties.

Au point de vue relatif, la proportion de ces matières dans la racine est la plus grande, au début ; elle est la plus petite au moment de la mort du végétal. —

La prédominance dans les cendres d'une des trois substances — potasse, chaux ou silice — avait incité Liebig à diviser les végétaux en : plantes potassées, plantes calcaires et plantes siliceuses. C'est là une indication vague qui peut être conservée sans inconvénient.

Il n'en est pas de même des classifications qu'ont faites des diverses substances minérales Thénard (5), puis G. Ville.

C'est en effet tirer de l'analyse des conclusions hâtives que de qualifier d'*assimilables*, ainsi que l'ont fait ces auteurs, « les principes dont on constate la présence dans les végétaux et qui dans certaines circonstances peuvent devenir solubles. »

Sans aucun doute, la méthode analytique donne des indications précieuses sur la composition minérale des végétaux ; mais elle ne fournit aucun renseignement sur l'utilité et le rôle des divers éléments dont elle révèle la présence.

Avant de formuler une conclusion à cet égard, il importe de soumettre ces indications à des épreuves synthétiques.

(1) *Recherches sur la composition de la graine de colza.* Comptes rendus de l'Académie des Sciences, t. 50; *Idem*, t. 56 ; *Idem*, t. 68, p. 1826.
(2) Landw. Vers. Stationen, II, 32.
(3) Comptes Rendus de l'Académie des Sciences, t. 45.
(4) *Idem*, t. 99, p. 430-683.
(5) *Idem*, t. 49.

b. Microorganismes. — Les recherches qui viennent d'être exposées ont été entreprises sur les végétaux supérieurs.

L'analyse des végétaux microscopiques a donné des résultats analogues :

Payen a constaté que la levure de bière est formée de cellulose, de matières albuminoïdes et de matières grasses.

Mitscherlich (1) a trouvé dans les cendres de ce ferment de l'acide phosphorique, de la potasse, de la magnésie, de la chaux et une quantité très faible de soude.

Mais les travaux entrepris dans cet ordre d'idées ont été relativement peu nombreux. Les chimistes se sont surtout appliqués à rechercher les modifications que les microorganismes font subir aux milieux, en raison des nombreuses applications industrielles qui découlent de cette étude (fabrication des alcools, du vinaigre, traitement des engrais chimiques).

D'autre part, les découvertes de Pasteur ont surtout dirigé les savants vers la voie des épreuves synthétiques, seules capables d'établir les relations qui lient le développement de ces microorganismes à la composition du milieu.

2° Essais de culture par voie de synthèse.

En procédant par voie synthétique, on peut arriver à connaître la valeur alimentaire de chaque élément minéral.

Pour cela, il suffit de préparer des milieux de culture qui ne diffèrent entre eux que par la présence ou l'absence du corps dont on veut étudier le rôle ; puis, d'y semer des graines.

Les différences que présentent les végétaux nés dans ces milieux indiquent la part qui revient au sel en étude.

On peut, par exemple, ajouter la matière minérale à la terre ou à des sols stériles formés de sable et de gravier.

C'est ce que nous appellerons une culture en sol naturel ou artificiel.

Il vaut mieux développer les végétaux dans des solutions aqueuses, de composition définie, dont on peut, à son gré, faire varier les éléments avec toute la précision désirable.

C'est ce que nous appellerons une culture en solution aqueuse.

(1) Annales de physique et chimie, 3ᵉ série, t. 58, p. 374.

A. — *Culture dans les sols naturels et artificiels.*

On décrit généralement ces deux modes de culture sous des titres différents. Cela ne me semble pas nécessaire ; car ils ont tous les deux la même imperfection.

En effet, à l'appel de l'Académie de Göttingue, Wiegmann et Polstorff préparèrent un sol artificiel formé de sable quartzeux calciné, traité par l'eau régale, puis lavé, pour le débarrasser des matières organiques et de ses éléments solubles.

Ils y firent germer des graines. Or, des végétaux qui se développèrent ils retirèrent un poids de cendres de beaucoup supérieur à celui que donnaient les semences. L'analyse de l'eau du sol décela la présence de la silice, de la potasse, de la chaux et de la magnésie.

C'était bien à la nature particulièrement soluble du milieu qu'il fallait attribuer ce gain de cendres ; car, en répétant les mêmes expériences dans un sol formé de fils de platine, Wiegmann et Polstorff trouvèrent le même poids de substances minérales dans les graines et dans les végétaux développés.

Quand on expérimente dans un sol naturel ou dans un sol artificiel, les sels dont on recherche l'action se trouvent mélangés aux substances variées existant dans ce sol pour une proportion qui est inconnue et dont l'influence, utile ou nuisible, s'ajoute aux effets propres du sel en étude.

Comme exemples d'erreurs auxquelles on peut être conduit, il suffira de rappeler que Bonnet (1758) faisait ses cultures sur la mousse, Duhamel sur des éponges, Tillet et Ingenhousz sur du liège, et que, croyant le milieu insoluble, ces expérimentateurs avaient annoncé que les éléments de l'air et de l'eau suffisent au développement des végétaux !

C'est toutefois par les cultures en sol artificiel que Wiegmann et Polstorff ont démontré l'utilité des substances minérales : dans une première série d'expériences, ces auteurs ont recherché sur l'Orge, l'Avoine, la Vesce, le Sarrasin, le Tabac et le Trèfle les effets d'un mélange très complexe qui renfermait, entre autres : des humates de potasse, de soude, d'ammoniaque, de chaux, de magnésie, d'alumine, d'oxyde de fer, sans compter une humine insoluble dans l'eau, obtenue par l'action de l'acide sulfurique sur de la tourbe tenue en suspension dans une solution de potasse. Les végétaux prirent un très grand développement.

Je ne saurais voir dans cette expérience, en raison de la présence des composés humiques dans le milieu de culture, la démonstration de l'assimilation des matières minérales qu'on s'accorde généralement à reconnaître.

Les cultures d'Orge qu'entreprit Polstorff, en 1847, me semblent avoir été mieux inspirées. Ici, l'auteur choisit comme milieu la brique pilée ; comme aliment, les cendres d'Orge. La matière organique ainsi soigneusement évitée, il est permis de conclure à l'assimilation des matières minérales.

Wiegmann et Polstorf ont cru constater dans leurs séries de recherches que les bases peuvent se substituer entre elles, la soude remplaçant la potasse ; la chaux, la magnésie ; l'alumine, l'oxyde de fer.

Or, nous verrons plus loin que cette conclusion est inexacte ; ce qui ne saurait nous surprendre, en raison de l'impossibilité qu'il y a d'éliminer complètement du milieu de culture la base qui doit être remplacée par une autre.

Malgré leur imperfection, les cultures dans les sols ont établi un grand nombre de faits qui révèlent l'influence favorable des nitrates et des sels ammoniacaux, des phosphates, des sulfates, des sels de potasse, de chaux et de magnésie.

Ces faits trouveront leur place au chapitre consacré à l'étude de l'action spéciale à chaque sel.

B. — *Cultures en solutions aqueuses.*

L'idée des cultures en solution aqueuse appartient à de Saussure.

A priori, on pourrait redouter qu'un milieu liquide ait une influence préjudiciable au développement des racines qui, normalement, s'enfoncent dans un terrain résistant ; mais, l'expérience montre, qu'avec des aliments convenablement choisis, les plantes suivent leur évolution complète, comme en pleine terre.

Les liqueurs titrées ont l'avantage de constituer un sol de composition chimique homogène. Leur transparence permet de suivre la croissance des racines. Enfin, les plantes y trouvent des doses déterminées de substances pures ; les comparaisons peuvent être faites dans des conditions rigoureusement identiques, et les différences observées dans le développement des végétaux représentent l'expression absolue de la différence de composition chimique du milieu.

a. Végétaux supérieurs. — Malgré ces avantages incontestables, la méthode des cultures en solution aqueuse est restée sans application pendant la première moitié du siècle. Sachs la remit en honneur dans son étude sur le développement des racines.

Knop, en 1858, puis Stohmann en firent usage dans leurs recherches sur la nutrition minérale des plantes.

Le premier de ces deux auteurs a donné une formule générale qui convient à un grand nombre de végétaux. Il en sera question plus loin. Cette formule répond à l'indispensabilité qu'il a reconnue de la potasse, de la magnésie, de la chaux, de l'oxyde de fer et des acides sulfurique, azotique et phosphorique.

En montrant les effets de chacun de ces éléments, et en fixant par synthèse le poids des sels qui sont le plus aptes au développement des végétaux, Knop a donné la première démonstration précise de la nutrition minérale des plantes.

Parmi les nombreux faits qu'il a observés dans ses expériences je citerai : l'action nuisible des acides libres, et des corps réducteurs ; l'analogie qui existe entre l'influence favorable des nitrates et celle des sels ammoniacaux.

En 1859 le Dr Hanoke entreprit des essais comparatifs de culture dans l'eau distillée et dans des solutions alcalines simples. Ses conclusions offrent peu d'intérêt.

Plus tard, Boussingault fit voir qu'à partir de la floraison, les plantes n'assimilent plus les matières minérales et élaborent celles qu'elles ont assimilées jusque-là.

MM. Nobbe et Sieger ont indiqué la nécessité des chlorures et de l'acide sulfurique pour le développement du Sarrasin ; ils ont fixé à 0 gr. 5 et 1 gr. par litre le degré de concentration des liqueurs le plus favorable à la végétation.

L'ensemble des recherches entreprises réduit le nombre des éléments simples nécessaires au développement des végétaux.

Ces éléments sont ceux dont l'analyse a décelé la constance dans les plantes et dont les cultures dans les sols faisaient pressentir l'importance.

Toutefois, si on considère qu'en cultures pures, *certaines* plantes n'acquièrent pas un développement égal à celui qu'elles ont en pleine terre, on est porté à croire que certains agents du sol ne sont pas sans utilité pour elles.

Il y avait lieu de rechercher si les différents corps dont les cultures avaient démontré l'utilité, pouvaient être remplacés par d'autres corps de la même famille; autrement dit, si, à l'isomorphisme chimique correspondait un isomorphisme physiologique.

Les expériences ont démontré que non, pour la plupart d'entre eux. Birner et Lucanus, Hellriegel, Wolf, ont constaté que le développement est incomparablement moindre lorsqu'à la potasse on substitue la soude, le rubidium, le lithium ou l'ammoniaque.

Les travaux de Knop, Sachs, Schrœder, Lehmann ont établi que la baryte ne peut être substituée à la chaux ; l'oxyde de zinc, à la magnésie ; l'aluminium ou le manganèse, au fer.

En 1870, MM. Nobbe, Schrœder et Ehrmann ont étudié la substitution de la soude et de la lithine à la potasse; ils ont recherché le rôle de cette dernière sous ses différentes formes de combinaison.

b. Végétaux microscopiques. — La méthode synthétique, appliquée à l'étude de la nutrition des microorganismes, a donné des résultats remarquables.

En 1834, Morren (1) avait vu naître dans l'eau de source des animalcules dont il fit l'étude.

Béchamp obtint des moisissures dans l'eau sucrée mêlée de sels.

Bineau (1853) vit que les algues qui croissent dans l'eau de pluie en font disparaître l'ammoniaque.

Mais c'est Pasteur qui, le premier, obtint par synthèse le milieu propre au développement du ferment alcoolique, en préparant une solution de sucre candi, de tartrate d'ammoniaque et de cendres de levure.

La multiplication des germes démontra que le sucre était apte à procurer le carbone nécessaire ; que l'ammoniaque servait à la constitution des albuminoïdes.

En supprimant tour à tour chaque élément, Pasteur vit la végétation s'arrêter ; ce qui démontre l'utilité de chacun d'eux.

(1) Annales des sciences naturelles. — Zool. 2e série, t. 3, p. 5.
(2) Annales de chimie et de physique, 3e série, t. 54, p. 28.

Dans des conditions analogues, M. Van Tieghem obtint le développement de l'agent de la fermentation ammoniacale de l'urine. Il prit comme aliment azoté l'urée et l'acide hippurique.

Il étudia la fermentation gallique et remplaça avec succès le sucre par le tannin dans la culture de divers champignons.

M. Jodin a montré que la glycérine, l'acide tartrique, l'acide succinique, l'acide lactique, l'acide oxalique peuvent être utilisés comme source de carbone.

Enfin, Raulin (1) a recherché en premier lieu le poids constant des matières nutritives qui assurent le poids maximum de récolte d'un Champignon : l'*Aspergillus niger*.

Il a ainsi obtenu un *essai type* auquel il a comparé d'autres cultures qui en différaient par l'absence d'un sel.

Le rapport numérique des poids de chacune des récoltes à celui que donnait l'essai type, mesurait l'influence de chacun des sels.

Les expériences de Raulin ont montré que, pour le développement de l'*Aspergillus*, il convient d'ajouter l'oxyde de zinc à la liste des éléments reconnus jusqu'ici indispensables à la vie des végétaux supérieurs.

Ses conclusions peuvent se résumer ainsi :

Les effets des oxydes sont indépendants des sels dont ils font partie ; ces oxydes ne peuvent se remplacer physiologiquement.

L'acide nitrique peut remplacer l'ammoniaque.

Le fer empêche la formation de substances vénéneuses pour l'*Aspergillus*.

Enfin, Raulin a pu représenter par un coefficient le degré d'utilité de chaque corps et déterminer le rapport, d'ailleurs variable, du poids des divers éléments de la solution nutritive au poids de la plante formée.

Les découvertes de Pasteur, de M. Van Tieghem et de Raulin montrent (toutes réserves faites quant à l'oxyde de zinc) que les microorganismes assimilent les mêmes éléments que les végétaux supérieurs.

Le champ qu'ont ouvert ces savants a été largement exploité au grand profit de la microbiologie.

L'agronomie n'a pas, jusqu'à présent, tiré un aussi grand bénéfice

(1) Annales des sciences naturelles, 1869.

des travaux qui ont été entrepris sur la nutrition des Phanérogames.

Cette différence semble tenir à plusieurs raisons :

D'abord, il convient de remarquer que les comparaisons des cultures en synthèse sont hérissées de difficultés bien plus grandes chez les végétaux supérieurs que chez les microorganismes :

On peut mettre à la disposition de ces derniers, en quantité définie, le carbone qui lui est nécessaire ; chez les autres, au contraire, cet élément provient d'une décomposition chimique effectuée dans une atmosphère de composition inconstante, sous l'influence de radiations variables dont les effets sont, par conséquent, à chaque instant modifiés.

La température peut être réglée avec précision, lorsqu'il s'agit des organismes inférieurs — condition difficilement réalisée chez les grands végétaux, même en serre.

La durée de la vie est longue chez les végétaux supérieurs ; ce qui a l'inconvénient de permettre aux conditions de milieu de varier dans une large mesure.

Cette cause d'erreur est moindre pour les microorganismes qui ont une existence plus courte.

Ces différences constituent pour l'étude de la nutrition des végétaux supérieurs des obstacles importants qui ne permettent pas d'appliquer la marche précise suivie par Raulin dans ses recherches.

Il est impossible, en effet, de trouver un *essai-type* analogue à celui que recherchait cet auteur, parce que des causes de variations longtemps prolongées doivent fatalement donner, pour un même poids de matière vivante, des *essais* différents.

Les expériences synthétiques ne peuvent être établies que par un grand nombre de cultures soumises, aussi complètement que possible, aux mêmes conditions de milieu. Elles sont très longues à suivre.

La méthode des cultures en solution aqueuse est seule capable de donner des résultats précis ; mais l'application des faits naturels qu'elle met en évidence exige un complément de recherches qui en recule la portée pratique au point de vue agricole.

Peut-être est-ce la raison qui a fait négliger cette méthode par les expérimentateurs pressés de recueillir des conclusions immédiates.

La méthode analytique, plus expéditive, a été mieux exploitée ;

mais, elle aboutit seulement à la constatation de l'existence d'une substance dans le corps de la plante et ne permet aucune conclusion relative à l'utilité de ce corps.

Aussi, dans l'exposé qui va suivre, nous verrons que la nutrition minérale des plantes est un sujet encore rempli de lacunes et qu'un grand nombre des faits qui ont été recueillis ne sont pas suffisamment confirmés.

II

ACTION SPÉCIALE A CHAQUE SEL.

§ I. — NITRATES.

A. — Présence des Nitrates dans le Sol et dans les Plantes.

Boussingault (1) a montré que la terre fertile et le terreau renferment toujours des nitrates.

La présence du salpêtre avait été constatée par Stahl, dès 1747, dans la Pariétaire, le Tabac, la Fumeterre.

Boussingault (2), Boutin (3), Vaudin, Reichardt, Barral, Corenwinder, Faucher, Ladureau, Meunier ont signalé son existence dans un grand nombre de plantes.

MM. Berthelot (4) et André ont établi que toutes les plantes renferment des nitrates, surtout dans les jeunes pousses.

La technique indiquée par MM. Arnaud et Padé (5) permet de reconnaître l'acide nitrique dans les tissus : Il suffit de plonger des coupes dans une solution de chlorhydrate de Cinchonanine à 1/250, acidulée par un peu d'acide chlorhydrique. Sous l'influence de ce réactif, on constate que les cellules se remplissent de cristaux de nitrate de cinchonanine.

B. — Efficacité des Nitrates et des Composés azotés en général sur le développement des Plantes.

Bacon, Glauber, Dygbé (17ᵉ siècle), Henshau (18ᵉ siècle), Dolo-

(1) Comptes Rendus de l'Académie des Sciences, t. 48, p. 9-39.
(2) *Idem*, t. 48.
(3) *Idem*, t. 78, p. 261.
(4) *Idem*, t. 98, p. 1506.
(5) *Idem*, t. 98, p. 1488.

mieu (1) avaient reconnu que le salpêtre est un engrais efficace.

Leurs expériences étaient restées dans l'oubli et on n'accordait guère qu'à l'ammoniaque la propriété de fournir l'azote aux végétaux, lorsque Salm-Horstmar, Cloez et surtout Boussingault (2) (1855, 1857) puis G. Ville montrèrent l'influence favorable qu'exercent les nitrates sur la végétation.

Dans une première série, Boussingault cultivait comparativement des *Helianthus* dans l'eau distillée et dans des solutions de nitrate de potasse. Il obtint des plantes dont les poids étaient en rapport direct avec la dose de nitrate employée.

Dans une seconde série, le même savant a constaté un rapport plus grand, en faisant intervenir non seulement un nitrate, mais des phosphates et des cendres. Cette série démontre nettement que les nitrates exercent une influence favorable au développement des végétaux, quand on les associe aux autres aliments de la plante.

C'est d'ailleurs la même conclusion qu'il faut tirer des expériences de la première série. Car on doit attribuer l'augmentation du poids des plantes à la présence d'éléments solubles dans les sols calcinés qu'employait Boussingault. Je montrerai, en effet, plus loin, qu'on n'obtient pas de différence appréciable quand on emploie un milieu ne contenant exclusivement que du nitrate de potasse.

La particularité la plus intéressante de la seconde série d'expériences dont nous venons de parler est la comparaison que Boussingault fit entre des cultures auxquelles il avait ajouté du nitrate de potasse et d'autres cultures où le sel ajouté était du carbonate de potasse. La diminution considérable du poids sec, dans ce dernier cas, a établi que les bons effets du nitrate sont dus à l'acide azotique et non à la potasse.

Le rôle des nitrates a encore été mis en évidence par les travaux de Kuhlmann (3), I. Pierre, Bineau, G. Ville, Lintoch, Fleming, Main, Schattenmann (4), Salm-Horstmar, Digby, Einhoff, etc.

Ce ne sont pas seulement les nitrates qui jouent un rôle impor-

---

(1) Cités par Dehérain. *Chimie agricole*, p. 104.
(2) Comptes Rendus de l'Académie des Sciences, t. 41, p. 845-857. — Ann. des Sciences naturelles, 4ᵉ série, IV, 1855, p. 32-46 ; t. 44, p. 941.
(3) *Idem*, 1843, p. 1118.
(4) *Idem*, 1843, p. 1128.
(5) *Idem*, t. 55.

tant dans la nutrition ; ce sont, d'une façon générale, tous les composés azotés.

Les sels ammoniacaux, en particulier, sont une source importante d'azote pour la plante. L'*éthylurée*, toutefois, dont G. Ville a constaté l'inertie en tant que matière susceptible de concourir à la production de la matière végétale, paraît faire exception.

C. Origine des nitrates des végétaux.

Les auteurs sont en désaccord sur l'origine des nitrates des plantes : Pour MM. Berthelot et André (1), le salpêtre est formé dans le végétal lui-même. Il résulte de l'exercice d'une fonction générale des cellules qui donne lieu aux oxydations et produit de la même façon de l'acide carbonique, de l'acide nitrique, malique, etc.

Ces savants ont, en effet, constaté (2) que la quantité parfois si considérable d'azotate de potasse qu'on constate dans les *Amarantes* dépend surtout de la période de la végétation et non de la quantité de nitrate contenue dans le sol ; car la proportion de ce sel dans les plantes est la même lorsque ces plantes ont poussé dans des milieux presque entièrement privés d'azotates ou dans des sols qui en sont abondamment pourvus.

Ces faits, appuyés par des expériences analogues de M. Ed. Heckel (3) et de M. Lundstrœm, sont combattus par M. Leplay (4).

Ce dernier admet, avec la plupart des physiologistes, que le nitrate de potasse des plantes et les matières azotées proviennent des sels absorbés dans le sol.

D. — Action des Nitrates sur le sol.

M. Pichard (5) a annoncé que l'assimilabilité de l'azote nitrique atteint son maximum quand ce corps provient de nitrates récemment formés.

Il a constaté, en outre, que par l'addition des nitrates, les roches siliceuses, qui contiennent de la potasse sous une forme peu assi-

(1) Comptes Rendus de l'Académie des Sciences, 99, p. 355, 430, 683.
(2) *Idem*, t. 106, p. 801 et 902.
(3) *Idem*, t. 110.
(4) *Idem*, t. 106, p. 1020 et 1129 ; t. 99, p. 925.
(5) *Idem*, 10 juillet 1893.

milable; subissent une modification qui permet à cette base d'être prise par les végétaux en quantité suffisante :

Des pieds de Tabac cultivés en sol très pauvre en potasse mais largement pourvu de nitrates surajoutés ont assimilé, en effet, une portion notable de la potasse qui, dans le terrain, restait inattaquable même par l'eau régale. Dans cette expérience, le nitrate de soude s'est montré supérieur au nitrate de chaux et au nitrate de magnésie.

Il semble résulter des expériences de M. Pichard que les nitrates ajoutés dans le sol opèrent un drainage énergique de la potasse qui s'unit alors à l'acide nitrique pour entrer dans la plante à l'état de nitrate.

E.—Mécanisme de l'introduction des Nitrates du sol dans les Plantes.

Dans une première communication à l'Académie des Sciences, M. Demoussy (1) avait annoncé que les azotates s'accumulent dans les organismes vivants et sont retenus par le protoplasma avec une énergie comparable à une affinité chimique.

Cet auteur avait en effet observé que, lorsqu'on altère le protoplasme par l'action de la chaleur ou des vapeurs de chloroforme, le nitrate des cellules devient tout à coup très soluble dans l'eau froide.

Il a constaté depuis (2) que, pendant les premiers jours de la végétation, des pieds de colza dont les racines plongent dans une solution titrée de potasse renferment plus de ce sel qu'il n'y en a dans la quantité de solution absorbée.

Puis, au bout de quinze jours environ, le phénomène inverse s'est produit, et les plantes n'ont plus absorbé de nitrate, bien qu'elles aient puisé une notable quantité d'eau.

L'analyse montrait alors que sur 31 milligrammes de nitrate introduits dans le végétal, 18 milligrammes y existaient encore en nature, ce qui empêchait une nouvelle absorption.

De ces faits, M. Demoussy conclut que l'absorption des nitrates est réglée par l'abondance du protoplasme et non pas par la transformation de l'acide nitrique en matière albuminoïde, puisque cette

1) Comptes Rendus de l'Académie des Sciences, 1894, p. 79.
(2) *Idem*, 1894, p. 868.

transformation est précédée de l'immobilisation des nitrates dans les cellules.

Il cite les faits suivants à l'appui de son opinion : les plantes qui produisent des petites graines (colza, trèfle), absorbent peu de nitrates ; les végétaux à grosses graines (maïs) en absorbent beaucoup. Or, si on met germer des graines de maïs et, si on enlève le cotylédon (de façon à priver les plantes de leurs réserves) pour les placer ensuite dans une solution de nitrate de potasse, on constate que les plantes ne puisent plus qu'une très faible quantité d'acide nitrique.

Cette expérience, dit M. Demoussy, tend à prouver que l'absorption du nitrate de potasse se fait en raison de l'abondance de la matière azotée contenue dans les jeunes plantes ou dans leurs réserves ; car si l'azote nitrique était employé directement à la formation d'albuminoïdes nécessaires à la croissance des plantules, son absorption se montrerait d'autant plus active que ces albuminoïdes auraient fait plus complètement défaut après la section des cotylédons.

A vrai dire, cette variation dans la quantité d'acide nitrique absorbée suivant que les graines sont très petites ou qu'elles ont d'abondantes réserves ne conduit pas nécessairement à la conclusion formulée par M. Demoussy.

Elle tend même tout aussi bien à prouver que l'absorption est réglée par la transformation de l'acide nitrique en matière albuminoïde, qu'à démontrer sa relation avec l'abondance de la matière azotée.

En effet, l'azote n'est pas le seul corps nécessaire à la formation des albuminoïdes. Le soufre, le phosphore, entrent aussi dans la constitution de ces composés, pour une quantité relativement faible, il est vrai, mais qui n'en est peut-être pas moins indispensable.

Or, les traces de soufre et de phosphore que renferme une graine de colza ou un embryon de maïs dépouillé de son cotylédon sont à coup sûr insuffisantes pour permettre à une quantité appréciable de matières albuminoïdes de se constituer ; et l'on doit considérer que les plantes de M. Demoussy étaient cultivées dans un milieu totalement dépourvu de ces corps.

Ne pourrait-on pas penser que, dans ces conditions, la matière albuminoïde a été formée en quantité tellement minime qu'elle n'a pu avoir d'action sur l'absorption des nitrates ?

A notre avis, on ne saurait conclure de ces expériences que cette absorption n'a aucune relation avec la formation de la matière albuminoïde. Les résultats obtenus par M. Demoussy sont des documents intéressants ; mais on ne saurait accepter sans conteste sa conclusion générale et il y a lieu de réserver toute opinion sur les lois qui règlent l'absorption des nitrates.

F. Influence de la base des Nitrates.

La nature de l'alcali combiné à l'acide des nitrates a, suivant M. Edler, une certaine importance sur la végétation. Cet auteur a constaté que l'emploi de l'azotate de potasse fournit une récolte supérieure à celle que donne l'azotate de soude.

M. Dehérain a repris les expériences de cet auteur et a trouvé que ces deux sels donnent les mêmes rendements. Il pense que l'azotate de soude réagit dans le sol sur les sels de potasse et que c'est seulement à l'état de salpêtre que ce sel est assimilé par la plante. Mais c'est là une hypothèse qui aurait besoin d'être démontrée.

§ II. — PHOSPHATES.

A. — Le phosphore dans les végétaux.

Polt, Margraff, Vauquelin ont trouvé du phosphore dans les graines.

De Saussure a signalé la présence de l'acide phosphorique dans tous les végétaux. Berthier (1834) a confirmé le fait annoncé par de Saussure et a calculé la quantité d'acide phosphorique que les récoltes enlèvent au sol.

MM. Berthelot et André (1) ont montré que le phosphore existe dans les plantes sous divers états que l'on peut classer en quatre catégories :

1° A l'état de phosphates, les uns solubles dans l'eau, les autres insolubles dans ce milieu mais solubles dans les acides minéraux

(1) Comptes Rendus de l'Académie des Sciences, t. 105, p. 1217.

d'où on peut les précipiter sous forme de phosphate ammoniaco-magnésien.

2° A l'état de phosphures, phosphites et hypophosphites.

3° Sous forme de composés éthérés comparables aux phospho-glycérates et à l'acide glucosophosphorique.

4° Sous forme de composés organiques de l'ordre de l'oxyde de triéthylphosphine ou des combinaisons phénylphosphorées.

Le phosphore accompagne les substances azotées dans la plante. Garreau (1), Corenwinder (2), Is. Pierre, Leplay (3), Berthelot et André (4) ont montré qu'après avoir existé dans les organes végé-tatifs naissants en quantité absolue croissante, mais en proportion relative de plus en plus faible, le phosphore finit par abandonner ces organes pour se concentrer dans la graine qui, à son tour, sera la première source de phosphore pour la jeune plante.

On rencontre donc surtout l'acide phosphorique dans les tiges et les feuilles des jeunes plantes ; mais, au moment de la chute des feuilles, il a complètement disparu de ces organes.

La proportion d'acide phosphorique par rapport aux autres acides minéraux peut être considérable :

Suivant M. Leplay (5), c'est presque le seul acide minéral qu'on rencontre dans le maïs (6), où il serait combiné à la magnésie et à la chaux. (La potasse serait surtout fixée, dans ce cas particulier, par les acides organiques).

Très variable suivant les divers groupes du règne végétal, la quantité d'acide phosphorique se montrerait au contraire à peu près constante pour une même espèce dans les conditions de milieu les plus différentes. C'est du moins ce qui ressort des analyses de *Soya hispida*, provenant d'Étampes, de Hongrie et de Chine, que fit M. Pellet (7); car, pour un même poids du végétal, ces échantillons ont constamment montré la même dose d'acide phos-phorique. Il est curieux de signaler, en outre, que, dans ces plantes,

(1) Voir plus haut page 19.
(2) Comptes Rendus de l'Académie des Sciences, t. 50.
(3) *Idem*, t. 96, p. 159.
(4) *Idem*, t. 106, p. 711.
(5) *Idem*, t. 96, p. 159.
(6) L'acide sulfurique et le chlore, agissant comme élément électropositif, existe-raient en proportion très faible.
(7) Comptes Rendus de l'Académie des Sciences, . 90, p. 1177.

les quantités de chaux, de magnésie et de soude combinées à l'acide phosphorique, variaient dans une très large mesure et que ces bases se substituaient l'une à l'autre équivalent à équivalent.

Enfin, M. Joulie (1) a constaté un rapport constant entre l'acide phosphorique total et la fécule des pommes de terre cultivées dans des régions différentes.

M. Dehérain (2) admet que l'acide phosphorique peut passer dans les plantes sous trois formes différentes : à l'état de phosphate de potasse, à l'état de phosphate d'ammoniaque et à l'état de phosphate de chaux.

Ce dernier sel, d'après Peligot (3), par son contact avec les sels alcalins et avec le sulfate de magnésie, formerait dans les végétaux du phosphate de potasse et du phosphate ammoniaco-magnésien.

B. — Influence des phosphates sur la végétation.

Les bons effets des phosphates sur les cultures ont été reconnus bien longtemps avant la découverte de l'acide phosphorique.

L'emploi des os calcinés comme engrais s'observe chez les Chinois, de temps immémorial (4). En Europe, un fermier de Sollingen, Friederich Kropp (5), en 1802, aurait eu, le premier, l'idée de substituer les os pilés aux engrais ordinairement employés pour fumer les terres.

Payen et Favre ont préconisé l'emploi du noir animal des raffineries.

Schattenmann (1843) a obtenu de belles récoltes en utilisant comme engrais les résidus de la fabrication de la colle.

La même année, le duc de Richemond (6) démontra que les os calcinés ont une action sensiblement égale à celle des os crus ; il en conclut que leur principe fertilisant n'est ni la graisse ni la gélatine, mais le phosphate de chaux.

Lawes (1843) a employé l'acide phosphorique sous toutes ses

(1) Comptes Rendus de l'Académie des Sciences, t. 90, p. 1361.
(2) *Idem*, t. 47, p. 992.
(3) *Idem*, t. 80, p. 133.
(4) Boussingault. C. R., t. 45, p. 996.
(5) Cité par Friederich Ebner. Annales de Roville, t. VI, p. 376.
(6) Journal d'agriculture pratique.

formes dans diverses cultures et lui a attribué l'exubérauce des récoltes. Daubeny, Wilddrington, Berthier (1843) ont attiré l'attention sur l'emploi des coprolithes.

En 1845, Boussingault, par des essais en sols alcalins, a montré que le phosphate de chaux employé sans le concours d'une substance azotée a peu d'action sur le développement de l'*Helianthus annuus* et du Chanvre; mais, qu'uni au nitrate de potasse, ce phosphate exerce une action très favorable. Il exprima, en outre, par des mesures numériques, l'effet utile qu'exerce l'association de ces principes sur la végétation.

De Salm-Horstmar a montré les bons effets des phosphates sur les cultures d'avoine.

Robierre (1) a constaté l'action favorable des nodules de phosphate de chaux dans les sols granitiques et schisteux.

Woussen et Coreuwinder (2) ont montré que l'emploi du phosphate de chaux est toujours avantageux dans la culture de la betterave.

Thénard et M. Dehérain (3) ont entrepris des recherches importantes sur l'utilisation agricole de l'acide phosphorique.

G. Ville a montré qu'en supprimant l'acide phosphorique du milieu, on abaissait à $\frac{1}{35}$ la valeur de la récolte obtenue avec l'engrais complet; mais malgré les violentes réclamations de priorité qu'il adressa, en 1858, à l'Académie des Sciences, au sujet de l'action combinée du phosphore et de l'azote des sels sur le développement des plantes, il reste démontré que nos connaissances à ce sujet sont dues aux travaux entrepris par Boussingault de 1845 à 1857.

C. — Examen de l'Isomorphisme physiologique des corps de la famille du phosphore.

Divers expérimentateurs ont recherché si les corps de la même famille que le phosphore pouvaient lui être substitués dans la végétation.

Pour l'acide arsénieux, en particulier, MM. Chatin, R. Bouihac (4) ont constaté une action nocive sur les phanérogames.

(1) Comptes Rendus de l'Académie des Sciences, t. 45, p. 636.
(2) *Idem*, t. 80, p. 557.
(3) *Idem*, t. 47.
(4) *Idem* (1894), p. 929.

D'autre part M. Marchand a observé qu'un Champignon du genre *Hygrocrosis* vit normalement dans les solutions arsénicales.

M. Bouihac a repris sur diverses algues les expériences qu'il avait faites sur les végétaux supérieurs et a obtenu des cultures vigoureuses en présence de l'acide arsénique.

Il a vu, en outre, qu'en ajoutant de l'acide arsénique à une solution nutritive exempte d'acide phosphorique et où des algues ensemencées se développaient mal, on provoquait une végétation très active de ces êtres.

Dans ces cas particuliers, les arséniates semblent donc pouvoir remplacer les phosphates.

E. — Rôle du phosphore dans les végétaux.

D'après M. J. Stoklasa (1), le phosphore, dans son rôle physiologique, remplit sa tâche principale sous forme de lécithine.

La lécithine localisée dans l'embryon servirait à la formation des premiers grains de chlorophylle.

Pendant la croissance, l'acide phosphorique absorbé par la racine se transformerait en un composé organique, principalement en lécithine.

Ce dernier corps prendrait naissance dans les feuilles. Il serait en rapport harmonique avec la chlorophylle qui serait, d'ailleurs, de la lécithine dans laquelle les acides gras sont remplacés par l'acide chlorophyllanique.

La chlorophylle ne pourrait donc se former sans le phosphore.

Aussitôt l'état de floraison, la lécithine se transporterait des feuilles vers la fleur, s'accumulerait successivement dans la corolle, dans les étamines, dans le gynécée.

Après la fécondation, la lécithine se localiserait dans le fruit; une certaine quantité se logerait dans l'embryon, tandis que le reste servirait à la formation des autres matières phosphorées du fruit.

Après la formation du fruit, toute la lécithine aurait disparu de même que la chlorophylle. Dans les plantes vivaces, la lécithine se localiserait en grande partie dans la racine.

(1) Comptes Rendus de l'Académie impériale de Vienne, 1897.

§ III. — Sulfates.

A. — États du soufre dans les végétaux.

Le soufre, comme le phosphore, fait presque toujours partie des corps organisés (1) ; mais il est le plus souvent peu abondant dans la plante.

D'après les analyses qu'a publiées Boussingault (2), l'acide sulfurique existe dans les cendres en proportions qui varient de 1 à 3 pour cent.

Ce n'est qu'exceptionnellement qu'on en a signalé des quantités plus considérables : 36,3 dans les graines de froment et 21,8 dans les graines d'orge (Erdmann) ; 7,1 dans les pommes de terre, 10,9 dans les navets, 7,00 dans la paille de pois (Boussingault) ; 9,7 pour le lin (Ranc) ; 8,3 chez le houblon de commerce (Nesbit).

Les chiffres d'Erdmann sont toutefois sujets à caution ; car Petzhold n'a trouvé que des traces et Boussingault, 1 °/₀ seulement d'acide sulfurique dans les graines de froment ; de plus, Kœchlin n'a signalé que 0,2 de cet acide dans l'orge. Or, si la composition des cendres varie avec le milieu, il est peu probable qu'elle puisse présenter des différences aussi grandes.

Les cendres de certains Fucus renferment des quantités considérables de sulfate de magnésie, et il est curieux de constater, ainsi que le fait observer M. Dehérain (3), que le rapport élevé des chlorures aux sulfates qui s'observe dans l'eau de mer est en proportion inverse dans les fucus qui y vivent.

Ces sulfates semblent liés aux tissus dans le *Fucus vesiculosus* et le *Fucus serratus* ; la proportion d'acide sulfurique que donne un poids constant de cendres est en effet considérable lorsque les plantes avant d'être incinérées ont été soumises à un lavage à l'eau bouillante.

Or, dans le cours de cette dernière opération, les chlorures sont complètement extraits, comme s'ils existaient à l'état soluble dans le suc de la plante, tandis que les sulfates y seraient combinés aux tissus.

(1) Boussingault : *Economie rurale*, t. 1, p. 659.
(2) *Economie rurale*, t. 1, p. 95-98.
(3) Dehérain : *Chimie agricole*, p. 181.

D'autres Fucacées ne possèdent pas la propriété de retenir les sulfates. D'après M. Dehérain l'*Halidrys siliquosa* aurait en effet montré 20,115 % d'acide sulfurique après un lavage préalable, tandis que les cendres normales en auraient dosé 24,252.

MM. Berthelot et André (1) ont établi que le soufre peut être contenu dans les plantes sous plusieurs états :

1° A l'état de sulfates directement précipitables à l'état de sulfate de baryte ;

2° Sous la forme de composés éthérés comparables aux éthyl-sulfates et aux glycéri-sulfates, scindables par hydratation sous l'influence des acides ou des alcalis étendus ou bien par oxydation en régénérant le soufre à l'état de sulfates ;

3° Sous forme de composés minéraux tels que les sulfures, sulfites, hyposulfites et sels divers des acides du soufre, transformables en sulfates par voie humide et à chaud par l'action prolongée des agents oxydants tels que l'acide azotique.

4° Sous forme de composés organiques tels que la taurine, la cystine, les acides sulfoconjugués (sulfonés), l'albumine ; composés dont le soufre n'est pas transformable complètement en acide sulfurique, par voie humide, du moins dans les conditions ordinaires.

Ces auteurs ajoutent que le « soufre nécessaire à la constitution des végétaux et qui doit leur être fourni, peut l'être sous les différentes formes qui précèdent ».

C'est là une hypothèse qui aurait besoin d'être appuyée sur des expériences par voie de synthèse.

D'après Garreau (2) les sulfates se fixeraient dans les tissus qui sont le siège d'une évaporation constante (épiderme), pour y rester indéfiniment sans subir de migration ultérieure.

B. — Réduction des Sulfates dans le sol.

Les sulfates sont absorbés par les végétaux (même à l'état de sulfate de chaux en dissolution), et pourtant, la quantité d'acide sulfurique que ceux-ci contiennent est très faible.

Ce dernier fait s'explique par une action indirecte due à leur base et non à leur acide ; car dans le sol, les sulfates subissent une action réductrice qui les transforme en carbonates.

(1) Comptes Rendus de l'Académie des Sciences, t. 105, p. 1217.
(2) *Idem*, t. 50.

On admet, en effet, généralement, qu'au contact des matières organiques, les sulfates se transforment en sulfures, ceux-ci se transforment ensuite en carbonates avec dégagement d'hydrogène, par l'action de l'acide carbonique du sol.

C. — Action générale des Sulfates.

Les sulfates de potasse, de soude, de magnésie et d'ammoniaque agissent donc finalement par leurs bases et c'est à ces dernières qu'il convient de rapporter l'avantage reconnu aux sulfates solubles par Lawes et Gilbert dans la culture du Trèfle rouge, et par I. Pierre au sulfate de magnésie sur le Trèfle et le Sainfoin.

Enfin, je rappellerai que Woussen et Corenwinder (1) ont observé que le sulfate d'ammoniaque employé dans la culture de la betterave donne un rendement plus grand que le nitrate de soude ; que Lagrange (2) a obtenu avec ce sel une richesse saccharine plus grande de la pulpe. Ce dernier admet que le sulfate d'ammoniaque est décomposé par la betterave. La plante assimilerait l'ammoniaque ; tandis que l'acide sulfurique mis en liberté par le travail de nutrition serait, au fur et à mesure, neutralisé par les alcalis et les carbonates alcalins que le végétal puise constamment dans le sol.

D. — Action du sulfate de chaux.

Le sulfate de chaux semble avoir des effets spéciaux sur lesquels j'insisterai plus longuement :

Mayer, puis Tshiffeli, Schubart, Franklin ont signalé les bons effets du plâtre en agriculture.

En 1792, Smith a cultivé parallèlement du sainfoin et du trèfle blanc dans des sols plâtrés et non plâtrés. Il a obtenu, en présence du plâtre, des récoltes deux fois plus abondantes que dans les champs [non plâtrés. Plus tard, de Villèle a obtenu des effets analogues.

En 1822, la Société d'Agriculture de France ouvrit une enquête ayant pour but de connaître l'opinion des cultivateurs sur la valeur du plâtre comme agent fertilisant.

Elle adressa, à cet effet, un questionnaire au monde agricole.

(1) Comptes Rendus de l'Académie des Sciences, t. 80, p. 557.
(2) *Idem*, t. 80, p. 63.

Les réponses recueillies par Bosc expriment l'avis général suivant :

« Le plâtre agit favorablement sur les prairies artificielles, mais à la condition que celles-ci ne soient pas humides. Il ne peut suppléer à l'humus du sol et n'augmente pas d'une manière perceptible la récolte des céréales.

Davy avait émis l'idée que le plâtre pénètre dans la plante.

Boussingault montra qu'il n'en est pas ainsi, car l'acide sulfurique et la chaux qu'on rencontre dans un végétal ne sont nullement dans le rapport où on les trouve dans le plâtre.

Peligot (1) a observé que du trèfle cultivé dans un sol plâtré contient de l'acide sulfurique et de la chaux en même proportion que celui qui a poussé dans un sol exempt de plâtre. Il a montré que la composition de ces plantes ne diffère que par la très grande quantité de potasse que renferme le trèfle du sol plâtré.

Liebig expliquait le rôle du sulfate de chaux par l'action de ce sel sur le carbonate d'ammoniaque des eaux de pluie. Par double décomposition, il se formerait du sulfate d'ammoniaque, sel non volatil que le sol retient au profit de la plante. Sous l'influence de la sécheresse, au contraire, cette transformation n'a pas lieu et le carbonate retourne à l'atmosphère.

Pour M. Dehérain (1) cette hypothèse s'applique mal aux faits de la pratique agricole. On sait, en effet, que les Légumineuses profitent peu des engrais azotés ; or, elles se trouvent très bien de l'emploi du sulfate de chaux. Les Céréales, au contraire, ne viennent bien qu'en présence des matières azotées et cependant elles poussent très mal dans un sol plâtré.

Ce savant nie, en outre, l'influence que M. Pichard (2) reconnaît au sulfate de chaux comme agent favorable à la nitrification. Il explique les effets utiles attribués au plâtre par *l'action que ce corps exerce sur la diffusion de la potasse dans la terre arable.*

M. Dehérain (1) a, en effet, reconnu, comme Péligot, que les végétaux qui ont vécu en sols plâtrés renferment une proportion considérable de potasse. De plus, avec M. Arnould (2), il a étudié

(1) Comptes Rendus de l'Académie des Sciences, t. 80, p. 133.
(2) *Chimie agricole*, p. 543.
(3) Voir : *les Aliments de la plante.*
(4) Comptes Rendus de l'Académie des Sciences. t. 56, p. 955.
(5) *Idem*, (1865). p. 444.

l'action du sulfate de chaux sur la constitution chimique du sol, et il a constaté qu'en présence de ce sel, la terre végétale abandonne aux eaux de lavage une très grande quantité de potasse soluble.

On s'explique ainsi la richesse alcaline des Légumineuses dont les longues racines peuvent puiser dans les couches profondes la potasse que le plâtre a rendue *mobilisable* et que les eaux pluviales ont entraînée.

On comprend aussi que, perdue pour les racines des Céréales qui rampent à la surface du terrain, cette base nuise, par son absence relative, au développement de ces végétaux.

Cette action *mobilisatrice* de la potasse serait due, d'après M. Dehérain, à la double décomposition du plâtre par le carbonate de potasse : Le sulfate de potasse qui résulterait de cette transformation est en effet plus soluble que le carbonate. Enfin, le carbonate d'ammoniaque du sol subirait une modification analogue et il se formerait, en présence du plâtre, du sulfate d'ammoniaque, sel plus fixe que le carbonate.

En résumé, pour préciser l'état actuel de nos connaissances sur l'action des sulfates, nous dirons :

L'acide sulfurique des sulfates entre dans les plantes en une faible proportion. Ces sulfates subissent dans le sol une réduction qui les amène à l'état de carbonates; leur effet varie suivant la nature de leurs bases.

Le sulfate de chaux semble mobiliser la potasse du sol et l'entraîner dans les profondeurs à l'état de sulfate de potasse qui bientôt doit se transformer en carbonate et agir par sa base.

§ IV. — SILICE.

A. — Présence de la Silice dans les Végétaux.

Toutes les analyses publiées ont fait voir que la silice est un des éléments les plus abondants des cendres des Céréales, des Fougères et des Bruyères. Cet acide est au contraire rare dans les cendres des Légumineuses (Malaguti et Durocher).

Humphry Davy (1) estime à 90 °/₀ la dose de silice contenue dans l'épiderme du Jonc des Indes.

(1) Boussingault : *Économie rurale*, p. 99, *loc. cit.*

La silice forme parfois sur les organes des concrétions abondantes, particulièrement remarquables chez le Bambou (1).

Enfin, Hugo von Mohl (2), en 1861, a montré qu'elle incruste la membrane des cellules à un tel point que, si on détruit les matières organiques par la flamme, le squelette siliceux persiste, conservant la disposition de l'organe détruit.

La silice existe dans les plantes sous deux états différents : tantôt elle y est engagée dans une combinaison résistant à l'action des réactifs faibles : tantôt au contraire, ces réactifs la dissolvent prafaitement.

M. Is. Pierre (3) a fait voir que la quantité de silice varie, dans une même plante, suivant l'organe qu'on examine.

D'après ses analyses, les feuilles de blé en contiennent 8 fois plus que les nœuds et 5 fois plus que les entrenœuds. Les entrenœuds de la base du chaume sont, d'autre part, les moins riches en silice.

M. Joulie (4) a observé que le silice varie dans de très grandes proportions chez la pomme de terre.

Enfin, MM. Berthelot et André (5) ont étudié la marche des migrations que subit cet acide chez les Graminées. Ils ont constaté, qu'après 45 jours de végétation, la dose de silice était plus grande dans la tige (où ce corps se trouvait à l'état insoluble), que dans la racine.

Au début de la floraison, les feuilles en renfermaient 3 fois plus que la tige, résultat analogue à ceux de M. Isidore Pierre, et conforme à d'autres faits énoncés antérieurement par Arendt et Knop (6).

La silice de l'épi était entièrement soluble. Elle l'était à 1/7 près dans la tige et complètement dans la racine. La feuille, au contraire, s'est montrée le siège de concentration de la silice insoluble.

En suivant jusqu'à la maturité et la dessiccation de la plante, MM. Berthelot et André ont vu la silice disparaître de la racine, augmenter dans la tige et surtout dans les feuilles où elle se

(1) Guibour : Journal de pharmacie, 1855.
(2) Annales agronomiques, t. III, p. 633.
(3) Comptes Rendus de l'Académie des Sciences. t. 63, p. 374.
(4) Idem, t. 90, p. 1361.
(5) Idem, 1892, p. 257.
(6) Laudw. Vers. Stationen, II, 32.

concentre, à l'état insoluble, l'épi restant au contraire très pauvre en silice.

B. — Effets de la Silice sur la nutrition.

M. Von Hohmel (1) a cultivé le *Lithospermum arvense* dans une dissolution nutritive exempte de silice, pour voir si la quantité considérable de silice qui se fixe à l'épiderme des fruits de cette plante est nécessaire au développement de l'individu. Or, la plante a fructifié et mûri normalement.

L'analyse n'a pas dévoilé trace de silice.

Bien qu'elle soit habituellement très abondante, la silice peut donc faire défaut sans nuire au développement de ce végétal.

Les essais de M. Wolff ont montré que dans la culture de l'Avoine, si la silice n'est pas nécessaire, elle se montre du moins avantageuse ; car, en comparant les récoltes obtenues dans des solutions nutritives qui différaient entre elles par l'absence ou la présence de la silice, le poids des grains et celui de la paille se sont montrés plus élevés dans les dernières.

Enfin, M. Jodin (2) a suivi le développement du Maïs dans des cultures pures exemptes de silice. Il a obtenu plusieurs générations successives dans ce milieu, sans que les descendants aient paru éprouver la moindre dégénérescence physiologique.

Il semble donc que la silice ne soit pas indispensable à la végétation. Son existence dans presque tous les terrains explique sa présence dans tous les végétaux ; mais elle ne démontre pas son utilité.

De tous les minéraux, la silice est celui qui fournit l'exemple le plus probant de l'impossibilité dans laquelle se trouve la méthode analytique de nous renseigner à cet égard.

C. — Rôle de la silice dans le port de la plante.

On a attribué à la grande proportion de silice des Céréales une influence capitale sur la rigidité du chaume et sur la faculté plus ou moins grande que possèdent les tiges de conserver leur verticalité malgré les intempéries.

(1) Ann. agron., t. VII, p. 467.
(2) Comptes Rendus de l'Académie des Sciences, t. 97, p. 345.

Elie de Beaumont, Regimbaud, Gueymard (1), ont, en effet, accusé le manque de silice assimilable dans le sol d'être cause de la « *verse des Blés* ».

M. Bouquet (2) a observé que dans le département de la Marne, le sol est le plus souvent pauvre en silice. Or, la verse y est très fréquente quand on utilise des fumiers riches en matières azotées et cela à tel point que les agriculteurs ont pris l'habitude d'aller chercher au loin des fumiers pauvres.

On conçoit, en effet, qu'un développement excessif des Céréales sous l'influence d'une riche fumure soit une cause prédisposante à la verse, si la base des chaumes n'acquiert pas une rigidité suffisante.

Ce sont les opinions de E. de Beaumont, Regimbault, Gueymard, Bouquet, qui ont fait introduire dans la pratique agricole les engrais riches en silice plus ou moins soluble (engrais de Sussex à silice gélatineuse, feldspaths en poudre, laitiers des hauts fourneaux, etc.). Mais, M. Is. Pierre (3) a observé que les Blés versent plus souvent quand ils dosent beaucoup de silice. Il a constaté que les cultures en terrains maigres conservent presque toujours leur rigidité, et, en conséquence, il attribue la verse des Blés à deux causes prédisposantes :

1° A l'abondance de silice assimilable dans le terrain, source d'une augmentation inutile du poids des feuilles ;

2° Au défaut d'aération qui maintient une humidité nuisible à sa consistance du pied de la tige.

D'autre part, les analyses de M. Velter (4) ont montré que des Blés ayant poussé en des sols amendés avec du silicate de potasse ne dosaient pas une proportion de silice supérieure à celle des Blés privés de ce sel.

Aussi M. Velter conclut-il avec M. Is. Pierre que le Blé ne verse pas par manque de silice ; mais parce que la partie inférieure de la tige, faute d'air et de lumière, ne peut, dans certains cas, prendre toute la résistance nécessaire et que la matière ligneuse, cause de cette résistance, n'a pu se développer. Dans le but de permettre

---

(1) Comptes Rendus de l'Académie des Sciences, t. 49, t. 56, p. 772.
(2) *Idem*, t. 49.
(3) *Idem*, t. 63, p. 374.
(4) *Idem*, t. 64, p. 1082.

un plus facile accès à ces deux agents, il propose de semer en ligne.

La pratique des semis en ligne a montré le bien fondé des vues de MM. Is. Pierre et Velter. Toutefois, ce mode de culture ne donne pas encore toutes les garanties. Ces savants n'ont vu, en effet, dans l'insuffisance d'aération et d'éclairement du pied, que deux des causes de moindre résistance à ce niveau. Je ferai voir plus loin que la nature chimique du terrain a une action très importante sur la structure de la tige des Céréales; que certains corps ont la propriété d'augmenter la résistance du chaume à sa base, que d'autres au contraire la diminuent.

Je dirai seulement ici que la silice n'entre pour rien dans ces deux actions opposés. Sa présence, comme l'a annoncé Is. Pierre, a seulement pour effet d'augmenter le poids des feuilles, cause incontestablement prédisposante de la verse.

§ V. — BASES ALCALINES

1° POTASSE

A. — Présence de la Potasse chez les Végétaux

L'analyse a montré que tous les végétaux de la flore terrestre renferment de la potasse.

Cette base existe quelquefois en proportion telle que les industriels trouvent un intérêt à l'extraire des cendres végétales. On la retire encore des salins de calcination des mélasses. Il est curieux de signaler que, dans ces derniers, le titre alcalimétrique est constant (d'après M. Dubrunfaut).

On rencontre la potasse combinée surtout aux acides végétaux : à l'acide oxalique dans les Oxalis; à l'acide oxalique et à l'acide malique dans les Betteraves; à l'acide citrique dans la Pomme de terre; à l'acide tartrique dans diverses racines, etc.

D'après MM. Berthelot et André (1), la potasse peut exister sous trois formes dans les plantes vivantes : l'une de ces formes est facilement soluble et transmissible par circulation, diffusion, etc.; — une autre est difficilement transmissible par l'eau pure, mais capable d'être entraînée par les acides, — la troisième forme, enfin, mieux fixée dans les tissus, résiste à l'action des acides.

(1) Comptes Rendus de l'Académie des Sciences, t. 105, p. 911.

B. — Influence de la potasse sur la végétation.

Corenwinder (1) a montré que la potasse augmente dans la Betterave à l'époque de la formation des graines. Elle est alors combinée à l'acide azotique ; le nitrate de potasse devient surtout abondant lorsque l'apparition des graines a entraîné la disparition du sucre.

Il semble donc qu'il n'y a pas de rapport fixe entre la dose de potasse qui entre dans la plante et les produits hydrocarbonés que celle-ci élabore.

Et, en effet, M. Dehérain (2) a observé que les engrais de potasse n'ont aucune influence sur la production du sucre de la Betterave ni sur la teneur en fécule de la Pomme de terre. Selon lui, les alcalis sont appelés dans le végétal, en raison de l'osmose, par la formation d'un acide qui est en quelque sorte secondaire et dont la saturation n'influe pas sur la végétation.

M. Joulie (3), même, aurait observé que les engrais de potasse diminuent la richesse en sucre des Betteraves.

G. Ville a annoncé que la potasse exerce une action favorable sur la végétation ; mais, à la condition qu'elle soit associée à l'acide phosphorique :

D'après cet auteur, on constate, en effet, que dans un sable humide, privé de tout sel, le blé suit le cours de son développement, tout en restant chétif.

Si, à ce sol, on ajoute un carbonate alcalin, le Blé dépérit.

Mais, si en même temps on ajoute des phosphates, la plante suit son évolution dans de bonnes conditions.

L'assimilation de la potasse exigerait donc, d'après G. Ville, la présence de l'acide phosphorique ; il est possible que, combinée à cet acide, cette base fasse partie de la matière albuminoïde et, qu'ainsi, elle soit utile au développement de la plante sans avoir d'action sur les produits élaborés par cette dernière.

On ne saurait accepter sans réserves les conclusions que G. Ville a tirées de ses diverses expériences sur l'action de la potasse.

En 1860, il annonce en effet que « l'addition de la potasse à un

(1) *Comptes Rendus de l'Académie des Sciences*, t. 45.
(2) *Idem*, t. 64, p. 974.
(3) *Idem*, t. 82, p. 290.

mélange de phosphate et de matière azotée montre une efficacité incomparable ».

Cette conclusion est fondée sur la différence de deux récoltes, dont l'une estfaite en 1858, l'autre en 1859. Mais, peut-on comparer ainsi des cultures qui n'ont pas été soumises aux mêmes influences de chaleur, de lumière, etc., etc. ?

Dans une autre communication, il dit : « Dès le début de l'expérience, là où la potasse fait défaut, la végétation était à peu près nulle ; les plantes languissantes et chétives *pouvaient à peine se soutenir*. » Or, il est digne de remarque que si les sols pauvres en sels, et particulièrement l'eau distillée, ne font acquérir aux plantes que de faibles dimensions, ils ont du moins la propriété de donner à la tige une rigidité très accusée, ainsi que nous le dirons quand il s'agira de nos propres expériences.

Enfin, M. Dehérain (1) a observé que des engrais riches en potasse, employés isolément, n'exercent aucune action favorable sur la culture de la Betterave et de la Pomme de terre. Il a constaté en outre qu'ils sont efficaces quand on leur associe le phospho-guano, et pour cette raison, déclare que les engrais potassiques purs, tels que le sulfate de potasse concentré, sont inférieurs aux engrais complexes.

D'après MM. Nobbe, Schrœder et Erdmann, il ne se produit pas d'amidon dans les grains de chlorophylle, chez les plantes élevées en solutions exemptes de potasse. Le chlorure de potassium et le nitrate de potasse seraient les formes de combinaisons sous lesquelles cette base aurait l'action la plus favorable au développement du Sarrasin.

Malheureusement, les effets constatés par ces auteurs ne peuvent pas être rattachés à des causes précises, parce que les solutions dans lesquelles ils ont cultivé leurs plantes ne différaient pas uniquement par l'absence ou la présence du corps dont ils recherchaient l'action, mais par plusieurs corps.

2° — Soude

De Saussure a cultivé des plantes dans des solutions de chlorure de sodium et de sulfate de soude ; il a constaté qu'elles avaient absorbé une grande quantité de ces sels.

(1) Comptes Rendus de l'Académie des Sciences, t. 64, p. 863.

Berthier, Kœchlin, Bichon, Souchay, Boussingault, Rammelsberg, Namur, Bretschneider, Wolf, Karmrodt, Kruschauer,
Bœttinger, Kane, Corenwinder, Cloëz, Is. Pierre, Müller, Marchand,
Gasparin fils, Payen, ont signalé la présence de la soude dans un
assez grand nombre de végétaux.

Cloëz a constaté la présence de la soude dans les cendres du
blé. Corenwinder y a trouvé 6,5 de carbonate de soude pour 100 de
cendres.

D'autre part, Rammelsberg, Wolf, Berthier, Boussingault n'en
ont pas trouvé dans un certain nombre de végétaux (Pois, Colza,
Marronnier d'Inde).

Peligot (1) a recherché cette base dans le Blé, l'Avoine, la Pomme
de terre, le bois du Chêne et du Charme, le Tabac, le Mûrier, la
Pivoine, le Ricin, le Haricot, la Pariétaire, le Panais, le Chenopodium
quinoa, l'Épinard et ne l'a jamais rencontrée.

Aussi, conclut-il que « la soude est moins répandue dans le
règne végétal qu'on ne le suppose généralement ; que son rôle y est
fort limité et que l'azotate et le phosphate de soude agissent seulement par l'action fertilisante de leur acide ».

M. Gasparin ayant trouvé 0,071 de soude dans les cendres de 100
grammes de blé provenant d'un terrain renfermant 1 gr. 640 de soude
contre 0,205 de potasse pour 100 parties de terre, soumit les échantillons à Peligot.

Ce dernier fit voir que si on soumettait ces blés à un lavage rapide,
ils abandonnaient immédiatement leur soude ; cela montre, dit-il,
que le blé qui provient des terrains salés retient à sa surface une
certaine quantité de sel que la mer y dépose mécaniquement et dont
l'origine ne saurait être confondue avec celle des éléments minéraux
empruntés au sol par les radicelles de la plante.

Pour Peligot (2) c'est à l'apport par l'atmosphère des produits
sodés qu'il faut attribuer la soude constatée par MM. Cloez, Payen
Is. Pierre, R. Kane, Muller chez des végétaux qui tous ont été
recueillis dans des stations maritimes.

Il donne comme preuve : que les tubercules des pommes de terre
développées dans ces terrains n'en contiennent pas.

(1) Comptes Rendus de l'Académie des Sciences, t. 65, p. 729.
(2) Idem, t. 69, p. 1269.

M. Dehérain, puis M. Pagnoul (1) n'en ont pas trouvé davantage dans des Pommes de terre cultivées en terrains arrosés de solutions sodées.

Les dernières conclusions de M. Dehérain à ce sujet sont les suivantes :

1° Si quelques plantes terrestres empruntent la soude au sol par leurs radicelles pour la fixer dans leurs tissus, ces plantes sont très rares et la majorité n'en contient pas.

2° Dans un certain nombre de végétaux marins, la soude existe, sous forme d'eau salée, dans la sève qui remplit les tissus de ces plantes.

3° Pour toutes les plantes qui végètent dans une atmosphère salée, le chlorure de sodium se rencontre et se concentre à la surface de ces plantes ; sa présence dans leurs cendres n'implique en aucune façon qu'il ait été utile à leur développement.

Avec M. Paul de Gasparin fils, Peligot constate que la plupart des plantes cultivées sont exemptes de soude, attendu que les terrains dans lesquels elles se sont développées en sont eux-mêmes exempts ; et que, dans un sol plus ou moins riche en chlorure de sodium, certaines plantes ont la faculté de puiser cette substance, tandis que d'autres, plus nombreuses, la délaissent complètement.

Enfin, il pense que les bons effets du chlorure de sodium qui ont été parfois signalés ne sont pas dus à ce sel, mais à la magnésie qui l'accompagne généralement.

Toute autre est l'explication de M. Velter (2) sur les effets du sel marin : pour lui, le chlorure de sodium se transforme, dans le sol, en carbonate de soude. Ce dernier se convertit ensuite en nitrate de soude, par son action sur les sels ammoniacaux au fur et à mesure que ceux-ci se forment par la décomposition des matière organiques.

Péligot a vu dans les conclusions de M. Velter la conséquence d'une erreur attribuable à l'action des vases en zinc dans lesquels l'auteur faisait ses cultures. Il a repris en effet les cultures de M. Velter, mais en se servant de pots non métalliques, et il a constaté un effet pernicieux du sel marin sur la végétation. Il a vu en outre que le chlorure de sodium met obstacle à la formation des azotates dans un sol calcaire pourvu de matières organiques.

(1) Comptes Rendus de l'Académie des Sciences, t. 80, p. 1011.
(2) *Idem*, t. 64, p. 798.

Contrairement à Péligot, Contejean admet la présence de la soude dans les plantes.

En soumettant à l'action du chalumeau à gaz plus de 600 espèces végétales terrestres, Contejean (1) a vu que plus des 3/4 des plantes qu'il a examinées renfermaient de la soude, principalement accumulée dans la partie souterraine et dont la quantité était d'autant plus faible qu'il observait des parties aériennes moins âgées.

Entraînée par la circulation vasculaire jusque dans les nervures des feuilles où Contejean est parvenu à en déceler des traces, la soude n'arriverait jamais dans le parenchyme.

Enfin, cet auteur ajoute que la soude existe dans les organes submergés des plantes aquatiques, mais ne pénètre pas dans les parties qui s'élèvent hors de l'eau.

En 1892, M. Pierre Lesage (2) a montré qu'en arrosant avec du chlorure de sodium le *Lepidium sativum* et le *Raphanus sativus*, on retrouve de la soude dans ces plantes. Il a recherché ce corps sous forme de chloro-platinate par la méthode de M. Dehérain.

M. Pierre Lesage a d'ailleurs établi que les feuilles des plantes qui croissent sur les bords de la mer éprouvent des modifications de structure importantes quand ces plantes végètent à l'intérieur des terres.

Il a attribué ces effets à l'eau de mer et non au climat ; il a fourni la preuve de cette interprétation, en montrant que ces modifications se manifestent dans toute leur netteté lorsque les plantes sont cultivées dans du terreau arrosé avec une solution de chlorure de sodium.

Malgré la grande autorité de M. Péligot, il semble donc qu'on ne peut nier à la soude, toute intervention dans le développement des végétaux. J'aurai d'ailleurs l'occasion de montrer que cette base a sur la structure une action très importante.

Rapport de la potasse à la soude

Is. Pierre (3) a étudié les variations du rapport de la potasse à la soude chez le blé considéré à divers âges et dans ses différentes parties.

(1) Comptes Rendus de l'Académie des Sciences, t. 86, p. 1151.
(2) *Idem*, 1892, p. 143.
(3) *Idem*, t. 61, p. 154.

Il a vu que ce rapport augmente d'une manière très prononcée lorsqu'on s'élève de la partie inférieure de la plante vers la partie supérieure, c'est-à-dire que la proportion relative de la soude est plus grande vers les entre-nœuds inférieurs ; que ce rapport tend à diminuer d'une façon notable dans les diverses zones comparables et qui renferment de la soude, à mesure qu'on s'avance vers l'époque de la maturité des plantes, ce qui correspond à une augmentation de la soude dans ces régions.

Il conclut : les sels de potasse doivent jouer dans la vie de la plante un rôle plus important que les sels de soude, puisqu'ils prédominent dans les dernières parties développées, la soude ne s'observant que dans les organes les plus anciennement formés, dans ceux où doivent s'accumuler les substances dont la présence dans la plante n'est pas rigoureusement indispensable ou dont le rôle n'est que secondaire ou temporaire.

Poussant plus loin ses investigations, il constate (1) que dans les épis entiers, la quantité de potasse va croissant, depuis l'épiage jusqu'à la maturité.

Le poids total de soude contenue dans ces mêmes épis, beaucoup moins considérable d'ailleurs, n'éprouve que des variations de peu d'importance, pendant le même temps. C'est dans le rachis et surtout dans les balles, que se trouve la presque totalité de la soude de l'épi ; le grain n'en contient que des quantités insignifiantes.

La quantité de potasse augmente à mesure qu'on s'élève vers l'épi, tandis que le mouvement inverse s'observe à l'égard de la soude ; comme si les parties les plus parfaites de la plante, celles qui paraissent plus spécialement chargées de transmettre à la graine les matériaux de sa nutrition, faisaient entre ces deux substances un triage pour séparer la potasse qu'elles retiennent au profit du grain, en renvoyant la soude dans les diverses parties de la plante.

Examen de l'équivalence des bases alcalines.

L'analogie chimique de la potasse et de la soude a fait penser que ces deux bases pouvaient avoir une action analogue sur le développement des végétaux, et, après la découverte des nitrières

(1) Comptes Rendus de l'Académie des Sciences, t. 69, p. 1337.

du Pérou, Kuhlmann, Bineau, Boussingault, G. Ville, Pusey, etc., ont préconisé l'emploi du nitrate de soude en agriculture.

Payen avait fait observer que la substitution se fait naturelle-ment, car les feuilles de *Mesambryanthemum cristallinum* présentent des glandes remplies d'oxalate de potasse, à mesure qu'on s'avance des mers vers la terre.

D'autre part, de Gasparin avait remarqué que le *Salsola tragus*, exploité autrefois comme plante à soude, croît très bien dans les terrains qui ne présentent pas trace de cette base.

Après avoir constaté les bons effets du nitrate de soude employé comme engrais, G. Ville rechercha ce qui se passe lorsque, dans des cultures, on remplace la potasse par la soude ; il constata que cette substitution diminue la récolte de moitié.

Il admit, dès lors, que la soude ne peut pas remplacer la potasse et que, si, dans la pratique, le nitrate de soude se montre efficace, c'est parce que le sol est naturellement pourvu d'une dose suffi-sante de potasse, le nitrate de soude n'agissant que comme source d'azote.

M. Pagnoul (1) conclut de la même façon.

D'après Is. Pierre, Walkoff, H. Joulie (2) la soude et la potasse peuvent se substituer partiellement l'une à l'autre dans certaines limites.

Enfin, MM. Championet et Pellet (3) ont fait remarquer que, dans les données recueillies par Kohlrausch et Peterman sur l'analyse d'un assez grand nombre de végétaux (Betterave, Froment, Orge, Maïs, Haricot, Pois, Moutarde, Lin), les bases se sont substituées l'une à l'autre suivant leurs équivalents chimiques respectifs.

Pour M. Pagnoul (4) la proportion des alcalis contenus dans la racine de Betterave ne dépend pas de la richesse du sol en matières salines mais de la richesse de la plante en azote.

Le rapport des récoltes obtenues avec la potasse et avec la soude serait dans le rapport 273/280.

(1) Comptes Rendus de l'Académie des Sciences, t. 80, p. 1011.
(2) *Idem*, t. 82, p. 290.
(3) *Idem*, t. 80, p. 1014.
(4) *Idem*, t. 80, p. 1011.

§ VI. — BASES ALCALINO-TERREUSES

I° CHAUX

A. — La chaux dans les plantes

Les tissus des végétaux renferment, suivant les espèces, des quantités très différentes de chaux.

Les plus fortes proportions ont été constatées dans le bois du Chêne (50,6 % Deninger), le Sapin (49,5 Kœchlin), la tige de la Vigne (30.3 Houzeau, Kruschauer), le Pavot (28,1 Sacc.), le Chenevis et le Lin (26 Leuchtweiss), le Trèfle et le Sainfoin (24 Buchmeister, Boussingault).

Elles sont relativement faibles dans les graines de Froment, d'Orge, de Millet, dans la Pomme de terre où elles ne dépassent pas 2 %.

Gueymard (1) a constaté que les arbres et les céréales montrent un rapport inverse de la chaux à la silice. Selon lui, la silice joue un rôle important dans la constitution des céréales ; les arbres au contraire assimilent peu de silice et beaucoup de chaux.

Turpin (2), Schleider (3), Payen (4), Vesque ont observé que la chaux se trouve le plus souvent combinée aux acides végétaux, et surtout à l'acide oxalique. Payen a montré, en outre, que la chaux existe aussi dans les plantes combinée, à l'acide carbonique, comme on peut s'en assurer par le dégagement d'acide carbonique que donnent sous le champ du microscope les cristaux des cellules de la feuille du *Mesembrianthemum tuberosum*, etc... par l'addition d'acide chlorhydrique.

L'oxalate de chaux est particulièrement abondant dans l'écorce des arbres des climats tempérés. Kraus, Gregor (5) le considèrent comme un aliment de réserve et non comme un produit d'excrétion. Ils ont vu, en effet, en dosant l'oxalate de chaux de *Ribes sangineum* et de *Rosa canina* pendant l'hiver et au retour de la végétation de printemps, que la quantité d'oxalate de chaux diminue dans la tige, pendant la formation des jeunes pousses au développement desquelles elle semble prendre part.

(1) Comptes Rendus de l'Académie des Sciences, t 56, p. 772.
(2) *Mémoire sur les Béforines*, 1836.
(3) *Mémoire sur l'anatomie des Cactées*, 1839.
(4) *Mémoire sur le développement des végétaux*.
(5) Centralblatt, 1892; p. 181.

Il est digne de remarque, ainsi que l'ont établi Contejean, MM. et Fliche et Grandeau (1), que l'analyse des feuilles du Châtaignier et du Pin maritime décèle dans ces organes une quantité notable de chaux, alors que ces arbres ne prospèrent que dans des sols très pauvres en calcaire.

Le Froment, au contraire, ne prospère sur les sols sablonneux qu'après chaulage, et, cependant, il ne renferme qu'une faible dose de chaux.

M. Cailletet (2) a observé que les cendres des Champignons sont beaucoup plus pauvres en chaux que celles des végétaux verts.

Zœller a montré que les vieilles feuilles ne renferment plus guère que du carbonate de chaux et de la silice.

M. Dehérain (3) fait remarquer que ces composés sont insolubles dans l'eau pure et solubles dans l'eau chargée d'acide carbonique. Or, dans ses recherches sur l'assimilation des substances minérales, il a montré que si dans un mélange de sel marin, de silice et de bicarbonate de chaux soumis à l'évaporation, on plonge des mèches de coton, les sels se déposent sur ces mèches en proportion variable : Les substances insolubles dans l'eau pure mais solubles dans l'acide carbonique s'accumulent en très grande quantité sur les mèches, tandis que les substances solubles restent en plus grande proportion dans le liquide.

M. Dehérain conclut des constatations de Zœller qu'il se passe dans les végétaux un phénomène analogue à celui de son expérience sur les mèches de coton : le bicarbonate de chaux pénètre dans la plante, s'y répand uniformément, puis arrive aux feuilles. Là, l'acide carbonique se dégage, tandis que le carbonate de chaux se précipite.

On conçoit, dit-il, qu'il en soit de même avec la silice, ce qui explique la composition générale des cendres des feuilles mortes.

La même expérience fournit à M. Dehérain une explication sur l'accumulation du carbonate de chaux dans l'écorce, opposée à la faible proportion de sels alcalins qu'on rencontre dans cette région, ainsi que l'a signalé de Saussure.

« L'écorce, dit-il, fonctionne comme un appareil d'évaporation ;

(1) Annales de Chimie et de Physique, 4ᵉ série, t. 29, p. 383.
(2) Comptes Rendus de l'Académie des Sciences, t. 82, p. 1205.
(3) Annales des Sciences naturelles, 1167, p. 205.

» c'est donc là que l'acide carbonique va se dégager et abandonner
» le carbonate de chaux qu'il tenait en dissolution, et comme c'est
» dans l'écorce que la sève s'appauvrit de carbonate de chaux, c'est
» vers ce point que le carbonate de chaux se dirigera pour venir
» rétablir un équilibre à chaque instant rompu. Il n'en sera pas
» de même, au reste, des dissolutions alcalines, elles ne se décom-
» posent pas par l'évaporation, elles ne subissent dans l'écorce
» qu'une concentration qui doit forcément faire refluer les sels
» vers le centre où existe une dissolution plus étendue, puisque
» dans l'intérieur du tronc la sève n'est soumise à aucune évapo-
» ration » (1).

B. — Influence de la chaux sur la végétation

M. Böhm, puis M. an Liebenberg, ont remarqué que la chaux
est favorable à la germination, sans toutefois paraître indispensable.

G. Ville a pu, sans voir diminuer la récolte, supprimer la chaux
dans un engrais complexe destiné à un sol stérile portant une
culture de Blé; mais, au contraire, cette suppression a été fâcheuse
quand le sol renfermait de l'humus (2).

M. Raumer dans un travail sur le rôle de la chaux et celui de
la magnésie, conclut que la chaux est particulièrement utile à la
formation des parois des cellules (3).

Schimper (4) admet que les sels de chaux agissent en neutrali-
sant l'acide oxalique et en évitant ainsi l'influence nuisible de cet
acide sur les organes.

On doit reconnaître que l'action directe de la chaux sur la végétation est à peu près entièrement à étudier.

L'influence bien connue qu'exercent dans certains cas les amendements calcaires ne donne aucune idée sur ce rôle : car la quantité
de chaux prélevée par les plantes n'est pas en rapport avec la proportion qui existe dans les amendements employés et qui produit
sur la récolte l'effet le plus avantageux.

Ces ffet s sont dus non seulement à l'aliment que ces amende-

(1) Annales des sciences naturelles, 1867, p. 207.
(2) Dehérain : *Chimie agricole*, loc. cit.
(3) Dehérain : *Chimie agricole*, loc. cit.
(4) Cité par Lœw. Central botanische blatt, 1892, t. II, p. 72.

ments procurent aux végétaux, mais aussi à l'action que ces amendements exercent sur le sol et qui se traduisent :

1º Par une action coagulante sur l'argile des terres fortes qu'elle rend plus filtrantes et moins humides (Schlœsing).

2º Par une tendance à l'ammonisation des matières azotées du sol (Boussingault) puis à leur nitrification quand la chaux s'est carbonatée.

3º Par une précipitation incomplète des matières noires du fumier sous une forme qui paraît être très favorable au développement d'un grand nombre d'espèces (Thénard, Dehérain et Bréal).

4º Par la décomposition des phosphates de sesquioxyde qu'ils rendent assimilables.

2º MAGNÉSIE

La magnésie existe dans les cendres de presque tous les végétaux, et, le plus souvent, pour une proportion importante qui varie, en moyenne, de 8 à 15 %.

D'après G. Ville, elle ne saurait faire défaut dans les milieux de culture sans nuire au développement du Blé et du Sarrasin.

Lœw (1) considère que les sels de magnésie doivent être nuisibles en l'absence des sels de chaux, mais il ne semble pas en avoir donné la démonstration, et l'explication qu'il fournit à l'appui de son hypothèse est peu précise.

Cet auteur admet, en outre, que le phosphate neutre de magnésie est la combinaison la plus favorable sous laquelle cette base puisse être fournie aux plantes ; car de tous les phosphates, ce sel serait celui qui cède le plus facilement son acide phosphorique à l'organisme. La magnésie jouerait, d'après lui, un rôle comme élément propre à la nutrition ; cette base serait, en outre, un agent assimilateur, susceptible de favoriser l'assimilation des phosphates.

§ VII. — OXYDES DE FER.

L'oxyde de fer existe ordinairement dans les plantes à l'état de traces (Letellier, Rammelsberg, Boussingault), mais souvent aussi

(1) Central botanische Blatt. Fonctions physiologiques des sels de chaux et de magnésie.

cet oxyde entre dans la constitution des végétaux pour une proportion assez importante.

Dans les diverses analyses qui ont été publiées, on a dosé en bloc les oxydes de fer et de magnésie. La somme de ces éléments s'est élevée jusqu'à 4,2 % dans le sarment de Vigne (Houzeau), 5,2 % dans le Topinambour (Boussingault) et même 16,7 % dans le bois du Pin sylvestre (Bœttinger).

Ce sont là des cas exceptionnels : dans la majorité des analyses la quantité de ces oxydes oscille entre 0,5 et 2 %.

M. Petit (1) a isolé dans l'Orge, du fer à l'état de composé organique analogue aux nucléines.

Eusèbe Gris, le premier, a reconnu l'influence que les composés ferrugineux exercent sur la chlorophylle et en a fait une application au traitement de la chlorose des plantes (2).

Il a vu que des végétaux, dont les feuilles étaient étiolées par suite d'un affaiblissement morbide particulier, prenaient leur couleur normale lorsqu'on les arrosait avec la dissolution d'un composé ferrugineux soluble, le sulfate de fer notamment.

D'autres expériences lui ont appris ensuite que l'action de ces composés sur la chlorophylle s'exerce même localement, sans que ces composés aient besoin d'être introduits dans le courant circulatoire par l'absorption des racines ; car, en appliquant au pinceau des dissolutions de ce sel sur des points circonscrits de feuilles chlorosées, il a vu la couleur verte se montrer aux points mouillés et trancher nettement sur le fond resté pâle.

Son fils, M. Arthur Gris (3), a constaté que dans les portions qui reverdissent sous l'action du sulfate de fer, les cellules contiennent un grand nombre de grains de chlorophylle, tandis que les cellules du parenchyme étiolé renferment une espèce de gelée grumeleuse, jaunâtre, qui s'étend sur la membrane ou bien un nuage de petits granules à peine colorés enveloppant le noyau de chacune de ces cellules.

Les sels ferrugineux semblent donc être un stimulant de la matière verte des plantes et permettre aux chloroleucites de se

(1) Comptes Rendus de l'Académie des Sciences, 1893, p. 1105.

(2) *Idem*, 1845, p. 1386.

(3) *Recherches microscopiques sur la chlorophylle*.— Thèse pour le doctorat ès-sciences naturelles, 1857.

former, d'acquérir la forme arrondie qui constitue l'état parfait des grains de chlorophylle.

Plus tard, le prince de Salm-Horstmar a réussi à provoquer la chlorose chez des plantes cultivées dans des milieux exempts de fer, puis à la faire disparaître par l'addition de composés ferrugineux.

Griffiths puis Delachardonny paraissent avoir obtenu avec le sulfate de fer un effet avantageux contre la chlorose. Des expériences entreprises par MM. Muntz, Grandeau, Wrigthson et Mauro, Gaillot n'ont pas donné le même résultat.

Pour M. Bernard (1), le sulfate de fer en s'oxydant sous l'influence de l'air, réagirait sur le calcaire pour le dissoudre et diminuerait ainsi l'excès de cet élément nuisible à certains sols.

D'après lui, l'emploi du sulfate de fer serait donc avantageux dans les sols calcaires, et seulement dans ceux-là.

M. Petit (2) a examiné comparativement l'influence du sulfate ferrique e de la nucléine (3) de l'Orge sur la végétation.

Ses essais ont porté sur des cultures d'Orge chevalier.

Ils ont établi que les sels de fer au minimum et le fer à l'état organique sont absorbés et provoquent une assimilation plus intense d'azote ; que le sulfate ferrique agit comme un **véritable poison**.

(1) Dehérain : *Chimie agricole*, loc. cit.

(2) Comptes Rendus de l'Académie des Sciences, 1893, p. 1105.

(3) Voir page 51.

II. — RECHERCHES EXPÉRIMENTALES

MÉTHODES EMPLOYÉES DANS CES RECHERCHES.

Lorsqu'on ajoute un sel au terrain dans lequel croît une plante, on ne saurait, par l'observation directe du développement ultérieur, distinguer l'effet produit de l'effet provoqué par les autres agents du milieu. On ne peut apprécier l'action de ce sel qu'en comparant la plante à une autre plante de même espèce vivant dans les mêmes conditions extérieures, moins la présence de ce sel.

Pour agir avec certitude, il faut même aller plus loin; il faut prendre des graines semblables et les soumettre à des conditions de milieu rigoureusement identiques. Si, alors, on introduit un sel dans le sol dans lequel ces graines ont été semées, on peut comparer les plantes qui proviennent de ces graines à celles qui n'ont pas eu de sel à leur disposition. Les différences qui résultent de cette comparaison expriment l'effet du sel sur la végétation.

Mais, lorsqu'on veut soumettre des plantes à des conditions de milieu rigoureusement semblables, on se trouve en présence de certaines difficultés :

C'est d'abord la température, qu'il faut maintenir exactement la même pour tous les sujets d'expérience. Les cultures en plein air ne m'ayant pas paru remplir suffisamment cette condition, j'ai fait presque toutes mes expériences en serre.

Puis, pour que les plantes reçoivent les mêmes radiations lumineuses, il faut les placer les unes à côté des autres, sans cependant les rapprocher trop, pour qu'elles ne se nuisent pas mutuellement.

Ces conditions sont difficiles à régler. On peut toutefois tourner la difficulté, en prenant soin d'expérimenter sur un grand nombre de sujets. Si, en agissant ainsi, on obtient les mêmes caractères dans toute une série de cultures, on est en droit de supposer que les quantités de lumière reçues ont été sensiblement les mêmes. J'ai donc expérimenté sur un grand nombre d'individus et je n'ai tenu compte, dans mes comparaisons, que des résultats qui se montraient les mêmes sur la grande majorité des plantes. Cela m'a permis, en outre, de distinguer, de certaines anomalies, les modifications provoquées par les sels. Toutes les graines provenant d'un même pied et soumises à des conditions identiques ne donnent pas toujours des plantes absolument semblables, et il importe de ne pas confondre ces différences individuelles avec les effets de la cause de variation que l'on étudie.

Quand on veut apprécier l'action d'une substance minérale sur la végétation, il importe que le lot témoin de comparaison qui doit être privé de cette substance minérale, n'en trouve aucune trace dans le milieu.

Dès lors, des expériences rigoureuses ne sauraient être faites dans un sol naturel, puisque les plantes pourraient y puiser des éléments divers que nous ne saurions apprécier. Il est indispensable d'expérimenter en solutions aqueuses titrées. Ces solutions réalisent des conditions physiques bien différentes de celles des sols ordinaires. Pour me rapprocher autant que possible de l'état naturel, j'avais songé, dès le début, à introduire, dans les solutions, de la pierre ponce divisée en très petits fragments. Mais, je me suis vite aperçu que, pour une même solution aqueuse, les plantes variaient considérablement entre elles, suivant que cette solution aqueuse remplissait seule le flacon de culture ou bien imbibait simplement de la pierre ponce.

Ces différences dans le développement tenaient à la solubilité de la pierre ponce. Dans certains cas, en effet, il y avait dans mes flacons une certaine hauteur de liquide au-dessus de la pierre ponce. J'ai remarqué alors que, dans cette région, les racines se développaient vigoureusement, tandis qu'elles restaient rudimentaires dans d'autres flacons qui contenaient la même liqueur, mais sans pierre ponce.

D'ailleurs, les expériences de Wiegmann et Polstorff ont établi qu'un sable quartzeux traité par l'eau régale, puis lavé, cède encore aux végétaux des éléments solubles. Il m'a donc paru nécessaire de ne faire entrer dans le milieu aucun corps solide.

En raison des divergences d'opinions qui ont cours sur l'utilité des matières organiques, j'ai songé aussi à introduire du sucre dans mes milieux de culture. Je décrirai plus loin une expérience préliminaire qui m'a engagé à n'utiliser que des milieux exclusivement composés de matières minérales.

Ainsi, pour apprécier l'effet des sels minéraux sur les végétaux, j'ai cultivé mes plantes, d'une part dans une solution titrée de ces sels minéraux, d'autre part dans l'eau distillée. La différence entre les résultats obtenus est due à la présence des sels ; elle exprime la valeur de l'action de ceux-ci.

On pourrait croire que pour étudier l'action d'un sel, il faut comparer des plantes vivant dans une solution de ce sel à d'autres plantes croissant dans l'eau distillée. Cette méthode porte le nom de *méthode directe*. Mais des expériences nombreuses ont déjà démontré qu'il faut un assez grand nombre d'éléments nutritifs ; et on ne peut se rendre compte des effets d'un sel qu'en suivant la *méthode indirecte*.

Cette méthode consiste en deux opérations successives :

Dans la première opération, on compare les effets produits sur un végétal par une solution nutritive complexe à ceux que produit l'eau distillée. La différence exprime l'action de la somme des sels. Si la solution est convenablement choisie, les plantes acquièrent de grandes dimensions et peuvent suivre le cycle complet de leur évolution.

Dans un deuxième temps, on détermine l'action de chaque sel en comparant les effets de la *liqueur nutritive complète* aux effets de la même liqueur privée chaque fois d'un des sels dont on veut connaître l'action. La différence exprime cette action.

Pour étudier d'une façon plus complète l'effet d'un sel, il suffit d'établir des séries de cultures contenant des doses croissantes de ce sel et de chercher quelle dose produit le meilleur résultat.

Il est très utile de savoir si deux bases de la même famille, telles que la potasse et la soude, la chaux et la magnésie, etc., produisent des effets identiques. Pour résoudre ce problème, on compare les effets de deux solutions connues comme très aptes à produire le développement complet des plantes et contenant respectivement l'une des deux bases soumises à la comparaison. La différence des deux développements fait connaître la valeur comparée de ces bases.

On peut, par un procédé analogue, apprécier l'effet des divers acides.

La méthode indirecte permet donc d'apprécier l'influence d'une solution nutritive complète sur la végétation. J'étudierai cette action sous le titre : « Action générale des sels ».

Elle permet ensuite de connaître la valeur de chaque sel dans l'action générale et de voir comment varie cette action suivant les proportions du sel dans la solution ; enfin de juger l'action comparée des bases et des acides. J'examinerai ces diverses questions sous le titre : « Action spéciale à chaque sel ».

J'ai fait aussi des expériences en pleine terre. Ces expériences ne sont pas sans utilité. Une étude de ce genre est, en effet, appelée à fournir des renseignements précieux à l'Agriculture.

J'ai opéré par *méthode directe* et par *méthode indirecte* :

Dans le premier cas, j'ai ajouté au sol un seul sel et à des doses diverses. En expérimentant sur un grand nombre de sels différents j'ai pu apprécier la valeur comparée de chacun d'eux.

Dans la méthode indirecte, j'ai pris pour témoins les résultats obtenus dans des carrés de terrains qui étaient arrosés avec une solution nutritive complexe. Des carrés voisins ont été arrosés avec la même solution diminuée de l'un des sels étudiés. La comparaison de ces différentes cultures avec la première me permettait d'apprécier la valeur de chaque sel.

Si ces deux méthodes fournissent des conclusions qui, dans leur ensemble, concordent entre elles et aussi avec celles que les cultures en solutions aqueuses ont données, on en conclura que malgré leur imperfection déjà signalée, elles peuvent donner des résultats qui méritent un certain degré de confiance. Et ce fait est très important, car, dans la pratique agricole, on ne peut, en général, expérimenter que de cette façon. Mais ces résultats ne sont en quelque sorte qu'une première approximation : ce sont les expériences en solutions aqueuses qui, seules, fournissent des conclusions rigoureuses.

D'après ce qui précède, le présent travail sera divisé en **deux** parties :

Dans la première, je m'occuperai des cultures que j'ai faites en solutions aqueuses. Dans cette étude, j'examinerai :

1° L'action générale des sels d'une solution nutritive complète ;

2° L'action spéciale de chaque sel (influence des doses, action comparée des diverses bases et des divers acides).

Dans la seconde, je traiterai des cultures faites en pleine terre.

PREMIÈRE PARTIE

CULTURES EN SOLUTIONS AQUEUSES.

CHAPITRE PREMIER

ACTION GÉNÉRALE DES SELS

Dispositif employé. — Mes solutions aqueuses étaient contenues dans des éprouvettes entourées de papier noir, afin d'empêcher le développement des Algues qui, sans cette précaution, auraient végété aux dépens des racines.

Les graines étaient placées sur un grillage métallique fixé au fond d'un trou pratiqué dans le bouchon des éprouvettes et dont les mailles pouvaient être facilement agrandies pour suivre le développement des racines.

Les éprouvettes étaient placées en serre, à côté les unes des autres, dans les mêmes conditions de chaleur et d'éclairement, de telle sorte que les cultures ne différaient que par la présence ou l'absence des sels.

Choix du milieu. — *1° Sels*. — Pour obtenir au plus tôt les différences les plus nettes, j'ai choisi une solution saline qui contient la plupart des éléments de l'aliment complet.

Je me suis adressé à la solution recommandée par Knop, qui se prépare d'après la formule suivante :

Nitrate de chaux . . . . 1 gr.
Phosphate de potasse. . . . . . . 0 gr. 250
Nitrate de potasse. . . . . 0 gr. 250
Sulfate de magnésie . . . . 0 gr. 250
Phosphate de peroxyde de fer . . . traces
Eau . . . . 1 litre.

A cette liste, réserve faite des faits établis au sujet de l'utilité du silicium, du zinc et du manganèse, il manque, pour former un aliment complet : du carbone, de l'oxygène et de l'hydrogène que le végétal trouve dans le milieu extérieur et qu'il fixe par la fonction chlorophyllienne.

Pour être toujours homogène, la solution de Knop demande à être faite avec certaines précautions. Si l'on se contentait de dissoudre les sels et de réunir sans ordre les solutions, on obtiendrait un précipité abondant qui nuirait aux expériences. On dissout ensemble le nitrate de chaux et le nitrate de potasse ; on leur ajoute doucement le sulfate de magnésie préalablement dissous. Puis, on délaye l'ensemble dans toute la masse d'eau que doit contenir la liqueur diminuée de la petite quantité nécessaire pour dissoudre le phosphate de potasse. La solution de ce dernier sel est ensuite versée goutte à goutte dans le mélange que l'on agite pendant toute l'opération. On ajoute enfin le phosphate de peroxyde de fer. Dans ces conditions, la liqueur reste parfaitement limpide.

2° *Matières organiques.* — Comme nous sommes encore peu éclairés sur le rôle des matières organiques dans la végétation (1), j'ai fait une expérience préliminaire, pour voir s'il y avait intérêt à faire entrer une substance organique dans la composition du milieu.

L'expérience suivante montre que dans les conditions où je devais opérer, il était indispensable d'employer une solution exclusivement minérale :

J'ai mis germer des pommes de terre, d'une part dans l'eau distillée, d'autre part dans la solution de Knop, enfin dans cette même solution additionnée d'une certaine quantité de sucre candi (4 grammes par litre).

(1) Ch. Dassonville : *Les aliments de la plante.* (Écho des Associations vétérinaires de France, 1897).

Dans des expériences de ce genre, il est pratiquement impossible de stériliser le milieu. Pourtant, j'ai pris la précaution de faire bouillir la solution sucrée et de flamber les éprouvettes.

Douze tubercules en voie de germination furent mis en culture dans chaque série :

Dès les premiers jours, les racines se développèrent au contact des liqueurs salines et les tiges poussèrent vigoureusement.

Dans l'eau distillée, le développement fut faible.

Vers la fin de la première semaine, la croissance s'arrêta dans la culture qui renfermait du sucre candi. La liqueur était trouble ; elle était envahie par des microorganismes qui formaient à la surface une pellicule blanche, épaisse, adhérant aux racines. Quelques jours après, les tubercules eux-mêmes furent attaqués par les moisissures ; ils pourrirent et les tiges moururent.

Dans la solution de Knop sans matière organique, les tiges ont continué à pousser vigoureusement. Dans l'eau distillée, elles restèrent rudimentaires ; mais elles ont survécu, comme dans la solution minérale pure, pendant plusieurs mois.

Cette expérience nous fait voir que la présence d'une matière organique dans la liqueur permet aux organismes inférieurs de se développer en abondance et de consommer une partie des sels de la solution.

L'introduction de la matière organique dans le milieu en fait donc varier constamment la composition. Elle ne permet pas, par conséquent, d'apprécier les effets des sels. Aussi dans toutes mes cultures, je n'ai utilisé que des solutions exclusivement minérales.

On voit d'ailleurs, par les résultats que je viens d'indiquer pour la solution de Knop et pour l'eau distillée, que les substances minérales en solutions pures permettent au végétal de se développer dans des conditions telles que leur influence peut être aisément étudiée.

Espèces étudiées. — Mes expériences n'ont porté que sur un nombre restreint d'espèces. J'ai surtout tenu à opérer sur un très grand nombre d'individus, afin d'éviter de prendre des variations individuelles pour des variations dues à l'action des sels.

J'ai mis à l'étude: le Lupin, la Fève, le Seigle, le Blé, l'Avoine, le Maïs, le Sarrasin, la Pomme de terre, le Lin, le Grand-Soleil, la Courge, le Ricin, la Tomate, le Chanvre, l'Ipomée, le Pin.

LUPIN.

(Lupinus albus.)

Dans une première série d'expériences, j'ai mis en germination des graines de Lupin, les unes dans l'eau distillée, les autres dans la solution de Knop.

Ces dernières se sont rapidement développées dès les premiers jours, et plusieurs de leurs feuilles étaient déjà complètement étalées, lorsque les cotylédons des autres commençaient à peine à se dégager des téguments.

Vers le 30me jour, leurs feuilles ont jauni ; j'ai mis fin à l'expérience pour établir les comparaisons.

Ces recherches ont porté sur vingt-cinq exemplaires de chaque sorte : elles ont donné lieu aux observations suivantes :

1° Morphologie externe.

1° **Racine**. — Dans chaque plante soumise à l'action des sels, la racine principale, longue en moyenne de 20 centimètres, est grêle dans ses deux tiers inférieurs ; puis, elle augmente progressivement, mais sans dépasser 2 millimètres au niveau de l'axe hypocotylé. Les flancs sont garnis de nombreuses radicelles ramifiées, atteignant 5 centimètres de long et assez irrégulièrement disposées (fig. 2, B). Le sommet végétatif est terminé par une coiffe très apparente.

Dans l'eau distillée, la racine atteint au plus 3 centimètres de long. Elle est volumineuse (fig. 1, A). Sur deux génératrices opposées sortent des radicelles très courtes (trois milimètres), assez épaisses, concrescentes entre elles et qu'on peut détacher d'un seul bloc, en laissant, sur la racine principale, deux profonds sillons.

2° **Tige et feuilles**. — L'axe hypocotylé est trois fois plus long (8 centimètres) dans la solution saline que dans l'eau distillée ; les diamètres sont à peu près les mêmes. La tige est courte dans les deux cas ; mais, tandis que, dans la solution de Knop, elle donne naissance à des folioles largement étalées (de 12 millimètres en moyenne), longuement pétiolées, à limbe épais et de couleur vert tirant sur le jaune, dans l'eau distillée, les folioles sont pliées suivant leur nervure médiane, moitié moindres, de couleur vert foncé ; le pétiole est relativement court (fig. 1 et 2).

Les cotylédons ont sensiblement le même aspect.

2° Morphologie interne

1° **Racine**. — La difficulté de choisir des régions comparables dans des racines aussi dissemblables extérieurement compliquait l'étude comparée de leur structure.

D'autre part, l'apparition très précoce des formations secon-

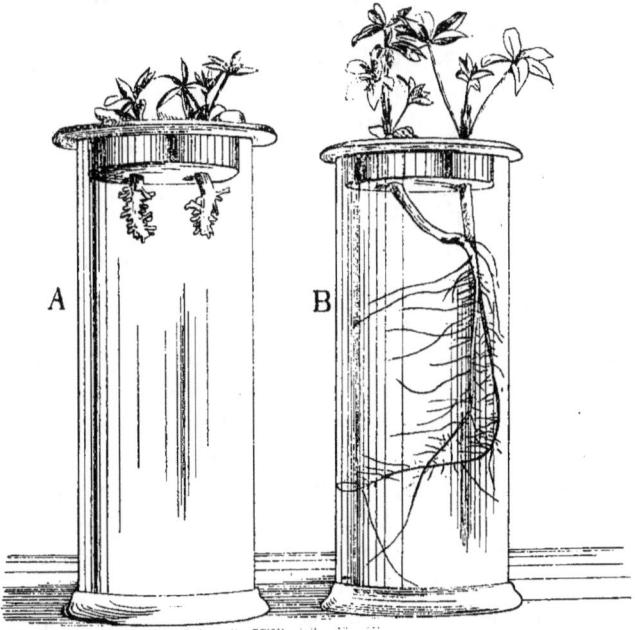

Fig. 1 et 2. — Germination du Lupin : A, dans l'eau distillée ; B, dans une solution saline.

daires modifie l'anatomie du Lupin suivant les diverses régions de la racine, ce qui exige une comparaison à différents niveaux.

L'examen des coupes sériées m'a montré que, lorsque le Lupin a 30 jours de végétation dans la solution saline, le tiers inférieur de la racine ne présente que des formations primaires.

Dans l'eau distillée, l'assise génératrice libéro-ligneuse secondaire est déjà formée à 4^{mm} du sommet végétatif.

Au-dessous de ces limites, les régions sont donc anatomiquement comparables, puisqu'elles ne possèdent que la structure primaire.

Elles sont représentées figures 10 et 11, Pl. 3. Les figures 12 et 13 font voir la structure au tiers moyen de l'organe ; la première, dans l'eau distillée, l'autre dans la soluion de Knop.

Enfin, j'ai étudié comparativement l'anatomie de la racine dans son tiers supérieur, et l'exposé qui va suivre montrera que l'examen à ces trois niveaux est indispensable dans l'espèce qui nous occupe.

A. *Moelle*. — Dans les sels, au tiers inférieur de la racine (Pl. 3, fig. 10), les faisceaux ligneux se rejoignent vers le centre de l'organe par de larges cellules polygonales peu épaissies, mais dont les parois retiennent des traces des réactifs colorant les membranes lignifiées.

Au tiers moyen, la moelle est constituée par des cellules rondes, plus grandes (Pl. 3, fig. 13) que celles du niveau correspondant de l'eau distillée (Pl. 3, fig. 12).

L'absence de sel montre une moelle qui est déjà large à 2^{mm} du sommet de la racine (Pl. 3, fig. 11).

B. *Bois* et *Liber*. — Dans chaque culture, le bois primaire a deux faisceaux égaux, mais les parois des vaisseaux sont plus lignifiées dans l'eau distillée et leur lumière est plus faible (Pl. 3, fig. 11).

La figure 10 (Pl. 3) montre en *l* la position du liber primaire. Dans l'eau distillée (Pl. 3, fig. 11), le liber est déjà refoulé à la périphérie par les cloisonnements de l'assise génératrice, bien que la coupe soit faite tout près de l'extrémité de la racine.

Dans la solution de Knop, la segmentation ne commence qu'au tiers moyen de la racine. A ce niveau, l'appareil vasculaire est représenté par les faisceaux primaires auxquels s'ajoutent des vaisseaux qui ont une origine particulière.

Si on examine les coupes prises dans le tiers inférieur (Pl. 3, fig. 10), on voit que les faisceaux ligneux sont garnis sur leur flanc de larges cellules (*r m x*) non segmentées.

Plus haut (Pl. 3, fig. 13), ces cellules se divisent, lignifient leur paroi en formant deux arcs de bois (*v m x*) adossés aux faisceaux primaires.

Ces arcs de *métaxylème* sont séparés l'un de l'autre, au niveau du liber primaire, jusqu'au moment où l'assise secondaire (*a. g.*) commence à donner ses premiers cloisonnements. C'est à cet endroit même qu'elle débute. Elle différencie aussitôt son bois à l'intérieur

($v.s_1$, Pl. 3, fig. 13) et transforme ainsi les deux arcs de bois en un anneau complet, mais qui a deux origines différentes.

Les cloisonnements de l'assise génératrice marchent petit à petit vers le dos du faisceau primaire en se différenciant très lentement. On voit ainsi, en dehors du métaxylème primaire, quelques rares vaisseaux non lignifiés qui sont les vraies formations ligneuses secondaires et qui s'appuient sur les éléments extérieurs du métaxylème ($v.s$, Pl. 3, fig. 13).

Ce mode de formation de l'appareil circulatoire éloigne beaucoup l'assise génératrice de la moelle, au niveau du métaxylème, comme on peut s'en rendre compte en comparant les figures (12 et 13).

Derrière les faisceaux primaires, l'assise génératrice fournit quelques vaisseaux larges et peu lignifiés, destinés aux radicelles.

Dans l'eau distillée, les faisceaux primaires sont tout d'abord entourés de larges cellules ($v. m. x.$, fig. 11) qui se segmentent et forment plus tard des massifs de cellules polygonales dont les parois restent minces et ne prennent pas les caractères de vaisseaux ($v.m.x$, fig. 12).

Les arcs de bois qui sont représentés en ($v. s$) ne dérivent pas de la différenciation de ces éléments; il n'y a, pour ainsi dire, pas de lignification du métaxylème primaire : c'est la différenciation précoce de l'assise secondaire libéro-ligneuse qui pourvoit au développement de l'appareil vasculaire.

Le bois secondaire ($r.s$) entoure directement la moelle ; la suppression du métaxylème le rapproche du centre de la racine.

Ce n'est plus comme dans la solution de Knop, au niveau du liber, qu'elle commence ses premiers cloisonnements et qu'elle atteint son maximum d'activité; c'est à droite et à gauche des faisceaux primaires, aux endroits mêmes où la solution détermine la lignification le plus intense du métaxylème.

Le système vasculaire occupe donc la même place dans les deux cas ; mais il a une origine différente.

Dans toute l'étendue de la région moyenne, et dans l'eau distillée, les arcs du bois secondaire restent éloignés l'un de l'autre au niveau du liber primaire; nous avons vu, au contraire, que dans la solution de Knop, les arcs de métaxylème primaire, devenus insuffisants, se complètent d'un bois secondaire qui les rejoint et forme un anneau continu.

A ces différences essentielles, il convient d'ajouter que les vaisseaux sont plus nombreux dans la solution saline, que leurs diamètres sont plus grands et que leur paroi est moins lignifiée (Pl. 3, fig. 12 et 13).

Enfin, dans l'eau distillée, on constate derrière les faisceaux primaires deux massifs de bois à cellules courtes et à épaississements spiralés qui donnent les ramifications aux radicelles concrescentes et qui figurent, par conséquent, à toutes les coupes.

En solution saline, ce système est représenté par quelques vaisseaux, dans les coupes qui sont prises à la sortie des radicelles ; on ne les trouve plus quand on s'éloigne de ces dernières.

Au tiers supérieur, dans l'eau distillée, le bois des radicelles âgées s'avance à l'intérieur pour occuper la place du bois primaire et se raccorder avec le bois secondaire qu'il refoule latéralement, pendant que la zone génératrice fonctionnant au niveau du liber primaire, transforme, en un anneau continu, les deux arcs que j'ai signalés.

Le groupement des radicelles presque toutes en un même point détermine la formation d'un anneau de bois tellement serré que la comparaison de deux coupes prises à ce niveau tendrait à faire admettre que l'absence des sels favorise le développement de l'appareil vasculaire.

Il n'en est rien : Ce cercle n'est que provisoire, car les coupes prises immédiatement au-dessus des dernières radicelles montrent quatre faisceaux isolés par une moelle qui, tout à coup, devient très large.

Enfin, il reste à noter que le métaxylème primaire de la solution saline ne se forme plus au tiers supérieur et que l'assise génératrice produit un anneau fermé de bois secondaire qui se substitue à lui et continue son rôle.

En résumé, la solution de Knop favorise le développement de l'appareil vasculaire de la racine, augmente les dimensions des éléments du bois et retarde leur lignification.

L'absence des sels empêche la lignification du métaxylème primaire et hâte le fonctionnement de l'assise libéro-ligneuse secondaire.

C. *Péricycle*. — Au niveau des formations primaires (Pl. 3, fig. 10, *pc*.), le péricycle est constitué, dans la solution de Knop, par une rangée de cellules pentagonales, à face interne épaissie. Il se dédouble et perd ses épaississements derrière les faisceaux ligneux.

Vers la région moyenne de la racine, il divise ses cellules dans le sens tangentiel ; les segments internes se sclérifient (Pl. 3, fig. 13, *scl.*) et forment, au tiers supérieur, une double rangée de fibres larges, adossées à une rangée simple de cellules minces (Pl. 4, fig. 14).

Dans l'eau distillée, les cellules du péricycle sont rondes et non épaissies vers les extrémités de la racine. Comme dans la solution, elles se dédoublent derrière le bois primaire. Du tiers moyen au tiers supérieur de la racine (Pl. 4, fig. 12, *scl.*), il se différencie de petits paquets de sclérenchyme très épaissi. Dans ce tiers supérieur, les cellules se segmentent un grand nombre de fois, les fibres disparaissent en partie (Pl. 4, fig. 15) et perdent de leur épaisseur.

Il est à noter qu'à ce niveau le système vasculaire est très développé et suffit au soutien de la plante, ce qui explique la diminution des fibres de sclérenchyme ; il est indispensable de tenir compte de ce rôle complémentaire de soutien que joue le sclérenchyme par rapport au bois, si l'on veut éviter l'erreur que ferait naître l'examen pur et simple de deux coupes prises dans les régions les plus différenciées de la racine.

D'après ce que nous venons de dire, la racine présente, à ses divers niveaux, des structures assez différentes ; c'est donc seulement après l'avoir étudiée dans toute sa longueur que l'on peut conclure : La solution de Knop augmente le nombre des fibres péricycliques de la racine, elle les répartit d'une façon régulière ; mais elle diminue l'épaississement de chacune d'elles.

D. *Endoderme*. — Des différences très nettes existent entre les endodermes, sur toute la longueur des racines.

D'abord très volumineuses dans la solution de Knop (Pl. 3, fig. 10, *end.*), les cellules sont nettement polygonales. Leurs dimensions diminuent légèrement en remontant les trois régions de la racine.

Elles sont à peine lignifiées sur les parois latérales : avec une grande attention, on observe, sur chacune d'elles, un point à peine perceptible que colore le vert d'iode.

Ces cellules sont trois fois moins grandes dans l'eau distillée. Elles ont la forme de tonnelets (Pl. 3, fig, 11, *end.*) à petit axe radial. Les faces latérales sont très fortement lignifiées dans toute leur étendue. Plus haut, les dimensions augmentent tout en restant constamment plus faibles que dans les sels. La lignification semble moins intense, mais elle envahit encore toute l'étendue des faces latérales (Pl. 4, fig. 15).

E. *Écorce*. — Les cellules de l'écorce sont deux fois plus grandes dans la solution Knop que dans l'eau distillée. Elles sont constamment polygonales et ne montrent des méats qu'à partir du milieu de la racine. A ce niveau, le volume des cellules est diminué de moitié.

Au tiers supérieur, elles sont très inégales, vers le centre de l'écorce. A la périphérie, elles sont très petites et aplaties tangentiellement.

Dans l'eau distillée, les cellules sont arrondies dès l'extrémité ; elles deviennent ovales à la sortie des grosses radicelles, par leur compression au niveau de la déchirure qu'elles occasionnent.

Plus haut, elles reprennent leur forme première. Les faces latérales de l'assise externe sont lignifiées, au tiers supérieur, dans les deux cas.

Je n'ai pas noté de différence appréciable dans les dimensions respectives de l'écorce.

2° **Axe hypocotylé**. — La moelle est très volumineuse dans l'eau distillée et sépare les formations secondaires en quatre faisceaux libéro-ligneux isolés, qui s'adossent à des arcs épais de fibres très fortement sclérifiées.

Le péricycle est double entre les faisceaux. Le cercle de bois reste continu dans la solution de Knop.

Le sclérenchyme est moins épais.

3° **Axe épicotylé**. — Les zones les plus différenciées de l'axe épicotylé montrent dans l'eau distillée neuf à douze faisceaux libéro-ligneux répartis assez régulièrement autour de la moelle. Deux d'entre eux sont diamétralement opposés et se font remarquer par leur épaisseur, qui atteint à peu près la somme des autres faisceaux.

Une large assise génératrice laisse entre eux de grands rayons de parenchyme (Pl. 4, fig. 16).

Le péricycle et l'endoderme ne sont pas différenciés. Les cellules de l'écorce sont larges. L'épiderme est double : les cellules du rang interne sont aplaties tangentiellement, rectangulaires.

Les éléments du rang extérieur ont leur face externe arrondie.

Dans la solution saline (Pl. 4, fig. 17), on trouve un anneau continu de bois secondaire plus épais en certains points qui représentent les faisceaux que nous avons signalés dans l'eau distillée. Les vaisseaux ont un diamètre double, leur membrane est peu lignifiée. Le liber forme aussi un anneau fermé; ses éléments sont plus grands que dans l'eau distillée. L'écorce est moins large, à cellules beaucoup plus petites.

L'épiderme est double, comme dans le cas précédent ; mais ses cellules intérieures sont nettement polyédriques.

4° **Feuilles.** — Les pétioles ne diffèrent entre eux que par les dimensions plus grandes des faisceaux libéro-ligneux dans la liqueur saline.

Les limbes ne sont pas profondément modifiés.

Les éléments sont plus petits et plus serrés dans l'eau distillée.

En résumé, la solution Knop augmente le nombre et le diamètre des vaisseaux et retarde leur lignification dans tous les organes du Lupin.

Elle détermine la formation d'un anneau fermé de bois, aussi bien dans la tige que dans la racine ; tandis que, dans l'eau distillée, les vaisseaux sont groupés en faisceaux isolés dont le nombre varie suivant le membre considéré.

La solution de Knop augmente le nombre de fibres péricycliques et les répartit en assises régulières; mais elle retarde leur sclérose.

Elle retarde la lignification de l'endoderme de la racine et laisse prendre aux cellules de cette assise un développement considérable.

Elle augmente les dimensions des cellules de la moelle et de l'écorce.

FÈVE.

(Faba vulgaris.)

Dans la solution saline, des pieds de Fève ont dépassé un mètre de hauteur. Ils ont fleuri.

Dans l'eau distillée, les tiges sont restées rudimentaires (20 centimètres environ). Elles n'ont pas donné de fleurs. Les plantes sont restées vivantes aussi longtemps que dans la solution saline.

1° **Racine**. — (La comparaison est faite au tiers supérieur de l'organe).

Dans l'eau distillée (fig. 4, page 69), la moelle (*m*), lignifiée, est entourée par un métaxylème très lignifié (*mx*) en relation avec les faisceaux primaires (*v. p*). L'assise génératrice (*a. g*) ne fonctionne qu'au niveau du liber primaire.

Les coupes montrent donc : des faisceaux primaires (*v. p*) logés profondément et alternes avec le liber primaire *l*, rejeté vers la périphérie par le liber secondaires *ll* ; du métaxylème *mx*, sur lequel s'appuie du bois secondaire *v. s* ; cinq rayons de parenchyme (*cj*) isolant les formations secondaires.

Dans la liqueur de Knop (fig. 3, page 69), la moelle (*m*), les vaisseaux primaires (*v. p*), le métaxylème (*mx*) et le bois secondaire (*v. s*) sont moins lignifiés. L'assise génératrice (*a. g*) donne du bois et du liber secondaires, non seulement en dedans du liber primaire, mais encore au dos de deux faisceaux ligneux.

On voit alors, sur la coupe : deux larges massifs de bois secondaire placés vis-à-vis l'un de l'autre ; sur l'un des côtés, un large rayon de parenchyme (*cj*) adossé à l'un des faisceaux du bois primaire ; à l'opposé, un troisième faisceau secondaire séparé des deux principaux massifs par deux rayons de parenchyme adossé aux deux derniers faisceaux du bois primaire.

Le liber a une disposition analogue, c'est-à-dire, qu'au lieu de cinq faisceaux isolés, il n'y en a plus que trois, dont deux larges, opposés.

Les fibres péricycliques (*scl*) conservent une disposition analogue à celle qu'elles ont dans l'eau distillée et permettent de reconnaître le type pentagonal primitif.

Les écorces n'ont pas de différences appréciables.

L'action des sels sur la structure de la racine de la Fève se résume donc en une diminution dans la lignification des divers éléments, en une augmentation des éléments vasculaires et en une activité plus grande de l'assise génératrice libéro-ligneuse.

2° **Tige**. — a. *Eau distillée* (Pl. 14, fig. 90). — La tige est quadrangulaire, fistuleuse. Les restes de la moelle (*m*) qui ont persisté sont de nature parenchymateuse.

Chaque angle de la tige est occupé par un faisceau libéro-ligneux assez important, au dos duquel on observe un paquet de fibres sclérifiées. Plus en dedans, on compte vingt faisceaux, petits, répartis sur un cercle. L'assise génératrice a peu ou pas fonctionné. Dans tous les cas, les rayons restent entièrement parenchymateux. *Les faisceaux sont donc partout distincts, isolés.* A chacun d'eux s'adosse un paquet de fibres péricycliques (*scl*).

L'assise périmédullaire est parenchymateuse. Les vaisseaux

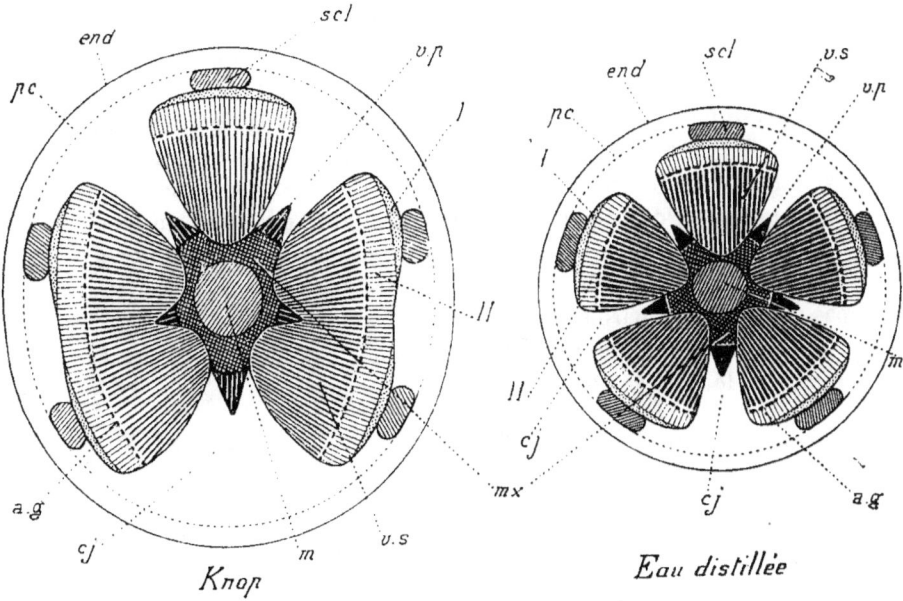

Fig. 3 et 4. — Coupes schématiques comparées de deux racines de Fève, cultivées l'une dans la solution de Knop et l'autre dans l'eau distillée.

sont étroits, très lignifiés. Les primaires sont plongés dans un parenchyme mince. Quand il y a des vaisseaux secondaires (ce qui est assez rare), ceux-ci sont entremêlés de parenchyme lignifié.

b. *Solution de Knop.* (Pl. 14, fig. 89). — La coupe de la tige est pentagonale. La moelle (*m*), en grande partie détruite, ne laisse que quelques assises de cellules qui sont lignifiées. L'assise péri-médullaire prend aussi le vert d'iode.

Les faisceaux qui occupent les angles de la tige sont beaucoup plus importants que dans l'eau distillée. Ils sont au nombre de cinq.

Les autres faisceaux ne sont plus isolés, comme précédemment, mais réunis en un anneau continu laissant proéminer, vers le centre, les vaisseaux primaires *v. p* associés à du parenchyme mince. Les cloisonnements de l'assise génératrice se sont, en effet, développés, puis différenciés, au niveau des rayons *r* comme entre le liber et le bois primaire ; mais, au niveau des rayons, la lignification du bois est moins intense et les vaisseaux sont plus larges qu'au niveau des formations primaires.

Le liber forme un anneau continu.

A chaque proéminence du bois primaire correspond, au dos du liber, un paquet volumineux de fibres péricycliques.

Le nombre des assises de l'écorce est légèrement diminué.

En résumé, la solution de Knop détermine dans la tige la formation d'un anneau fermé de bois. Dans la racine, elle altère la symétrie de la structure, par la formation de bois secondaire au niveau de deux des rayons primaires. Ces faits sont dus à un fonctionnement de l'assise génératrice au niveau des rayons primaires. Elle augmente le nombre des fibres péricycliques, mais ne tend pas à épaissir les parois.

Ces conclusions sont analogues à celles que nous avons précédemment formulées pour le Lupin.

SEIGLE.

(Triticum secale.)

Le 10 mai, j'ai semé du Seigle dans trois pots remplis de pierre ponce.

Le premier était arrosé avec le liquide de Knop, un autre avec la même solution étendue de son poids d'eau, le troisième n'a reçu que de l'eau distillée.

Ces deux derniers seuls sont arrivés à graine. Le premier n'avait pas dépassé 10 cent. au bout d'un mois. A cette époque, il a commencé à s'étioler, et, vers le quarantième jour, il était mort.

Cette expérience montre que le degré de concentration des solutions salines ont une très grande importance ; et, a priori, on peut conclure que si un sel est nécessaire et souvent indispensable, il peut et doit nuire lorsqu'il existe en trop grande abondance dans le milieu.

Quelle est la dose la plus favorable au développement pour chaque espèce, quelle marche suit la végétation pour des proportions variables des sels dans la solution, telle est l'importante question qui se pose lorsqu'on considère ces résultats et dont nous entre- prendrons ultérieurement l'étude.

1° Morphologie externe

Les racines n'ont pas montré de différences appréciables.

Il en a été tout autrement des tiges et des feuilles. Dans l'eau distillée, la tige, filiforme et pourvue de cinq feuilles rudimen- taires (3 centimètres), avait acquis 30 centimètres de long et était surmontée d'un épi, dont un grand nombre de fleurs avaient avorté, tandis que dans la solution de Knop étendue, pour un même nombre de feuilles cinq à six fois plus grandes, la tige avait 2 millimètres de diamètre et portait un épi bien conformé.

2° Morphologie interne.

1° Tige. — La tige a montré les différences suivantes :

A. DANS LES SELS (Pl. 4, fig. 21)	B. DANS L'EAU DISTILLÉE (Pl. 4, fig. 20)
La tige possède 16 faisceaux répartis sur deux circonférences concentriques. Ceux du rang interne ont tous la même consti- tution ; ceux du rang externe ont une organisation moins avancée.	On compte 11 faisceaux répar- tis sur une seule circonférence et de constitution analogue à celle des faisceaux de la rangée interne de la tige poussée dans la solution saline, mais à élé- ments plus petits.

Chaque faisceau interne comprend :

1° Un anneau de cellules enveloppantes à paroi légère- ment lignifiée (a s l) (Assise- limite de M. Duval-Jouve).	1° La lignification est plus intense surtout pour les cellules extérieures.
2° Deux larges vaisseaux dis- posés tangentiellement (v p), sé- parés l'un de l'autre par un groupe de cellules lignifiées	2° Les parois de ces vaisseaux et des cellules intermédiaires sont plus lignifiées.
3° Un et plus souvent deux vaisseaux disposés radialement, entourés de cellules à parois minces ; ces cellules se détrui- sent souvent et il se forme un canal aérifère autour de ces vaisseaux.	3° Il n'y a qu'un seul vais- seau.
4° Le liber est assez déve- loppé (lib.).	4° Le liber est réduit à quel- ques cellules.

Dans l'eau distillée, ces faisceaux sont entourés par un parenchyme à cellules polygonales plus petites et lignifiées derrière chaque faisceau. L'épiderme et les deux assises des cellules sont très fortement lignifiées.

Dans la solution de Knop, les cellules du parenchyme qui entoure les faisceaux sont minces dans toute son étendue. L'épiderme et les deux assises sous-jacentes sont très légèrement lignifiés en face des faisceaux du rang interne.

Partout ailleurs, la face interne des cellules épidermiques n'offre pas trace de lignification et les éléments de l'assise sous-épidermique restent minces.

Les faisceaux du rang extérieur touchent à l'épiderme par leur rangée de cellules enveloppantes, qui, vers le centre de la tige, lignifient leur membrane.

La structure de ces vaisseaux varie : les moins différenciés sont constitués exclusivement par du liber ; d'autres, plus différenciés, ont quelques vaisseaux de bois et un liber très réduit. Les plus développés ont l'aspect général des faisceaux du cercle interne, mais avec des éléments plus petits.

2° **Feuilles.** — Dans la solution de Knop, la troisième feuille, prise à partir du sommet et coupée dans son milieu, montre 24 nervures, dont une médiane représentée (Pl. 4, fig. 18).

La même région de la feuille homologue donne, dans l'eau distillée, 19 faisceaux, dont un médian (Pl. 4, fig. 19).

(Pour la commodité de l'exécution du dessin, cette dernière a été représentée avec un grossissement double de l'autre).

On peut constater que, comme dans la tige, les faisceaux sont plus larges et moins lignifiés dans la solution minérale.

Dans l'eau distillée les cellules de l'anneau qui enveloppe chaque faisceau ont leur paroi interne et leurs parois latérales lignifiées.

Le faisceau médian est relié aux deux épidermes par une bande de cellules à membrane très fortement lignifiée. Une bande analogue accompagne les plus gros faisceaux.

Dans les sels, la lignification de l'anneau de la feuille est moins forte et n'atteint que les cellules tournées vers la face supérieure de la feuille.

La bande de cellules dont il a été parlé plus haut n'est plus représentée que par quelques fibres hypodermiques à paroi peu épaissie (*scl*).

Il est logique d'attribuer à ces formations lignifiées un rôle de protection des vaisseaux contre les rayons solaires, par suite un rôle modérateur de la transpiration.

Dans son travail sur l'histotaxie des feuilles de Graminées, M. Duval-Jouve (1) signale, en effet, que ce tissu est très réduit chez les espèces aquatiques et hivernales, tandis qu'il prend un développement considérable chez quelques Graminées du Sahara.

Il montre, en outre, que sur une même espèce *(Festuca ovina, Stipa pennata, Melica minuta)*, l'exposition au soleil augmente le développement de ce tissu.

Les Seigles que nous avons cultivés étaient soumis aux mêmes conditions extérieures ; or, il est évident que l'effet de radiation sur la transpiration devait être d'autant plus intense dans l'eau distillée, que l'épaisseur moindre du parenchyme de la feuille protège moins les vaisseaux contre les rayons solaires.

Si, d'autre part, on tient compte des résultats observés par M. Jumelle, dans ses recherches sur le développement des plantes annuelles, à savoir que la présence des sels augmente la quantité d'eau contenue dans la plante, on comprend que ces Seigles, privés d'eau par l'absence des sels et soumis à des conditions favorables à la suractivité de la transpiration, aient lutté contre la disparition de leur eau par la formation d'un appareil protecteur autour des vaisseaux les plus larges. Il est d'ailleurs à remarquer que les faisceaux les plus petits n'ont pas de cellules protectrices différenciées, mais sont situés près de la face inférieure du limbe et sont recouverts par un parenchyme relativement abondant.

Enfin, le parenchyme est uniforme, à éléments serrés, dans l'eau distillée ; dans la solution de Knop, il est lacuneux de chaque côté des faisceaux, excepté autour de la nervure médiane.

L'épiderme subit aussi des modifications : on voit, dans l'eau distillée, un grand nombre de poils à paroi légèrement lignifiée, particulièrement abondants à la face inférieure. Ils sont très rares et plus longs dans la solution. Leur paroi se colore en rose par le carmin.

(1) Duval-Jouve : *Histotaxie des feuilles de Graminées*, page 343.

3° **Racine.** — J'ai représenté (Pl. 13, fig. 22 et 23) des coupes de racines de Seigles ayant 15 jours de végétation, semés sans pierre ponce, la première dans le Knop, la deuxième dans l'eau distillée. Ces plantes faisaient partie d'une série dont il sera parlé plus loin ; mais je dois dire, dès maintenant, que la racine née dans les sels était longue de 9 cent. alors que l'autre n'en atteignait pas 2, pour éviter la tendance que l'on aurait, en examinant ces figures, à attribuer aux sels un rôle atrophique de l'appareil vasculaire.

Ce qui frappe le plus en comparant ces deux figures, c'est la lignification intense des deux assises contiguës de l'écorce qu'une rangée de cellules à parois minces sépare de l'assise pilifère. Le parenchyme cortical est dépourvu de méats.

Dans la solution de Knop, les cellules de l'écorce sont rondes et prennent de grandes dimensions vers la périphérie. Elles ont de larges méats.

En résumé, les sels déterminent dans les divers organes du Seigle des modifications de structure importantes :

Ils retardent la lignification et augmentent le nombre et le diamètre des vaisseaux de la tige et de la feuille.

Leur absence hâte la lignification des éléments périphériques dans la tige comme dans la racine, augmente le nombre des poils et détermine l'apparition d'un appareil régulateur de la transpiration dans les feuilles.

AVOINE

(Avena sativa)

Le 30 mars, j'ai mis germer des grains d'Avoine, d'une part dans la solution de Knop, d'autre part dans l'eau distillée (1).

Les différences ont été notées le 30 mai.

I. — Morphologie externe

a. *Eau distillée.* — A cette date, chaque pied porte trois feuilles ayant chacune 5 cent. environ. La tige est grêle et ne dépasse pas 7 cent. Elle est parfaitement verte. Les racines sont très peu nombreuses, rudimentaires.

---

(1) D'autres cultures ayant pour but de rechercher le rôle des divers sels de la solution de Knop ont été entreprises en même temps. Il en sera question plus loin.

b. Solution de Knop. — Dès le début, la végétation s'est montrée plus vigoureuse que dans l'eau distillée ; le 30 mai, la tige portait 5 feuilles longues de 18 centimètres.

Mais, les feuilles avaient progressivement jauni et la *verse* de la tige s'était produite. L'étude anatomique du pied des chaumes nous donnera l'explication de ce phénomène.

Les racines étaient très nombreuses et très ramifiées ; elles mesuraient en moyenne 10 centimètres.

II. — Morphologie interne

1° **Racine.** — a. *Eau distillée* (Pl. 9, fig. 55). — Le cylindre central possède un vaisseau axile, à paroi sclérifiée mais non lignifiée. Tout le conjonctif est sclérifié ; le péricycle lui-même a ses membranes épaissies.

On compte six faisceaux de bois, répartis suivant un cercle. Chacun d'eux ne comprend qu'un seul vaisseau. Les vaisseaux ont une paroi fortement épaissie, mais se colorant mal par le vert d'iode, indice d'une lignification peu accusée. Aussi ne les distingue-t-on des éléments voisins que par leur diamètre qui est un peu plus grand.

Le liber, comme le bois, est très peu développé.

L'endoderme a ses parois internes et latérales épaissies.

L'écorce comprend trois assises de cellules dont les dimensions vont en augmentant du centre vers l'extérieur.

b. *Solution de Knop.* — La figure 56 (Pl. 9) représente la coupe d'une racine née dans une solution de Knop dans laquelle les sels de potasse avaient été remplacés par des sels de soude. La structure est la même dans la solution normale de Knop, sauf qu'il ne se produit *aucune* lignification et que le nombre des vaisseaux est un peu différent. En tenant compte de ces faits, nous pouvons, au moyen de cette figure, donner une description de la structure anatomique dans la solution de Knop :

Le cylindre central, incomparablement plus large que dans l'eau distillée, possède, en son centre, non plus un seul mais cinq grands vaisseaux à paroi mince, répartis dans la masse du conjonctif qui est entièrement parenchymateux.

Plus à la périphérie, dix faisceaux vasculaires s'appuyent contre l'endoderme. Les vaisseaux, au nombre de deux à cinq par faisceau, ont une large lumière; leur paroi est à peine épaissie et non lignifiée.

Le liber est très développé.

Les cellules du péricycle sont allongées radialement.

Toutes les parois de l'endoderme restent minces.

Le développement de l'écorce est à la fois centripète et centrifuge ; un anneau médian de larges cellules est compris entre un anneau périphérique et un anneau plus intérieur de petites cellules.

En résumé, les sels de la solution de Knop favorisent le développement du cylindre central de la racine. Ils augmentent le nombre et le diamètre des vaisseaux et empêchent la sclérification du conjonctif et de l'endoderme.

L'absence des sels a pour résultats : la sclérification du conjonctif, la réduction à un seul du nombre des vaisseaux centraux et le développement plus faible du liber.

2° **Tige**. — Les comparaisons ont été faites au milieu du deuxième entrenœud inférieur, près du point de flexion des tiges qui, dans la solution de Knop, ont versé.

a. *Eau distillée* (Pl. 9, fig. 52). — La tige est pleine ; la moelle, formée de cellules à méats, renferme, vers son centre, un faisceau (*f*) constitué par deux petits vaisseaux que sépare un petit amas de tissu libériforme. La face interne des cellules qui entourent ce faisceau est fortement lignifiée (1).

Autour de la moelle, le desmogène forme un manchon (*lig.*) de cellules très lignifiées qui enferme les faisceaux libéro-ligneux.

Ceux-ci sont ainsi réunis sur un seul cercle ; et leur méristème formateur, transformé en tissu de soutien, n'a plus tendance à se différencier désormais. L'accroissement de cette région est donc définitif et le diamètre a acquis sa dimension maxima.

Les vaisseaux (*v. p*) sont petits, très lignifiés.

L'épiderme (*e. p*) est fortement cutinisé sur ses faces externe et latérales. De temps en temps, une de ses cellules reste mince.

b. *Solution de Knop* (Pl. 9, fig. 53). — La moelle (*m*) est formée de très

_____

(1) J'ai observé ce faisceau à la base de la tige dans toutes mes cultures d'Avoine, aussi bien en présence des sels que dans l'eau distillée. Dans les entrenœuds plus jeunes on ne le retrouve pas; il disparaît avec la moelle. D'autre part, je n'ai retrouvé ce faisceau chez aucune des autres Graminées que j'ai étudiées. Il se pourrait qu'il soit particulier au genre *Avena* ou à une de ses divisions.

grandes cellules irrégulières, à parois très minces. Elle renferme un tout petit faisceau central (1).

Le méristème vasculaire ne présente pas trace de lignification ; il conserve la faculté de se diviser et forme des faisceaux nettement isolés, ne montrant aucun rapport les uns avec les autres. Les plus récemment formés sont vers la périphérie, les plus âgés sont répartis sur un cercle vers l'intérieur. On compte en tout seize faisceaux.

Les cellules du méristème qui les séparent les uns des autres ont de grandes dimensions ; elles ont l'aspect du parenchyme de la moelle ; leur paroi est extrêmement mince.

J'ai représenté (Pl. 9, fig. 53) trois de ces faisceaux qui occupent un même rayon. On voit que le calibre de leurs vaisseaux va en diminuant du centre à la périphérie. La lignification de ces vaisseaux, seuls éléments épaissis de la tige, est extrêmement faible.

L'épiderme ne présente pas trace de cutinisation.

Il suffit d'examiner comparativement les figures 52 et 53 pour comprendre comment la tige courte et grêle de l'Avoine cultivée dans l'eau distillée est restée droite, alors que, sous l'action des sels, la disparition complète des éléments de soutien ne pouvait permettre aux entrenœuds de la base de maintenir la verticalité nécessaire au développement de la plante.

En résumé, la solution de Knop a pour effet de favoriser le cloisonnement du méristème vasculaire et, par suite, d'augmenter le nombre des faisceaux de la tige ; mais elle entraîne la disparition des éléments de soutien, ce qui provoque la « verse » de la plante, lorsque l'action des sels a fait prendre aux parties supérieures un développement trop grand pour la faible résistance qu'offrent les tissus de la base de la tige.

3° **Feuille.** — a. *Eau distillée.* — Dans l'eau distillée, la 2ᵉ feuille, comptée à partir du sommet, possède, en sa région moyenne, 7 nervures.

La nervure médiane (Pl. 14, fig. 93) est reliée aux deux épidermes par une bande épaisse de tissu hypodermique (*scl*) surtout abondant à la face dorsale.

Les faisceaux de rang pair (par rapport à la nervure médiane) offrent des dispositions analogues.

(1) Le très grand diamètre que prend la tige n'a pas permis de représenter ici ce faisceau.

Une rangée de cellules à parois minces entoure l'assise-limite des vaisseaux ; tous les autres éléments du limbe sont très fortement sclérifiés.

Sur les bords, la feuille possède des fibres scléreuses.

L'épiderme est fortement cutinisé ; seules, les cellules bulliformes (*bull.*) sont minces. On voit en général un poil (*p*) très lignifié au-dessus de chaque nervure.

b. *Solution de Knop.* — Dans la solution de Knop, la coupe comparable montre onze nervures.

La nervure médiane (Pl. 14, fig. 94) est recouverte, vers la face supérieure, par un parenchyme à membranes très minces.

Le tissu hypodermique (*scl*) de la nervure médiane est très peu développé, surtout vers la face supérieure, où il n'est représenté que par quatre petites cellules à peine épaissies. A la face inférieure, il est plus abondant ; mais, en comparaison des dimensions de la feuille, il est loin d'avoir l'importance qu'on observe dans l'eau distillée. Dans tous les cas, ses éléments sont moins épaissis.

Au niveau des autres nervures, le tissu hypodermique est encore plus réduit. Les membranes des cellules du mésophylle sont légèrement épaissies, mais incomparablement moins que dans l'eau distillée.

Les épidermes sont minces dans toute leur étendue.

Les bords des feuilles n'ont pas de fibres scléreuses.

En résumé, la solution de Knop a pour effet d'augmenter le nombre des nervures de la feuille et de favoriser le développement du mésophylle, qui reste entièrement mince au-dessus de la nervure médiane et très peu épaissi dans le reste de la feuille.

L'absence des sels entraîne la formation de bandes lignifiées qui relient les nervures principales aux deux épidermes et de fibres scléreuses aux bords des feuilles. Elle sclérifie très fortement le mésophylle, cutinise les épidermes et provoque l'apparition de poils lignifiés au-dessus des nervures.

BLÉ

(Triticum sativum)

Des grains de Blé mis à germer dans les mêmes conditions que l'Avoine dont il vient d'être question, et à la même date, ont donné des résultats analogues.

En présence des sels, la végétation s'est montrée active dès le début. Mais bientôt, les plantes ont « versé », puis se sont décolorées.

Dans l'eau distillée, elles sont restées petites et grêles ; mais elles ont conservé une couleur vert-foncé et sont demeurées bien droites.

Les observations recueillies le 30 mai sont résumées dans le tableau suivant :

	EAU DISTILLÉE	SOLUTION DE KNOP
Longueur moyenne des racines . . .	1 cent.	20 cent.
Longueur des tiges	7 à 8 cent.	16 cent.
Nombre de feuilles étalées	3	6
Longueur des feuilles	6 cent.	13 cent.
Largeur des feuilles	1 millim. 1/2	4 millim.

MORPHOLOGIE INTERNE.

Les comparaisons ont été établies après 40 jours de végétation.

1° **Racine**. — a. *Eau distillée* (Pl. 14, fig. 88). — Le conjonctif du cylindre central est constitué par un parenchyme mince renfermant quatre larges vaisseaux à paroi non épaissie.

Vers la périphérie du cylindre, on voit un cercle de dix faisceaux constitués par un ou deux vaisseaux à membrane épaissie mais non lignifiée et reliés à l'endoderme par des vaisseaux plus petits, à paroi mince.

Le liber est peu développé.

Les cellules du péricycle sont assez grandes et allongées dans le sens radial.

L'endoderme n'est pas différencié, mais les éléments de l'écorce sont fortement lignifiés. L'assise qui touche à l'endoderme est la plus lignifiée. La lignification diminue progressivement de l'intérieur vers l'extérieur, à mesure qu'augmente le diamètre des cellules, qui sont disposées en quatre rangées concentriques.

L'assise pilifère est de nature cellulosique.

b. *Solution de Knop* (Pl. 8, fig. 43). — Le cylindre central est plus développé que dans l'eau distillée. Les cellules du conjonctif ont de plus grandes dimensions. Elles comprennent dans leur masse quatre grands vaisseaux beaucoup plus larges qu'en l'absence de tout sel. Le nombre des faisceaux extérieurs est de onze. Les vaisseaux, au nombre de un à deux par faisceau, sont plus larges et moins épaissis que dans l'eau distillée. Ils sont très légèrement lignifiés.

Le liber (*l*) est très développé.

Les parois de l'endoderme (*end*), de même que celles des cellules de l'écorce (*ec*) sont entièrement minces. On compte dans l'écorce sept assises de cellules.

Cette région possède de larges lacunes aérifères (*lacs*) développées aux dépens des 3me, 4me et 5me rangées comptées du centre vers l'extérieur.

L'assise pilifère est de nature cellulosique.

En résumé l'action des sels de la solution de Knop sur la structure de la racine se traduit : 1° par l'augmentation des diamètres des cellules du conjonctif et des vaisseaux centraux du cylindre central ; 2° par une légère augmentation du nombre et du calibre des vaisseaux du cercle extérieur ; 3° par un plus grand développement du liber ; 3° par la disparition de toute lignification dans l'écorce ; 5° par la formation de larges lacunes aérifères dans cette région.

2° **Tige.** — a. *Eau distillée* (Pl. 8, fig. 45). — La tige est fistuleuse. Le deuxième entrenœud de la base possède une couronne de douze faisceaux à vaisseaux (*v. p*) étroits, bien lignifiés, à liber (*lib*) peu abondant. Les cellules de l'assise (*as. l*) qui limite chacun de ces faisceaux du côté tourné vers le centre de la racine sont légèrement lignifiées à leur face externe et sur les faces latérales.

A l'extérieur de ce cercle, on voit quelques faisceaux plus petits, pour la plupart à peine ébauchés. La figure 45 en représente un qui a déjà acquis un développement analogue à ceux du cercle intérieur. Presque tous les autres n'ont encore qu'un seul vaisseau accompagné de quelques éléments libériformes; mais tous ces faisceaux ont déjà une assise limite légèrement lignifiée.

Le méristème qui relie les faisceaux du cercle intérieur à ceux de la périphérie est parfois légèrement lignifié.

L'épiderme n'est pas différencié.

b. *Solution de Knop* (2me entrenœud inférieur). (Pl. 8, fig. 46). — Au simple aspect des coupes, on est frappé de la minceur des membranes des cellules. Le tissu apparaît comme une dentelle extrêmement fragile à mailles larges et extrêmement délicates.

Il n'y a plus la moindre trace de lignification du méristème ni des assises-limites des faisceaux.

La tige est fistuleuse.

Le méristème est abondamment cloisonné et constitue une large zone différenciant un cercle intérieur de quinze gros faisceaux séparés les uns des autres par de grandes cellules très minces.

Ces faisceaux ont un liber abondant. Les vaisseaux tangentiels *(v. p.)* ne présentent pas trace d'épaississement. On ne les distingue des éléments voisins que par la place qu'ils occupent et par les dimensions plus faibles des cellules de l'assise qui limite ces faisceaux.

Derrière ce cercle intérieur, on voit l'ébauche d'un deuxième cercle de faisceaux ayant les mêmes caractères.

Au niveau de ces derniers, les cellules du méristème sont plus petites ; mais elles ont la même minceur.

L'épiderme est également mince.

En somme, si on compare cette structure à celle qu'on observe dans l'eau distillée, on peut conclure que les sels de la solution de Knop favorisent le cloisonnement du méristème vasculaire, augmentent les dimensions des cellules et le nombre des faisceaux ; mais ils entravent la lignification et par suite nuisent au développement des éléments de soutien.

Si l'on considère que les Blés cultivés dans la solution de Knop ont versé ; que le centre de flexion des tiges a toujours été le deuxième entrenœud inférieur, l'examen de la structure que je viens de décrire expliquera le mécanisme de la verse et permettra de conclure : les sels de la solution de Knop déterminent la verse du Blé par l'entrave qu'ils apportent à la lignification de la base de la tige.

Nous avons vu que ces sels produisent sur la végétation de l'Avoine des résultats analogues et l'examen de la structure nous a conduit à la même conclusion.

Le centre de flexion des tiges versées s'étant toujours montré au-dessus du premier entrenœud, j'ai examiné la structure de cette dernière région.

A ce niveau, les cellules ont une membrane assez épaisse. Le diamètre de la tige est moins grand. Le méristème vasculaire moins abondant qu'au 2me entrenœud. Les cellules qui séparent les faisceaux vasculaires sont plus petites. Enfin, les vaisseaux et les cellules des assises-limites sont légèrement lignifiés.

En somme, la structure est intermédiaire à celle qu'on observe au deuxième entrenœud dans les sels et dans l'eau distillée.

Les éléments de soutien sont plus nombreux qu'au deuxième entrenœud, ce qui explique la résistance relative que la tige présente en cet endroit.

3° **Feuille.** — a. *Eau distillée* (Pl. 14, fig. 91). — Vers le milieu de la deuxième feuille, on compte treize nervures de dimensions variables. On peut les classer ainsi : une médiane, la plus importante ; deux de deuxième ordre, occupant, symétriquement, le quatrième rang par rapport à l'axe de la feuille. Les autres, plus petites, sont à peu près toutes égales entre elles.

Le faisceau médian et les nervures de deuxième ordre sont reliés aux épidermes par des bandes épaisses de tissu hypodermique très lignifié (*scl*), qu'on retrouve également au bord des feuilles.

Tout le mésophylle est très fortement sclérifié.

L'épiderme n'est pas cutinisé ; il est pourvu de poils.

b. *Solution de Knop*. — La région comparable (Pl. 14, fig. 92) montre vingt et une nervures réparties ainsi : une médiane, de premier ordre ; huit de deuxième ordre, occupant symétriquement les 3me, 5me, 7me et 9me rangs comptés à partir de la nervure médiane.

On trouve du tissu hypodermique au niveau du faisceau médian et de la 3me paire de nervures ; mais il est très réduit et surtout peu lignifié. Partout ailleurs, il fait défaut. Au bord des feuilles les fibres sont très rares et très peu sclérifiées.

Au-dessus de la nervure médiane le mésophylle est constitué par une masse importante de parenchyme mince. Ailleurs il est formé de grandes cellules beaucoup moins sclérifiées que dans l'eau distillée.

L'épiderme n'est pas cutinisé ; il est pourvu de poils.

En résumé, la solution de Knop augmente le nombre des nervures de la feuille et favorise le développement du mésophylle, qui reste entièrement mince au-dessus de la nervure médiane et très peu épaissi dans le reste de la feuille ; elle diminue l'importance des bandes lignifiées qui relient les nervures aux épidermes et celle des fibres des bords de la feuille. Son absence sclérifie très fortement le mésophylle.

Ce sont là des conclusions absolument analogues à celles'que nous avons formulées chez l'Avoine.

C'est à dessein que j'ai réuni sur une même planche (Pl. 14) les feuilles d'Avoine (fig. 93 et fig. 94) et les feuilles de Blé (fig. 91 et fig. 92), parce qu'en les observant comparativement on voit combien il est important de tenir compte des modifications histologiques provoquées par le milieu, quand on cherche à classer les végétaux d'après les caractères anatomiques.

Si l'on priait une personne non prévenue des variations que la structure peut subir, de classer ces quatre feuilles d'après leurs caractères histologiques, on la verrait grouper d'une part les feuilles des figures 91 et 93 et d'autre part celles des figures 92 et 94 ; c'est-à-dire que chaque fois elle réunirait des espèces différentes. Cette personne déclarerait, en outre, que ces deux groupes sont très différents l'un de l'autre ; alors que dans chacun d'eux il s'agit des mêmes espèces.

Les comparaisons de ces quatre figures conduisent aux deux conclusions suivantes :

1º L'influence du milieu peut modifier la structure de deux espèces différentes au point de leur donner une très grande ressemblance ; 2º les variations du milieu peuvent modifier la structure des individus appartenant à une même espèce au point de les rendre absolument dissemblables.

Remarquons de plus que si, dans le cas présent, nous cherchions à caractériser les genres Avoine et Blé par la structure des feuilles, nous ne pourrions nous appuyer sur un seul caractère :

Tous les tissus se montrent sujets à subir des modifications : Le mésophylle ; le tissu hypodermique des nervures et du bord des feuilles ; le tissu vasculaire, considéré au point de vue de son état de lignification, du nombre des faisceaux et du mode de leur répartition d'après leur importance respective.

Les poils, même, ont chez le Blé des caractères différents dans les sels (fig. 92) et dans l'eau distillée (fig. 91). Chez l'Avoine, ils disparaissent dans la solution saline, ainsi que la cutine de l'épiderme.

Je n'insiste pas ; car je me réserve de revenir plus loin sur ces faits. La présente observation suffira à montrer pour le moment combien la structure est modifiable suivant les conditions du milieu et, particulièrement, suivant que les plantes ont des sels à leur disposition ou n'en ont pas.

MAÏS

(Lea Mays)

Des Maïs cultivés dans la solution de Knop ont montré, au 15e jour, 11 racines adventives ramifiées, longues de 50 centimètres, et 7 feuilles dont les plus grandes mesuraient 16 centimètres. L'ensemble des gaînes foliaires avait 1 centimètre de diamètre. Dans l'eau distillée, les racines ne dépassaient pas 1 centimètre. Il y en avait cinq. Les feuilles, au nombre de cinq, avaient de très faibles dimensions.

MORPHOLOGIE INTERNE

1° **Racine.** — La racine présente les particularités suivantes :

a. *Dans la solution de Knop*
(Pl. 5, fig. 24).

1. L'assise pilifère (*ap*) est pourvue d'un grand nombre de poils absorbants.

2. Les parois des cellules de l'assise subpériphérique sont *très légèrement* lignifiées.

3. L'écorce est creusée de très grandes lacunes aérifères (*lac.*) formées par la destruction de certaines cellules.

Cinq des assises de l'écorce, seulement, restent entières ; ce sont : l'endoderme, son assise adjacente et les trois assises les plus extérieures. Toutes les autres participent à la formation des lacunes.

b. *Dans l'eau distillée*
(Pl. 5, fig. 25).

1. L'assise pilifère ne montre pas de poils absorbants.

2. Les parois des cellules de l'assise subpériphérique sont *fortement* lignifiées.

3. L'écorce n'a pas de lacunes aérifères. Elle est formée de neuf rangées de cellules rondes, à méats, sur lesquelles on reconnait aisément un développement centripète et un développement centrifuge.

4. L'endoderme est lignifié à sa face interne et sur ses faces latérales, dans les deux cas ; mais la lignification est beaucoup plus intense dans l'eau distillée que dans la solution saline.

5. Contre l'endoderme s'appuyent 17 faisceaux assez épaissis mais dont le vaisseau le plus interne seul, prend le vert d'iode ; c'est-à-dire que les autres ne sont pas lignifiés.

5. Contre l'endoderme s'appuyent seulement 12 faisceaux, dont tous les vaisseaux sont fortement lignifiés. Les cellules qui les entourent directement le sont aussi.

Dans l'un et l'autre cas, ces faisceaux sont répartis sur une même circonférence en dedans de laquelle on observe un cercle intérieur de vaisseaux à très large lumière :

6. Ces gros vaisseaux du cercle interne sont au nombre de huit. Ils sont entourés de deux à quatre rangées de cellules à paroi lignifiée, dont les externes se touchent et rassemblent les vaisseaux dans un anneau fermé de tissu scléreux relativement peu lignifié.

6. Ces vaisseaux sont au nombre de sept. Ils sont entourés d'une rangée unique de cellules plus grandes que dans les sels et très fortement lignifiées.

Ces vaisseaux restent isolés les uns des autres.

7. — La moelle présente les mêmes caractères dans les deux cas.

En *résumé*, l'action des sels sur la structure de la racine du Maïs a surtout pour effet d'augmenter le nombre des poils absorbants, de faire naître dans l'écorce de larges lacunes aérifères, d'augmenter le nombre des faisceaux vasculaires. Elle diminue la lignification de l'assise subpériphérique, de l'endoderme, des vaisseaux et des cellules qui entourent ces derniers.

2° **Feuilles.** — La feuille subit des modifications considérables dont on peut se rendre compte par l'examen des figures (Pl. 5, fig. 26 et 27) qui représentent les régions comparables de feuilles homologues.

a. *Eau distillée* (Pl. 5, fig. 27). — De chaque côté de la nervure médiane, courent des nervures latérales assez sensiblement équivalentes. Le mésophylle qu'elles traversent est formé de cellules très petites et fortement sclérifiées. Au-dessus de la nervure médiane, ces cellules ont des dimensions un peu plus grandes et restent parenchymateuses ; mais elles sont très peu nombreuses.

La nervure médiane a des vaisseaux étroits, très lignifiés, reliés par des cellules très petites et très lignifiées. Le liber est peu abondant. Les autres nervures sont constituées par un seul groupe de deux ou trois vaisseaux groupés vers la partie supérieure, et s'appuyant sur le liber.

L'épiderme est formé de grandes cellules à parois très minces, à grand axe parallèle à l'axe de la feuille. Sous les épidermes, au niveau des nervures les mieux développées, on trouve quelques fibres sclérifiées.

b. *Solution de Knop* (Pl. 5, fig. 26). De chaque côté de la nervure médiane, on voit trois faisceaux de dimensions relativement faibles, puis un quatrième très développé, en quelque sorte comparable à la nervure médiane.

Le mésophylle situé au-dessus de l'espace compris entre ce faisceau et la nervure médiane forme une large bande de parenchyme à grandes cellules polygonales.

Dans le reste de la feuille, le mésophylle est formé de cellules de sclérenchyme sensiblement moins épaissies que dans l'eau distillée et plus grandes.

La nervure médiane est incomparablement plus développée qu'en l'absence des sels. Les vaisseaux sont larges, relativement peu lignifiés et reliés par des cellules peu lignifiées. Le liber est très abondant.

Le tissu hypodermique forme un appareil important de soutien qui relie la nervure médiane à l'épiderme inférieur.

Relativement petites, au dessus de la nervure médiane, les cellules de l'épiderme supérieur prennent de très grandes dimensions en s'éloignant de cette dernière. Les cellules de l'épiderme inférieur sont aussi un peu plus grandes que dans l'eau distillée.

Ces différences sont d'un ordre analogue à celles que j'ai signalées chez les autres Graminées. Le développement du tissu hypodermique au dos de la nervure principale, dans la solution saline, est seul en opposition avec ce que l'on observe chez l'Avoine, le Seigle et le Blé. Mais il y a lieu d'observer que ce tissu n'a manifestement ici qu'un rôle de soutien.

SARRASIN

(*Polygonum Fagopyrum*)

Du Sarrasin semé dans la solution de Knop a donné des plantes qui, après deux mois de végétation, avaient un développement double de celui qu'avaient acquis des Sarrasins cultivés dans l'eau distillée.

Dans la solution de Knop, les plantes ont fleuri.

MORPHOLOGIE INTERNE

Tige. — a. *Eau distillée* (Pl. 6, fig. 33). — Chaque faisceau libéro-ligneux est enveloppé par une gaîne de cellules sclérifiées. Ces gaînes se réunissent latéralement pour former dans la tige un épais manchon fibreux.

Il y a, par faisceau, un seul vaisseau de petit calibre et très lignifié.

b. *Solution de Knop* (Pl. 6, fig. 32). — Il n'y a pas trace de sclérification autour des faisceaux. Chaque faisceau possède plusieurs vaisseaux, à lumière large, peu lignifiés.

LIN.

(*Linum usitatissimum*)

Après 15 jours de végétation, des pieds de Lin ayant vécu, d'une part dans l'eau distillée, d'autre part dans la solution de Knop, n'ont pas présenté de différences extérieures appréciables.

MORPHOLOGIE INTERNE

1° **Racine.** — Ainsi qu'on peut le voir en comparant les figures 36 et 37 (Pl. 7), la structure est assez différente :

a. *Dans l'eau distillée* (Pl. 7, fig. 37), les vaisseaux sont fortement lignifiés ; les formations secondaires n'existent pas encore. L'assise subpériphérique est lignifiée sur ses faces externes et latérales.

b. *Dans la solution de Knop* (Pl. 7, fig. 36), les vaisseaux sont moins lignifiés, plus larges et plus nombreux. Les formations secondaires sont déjà abondantes. L'assise subpériphérique ne présente pas trace de lignification.

L'action des sels se manifeste donc dans la racine par une augmentation du nombre et du diamètre des vaisseaux, et par une diminution de la lignification. L'absence des sels retarde l'apparition des formations secondaires.

2° **Axe hypocotylé**. — a. *Eau distillée* (Pl. 7, fig. 39). — La moelle est abondante.

Les faisceaux libéro-ligneux sont isolés, au nombre de six.

b. *Solution de Knop* (Pl. 7, fig. 38). — La moelle est fortement comprimée par deux arcs épais de bois. L'assise génératrice fonctionne très activement.

L'épiderme forme des poils assez développés.

En somme, l'absence des sels provoque un retard des formations secondaires.

POMME DE TERRE

(Solanum tuberosum)

Au bout de deux mois de végétation, des pommes de terre cultivées dans la solution de Knop et dans l'eau distillée avaient acquis le développement représenté par la figure 23.

MORPHOLOGIE INTERNE

Tige. — a. *Eau distillée*. La tige possède cinq faisceaux principaux. (La figure 31, Pl. 6, représente un de ces faisceaux). Ces faisceaux sont reliés latéralement par du bois secondaire à vaisseaux très étroits.

Il existe du liber interne à chaque faisceau principal, et, en dedans, du bois secondaire.

Derrière le liber externe qui a un développement analogue à celui du bois, on voit des fibres péricycliques (*scl*) très fortement sclérosées.

L'écorce est formée de trois ou quatre assises de grandes cellules à méats, entourées par trois assises de cellules beaucoup plus petites, sans méats. L'épiderme n'est pas différencié.

b. *Solution de Knop.* — Le nombre des faisceaux principaux n'est plus que de trois ; mais, ils atteignent de très grandes dimensions, comme on le voit en examinant la figure 30 (Pl. 6), qui ne représente qu'une partie de l'un de ces faisceaux. Les vaisseaux sont très nombreux et à très large lumière.

Un anneau de bois secondaire relie ces faisceaux, comme dans l'eau distillée ; mais les éléments de ce bois sont plus larges.

Le liber interne et le liber externe ont la même disposition qu'en l'absence des sels ; mais ils sont incomparablement plus développés.

Les fibres péricycliques font défaut.

L'écorce a des assises plus nombreuses de cellules plus grandes que dans l'eau distillée : les rangées extérieures ont des méats. Toutefois, le rapport des deux écorces est loin d'être aussi élevé que le rapport des vaisseaux.

En somme, la différence capitale réside en une augmentation considérable des dimensions de l'appareil vasculaire et en la suppression des fibres péricycliques quand la plante a crû dans la solution de Knop.

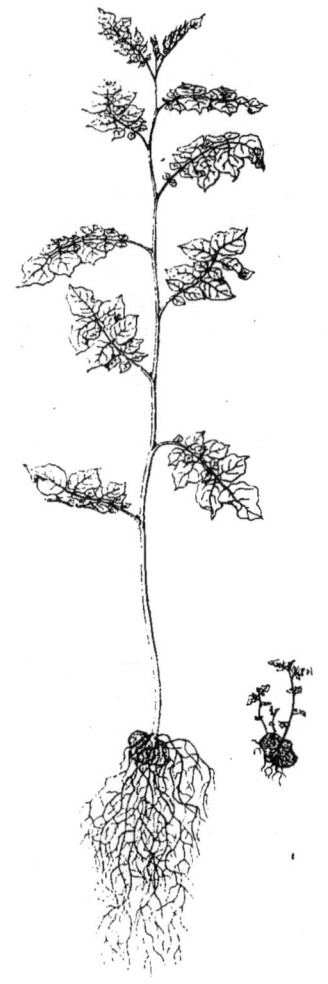

Fig. 5. — Pomme de terre. A gauche, échantillon cultivé dans la solution de Knop ; à droite, échantillon cultivé dans l'eau distillée.

(Dans le cours de l'expérience, une des Pommes de terre cultivées dans l'eau distillée est tombée au fond de l'éprouvette. Elle a continué à végéter et a pris un développement sensiblement égal à celui des autres cultures privées de sels ; mais sa tige est restée jaune, et les feuilles, atrophiées, se sont réduites à des appendices styliformes ayant deux millimètres environ.

Dans la tige, on compte seulement trois faisceaux libéroligneux, à vaisseaux peu lignifiés (Pl. 7, fig. 40). Il n'y a pas de formations secondaires. Les fibres péricycliques sont nombreuses au dos des faisceaux ; on en voit aussi au voisinage du liber interne, ce qui ne s'observe pas dans les tiges aériennes.

Enfin, l'écorce possède trois larges colonnes d'un tissu de cellules petites et sans méats, très lignifiées (lig.). L'épiderme est fortement cutinisé sur toutes ses faces.

Ces faits m'ont donné l'idée de cultiver des Pommes de terre dans la solution de Knop et d'enfoncer leur tige dans le milieu, à mesure que celle-ci grandissait. L'examen de la structure m'a montré (comme dans le cas précédent) : 1° un grand nombre de fibres scléreuses au dos des faisceaux et au voisinage du liber interne ; 2° des bandes lignifiées dans l'écorce avec cutinisation de l'épiderme.

- Bien que ces modifications soient en dehors du présent sujet, elles m'ont paru assez intéressantes pour ouvrir à leur égard cette parenthèse).

COURGE ET RICIN

(Cucurbita Pepo et Ricinus communis).

Des graines de Courge et de Ricin se sont parfaitement développées dans la solution de Knop.

Dans l'eau distillée, les cotylédons ne se sont pas étalés et les plantes sont mortes après avoir allongé leur radicule de quelques centimètres seulement.

Par suite, il ne nous a pas été possible d'établir de comparaison. Mais, l'activité très grande que ces végétaux ont pris en présence des sels nous a permis d'instituer des expériences sur l'action des principaux éléments de la liqueur de Knop.

Il en sera question plus loin.

CHANVRE

(Cannabis sativa).

En recherchant l'action du sulfate de magnésie sur le Chanvre, j'ai eu l'occasion de comparer l'action de l'eau distillée à celle de la solution de Knop.

Pour éviter des redites, je renvoie à ce paragraphe.

GRAND SOLEIL

(*Helianthus annuus*)

J'ai représenté (Pl. 5, fig. 28) une coupe de tige de Grand Soleil ayant vécu dans la solution de Knop, et (Pl. 5, fig. 29), la même région de la même espèce cultivée dans l'eau distillée.

Les figures montrent que les sels activent les formations secondaires; que leur absence entraîne la formation de fibres péricycliques lignifiées très abondantes. Dans ce dernier cas, les vaisseaux sont aussi un peu plus lignifiés.

Les canaux sécréteurs de l'écorce ne présentent pas de différences appréciables.

MOUTARDE

(*Sinapis alba*)

1° **Racine.** — a. *Dans l'eau distillée*, le système vasculaire est simplement représenté par deux faisceaux primaires se rejoignant vers le centre et constitués, chacun, par une file radiale unique de vaisseaux bien lignifiés.

L'endoderme est fortement lignifié à sa face interne et sur ses faces latérales. L'écorce a trois assises de cellules à méats.

b. *Dans la liqueur de Knop*, l'appareil vasculaire est constitué non-seulement par ses deux faisceaux primaires, mais encore par un métaxylème abondant et des vaisseaux secondaires très nombreux. L'assise génératrice fonctionne très activement.

L'écorce est exfoliée. L'assise la plus extérieure est l'endoderme, qui ne possède plus de différenciation à sa face interne, mais au contraire sur ses faces externes et latérales.

2° **Tige.** — Les tiges diffèrent entre elles par le nombre des faisceaux qui est plus grand (dix-huit), dans la solution de Knop que dans l'eau distillée où il est de (quinze) et par les dimensions plus grandes des éléments anatomiques, en présence des sels.

CONCLUSIONS DU PREMIER CHAPITRE

Dans ce qui précède, nous avons étudié les différences que l'on observe entre des plantes de même espèce vivant d'une part dans l'eau distillée, d'autre part dans la solution de Knop, toutes les autres conditions du milieu étant les mêmes.

Nous avons vu que l'absence complète de substances minérales ne permet pas à certains végétaux (Courge, Ricin) d'étaler leurs cotylédons et que ces plantes n'ont, dès lors, qu'une vie éphémère.

Au contraire, la plupart des autres espèces peuvent vivre dans *l'eau distillée*, mais elles présentent alors des caractères spéciaux : le développement reste inachevé ; pourtant la vie se prolonge parfois au-delà de la durée habituelle du cycle. On dirait que la plante reste en période de vie ralentie, attendant l'aliment nécessaire pour terminer son évolution. Le caractère dominant des plantes soumises à ces conditions est de posséder une couleur vert-foncé qui persiste très longtemps et semble assurer une fixation énergique du carbone de l'atmosphère. Ces plantes possèdent en outre un port spécial, une rigidité très accusée. Leurs racines restent extrêmement courtes, mais elles ont ordinairement un diamètre plus grand qu'en présence des sels.

Lorsque les végétaux vivent dans un *milieu riche en substances minérales*, ils prennent un grand développement ; et, si ces substances sont convenablement choisies et dosées, les plantes poursuivent, comme en pleine terre, toutes les phases de la végétation : elles donnent des fleurs (Lupin, Moutarde, Sarrasin, Fève) et même des fruits (Avoine, Blé).

Le fait le plus frappant que l'on observe, dès le début, est un allongement considérable des racines qui, à la fois, sont grêles et se ramifient abondamment.

Si le milieu ne convient pas à l'espèce (comme c'est le cas, par exemple, de la solution de Knop pour les Graminées), des modifications surviennent qui entraînent bientôt le dépérissement, puis la mort du végétal.

C'est ainsi que le Seigle cesse de croître au bout d'un mois et meurt vers le 40me jour ; que l'Avoine et le Blé, après avoir poussé vigoureusement, fléchissent au niveau du deuxième entre-nœud inférieur de la tige, comme sous l'influence du poids trop considérable des parties supérieures. En un mot, l'Avoine et le Blé « *versent* », puis se décolorent et meurent vers le 60me jour.

Aux effets provoqués par les sels sur la morphologie interne correspondent des modifications de structure qui, pour les différentes espèces étudiées, peuvent être résumées ainsi :

I. *Légumineuses* (Lupin, Fève).

La présence des sels augmente le nombre et le diamètre des vaisseaux et retarde leur lignification dans tous les organes.

Chez le Lupin, elle détermine la formation d'un anneau fermé de bois aussi bien dans la tige que dans la racine, elle retarde la sclérose des fibres péricycliques et la lignification de l'endoderme de la racine.

Chez la Fève, elle active le fonctionnement de l'assise génératrice qui détermine alors, dans la tige, la formation d'un anneau fermé de bois. Dans la racine, cette assise forme du bois au niveau de deux rayons médullaires opposés et transforme ainsi la symétrie radiée de l'organe en symétrie bilatérale.

En l'absence des sels, les vaisseaux restent groupés en faisceaux isolés dans l'une comme dans l'autre espèce.

En dernière analyse, le fait dominant de l'action de la solution de Knop, se résume *en une augmentation de l'appareil vasculaire et en un retard de la lignification.*

II. *Graminées* (Avoine, Blé, Seigle, Maïs).

L'action générale des sels chez les Graminées consiste également en une augmentation des éléments de l'appareil vasculaire et en un retard de la lignification.

L'augmentation du nombre des vaisseaux est surtout considérable dans la racine d'Avoine. Tandis que, dans l'eau distillée, le cylindre central possède un gros vaisseau axile (Pl. 9, fig. 55) et cinq vaisseaux très petits s'appuyant contre l'endoderme ; dans la solution de Knop on compte quatre ou cinq gros vaisseaux répartis sans ordre dans le conjonctif et un cercle extérieur de dix faisceaux vasculaires.

Dans la *tige*, les vaisseaux ont toujours de grands diamètres ; le méristème vasculaire se cloisonne constamment et différencie à mesure de nouveaux vaisseaux vers la périphérie. Quand les sels font défaut, au contraire, le méristème vasculaire se lignifie de très bonne heure ; les faisceaux petits et très lignifiés qu'il engendre sont répartis sur un cercle unique, englobés comme dans un manchon par les cellules lignifiées du méristème qui ne peut plus se cloisonner ni former de nouveaux éléments vasculaires.

Cette lignification du méristème vasculaire de la tige, celle des vaisseaux, et enfin la cutinisation de l'épiderme expliquent le maintien de la verticalité des Graminées cultivées dans l'eau distillée.

Dans la solution de Knop, au contraire, on ne constate pas de lignification : les parois des cellules de la tige sont extrêmement minces, le méristème n'a pas trace d'éléments de soutien, la lignification des vaisseaux est considérablement diminuée et même quelquefois fait totalement défaut (Blé). *C'est au retard de la lignification des éléments de la tige en présence des sels de la liqueur de Knop qu'il faut attribuer la « verse » qui se produit dans cette solution saline.*

Dans la *racine*, la lignification ou la sclérification des tissus est aussi très faible en présence des sels.

Elle est au contraire très prononcée dans l'eau distillée ; et il est intéressant de remarquer que, dans ce cas, la lignification débute suivant un mode qui varie avec l'espèce :

Chez le Seigle, ce sont des cellules de la périphérie qui sont lignifiées les premières.

Chez le Blé, ce sont les assises profondes de l'écorce.

Chez le Maïs, ce sont les cellules de l'assise subpériphérique et les parois internes et latérales de l'endoderme.

Chez l'Avoine, les éléments de l'écorce restent minces ; mais le conjonctif du cylindre central est entièrement sclérifié.

En présence des sels, l'écorce de la racine subit, en outre, des modifications qui donnent à penser que les phénomènes respiratoires sont moins actifs dans l'eau distillée : dans ce dernier milieu, en effet, l'écorce du Seigle est dépourvue de méats ; le Blé, le Seigle et le Maïs, en ont seulement de très petits. Dans la solution de Knop, les méats sont très nombreux chez le Seigle ; l'Avoine, le Blé et le Maïs ont de larges lacunes aérifères.

Enfin, suivant que les Graminées vivent dans l'eau distillée, ou dans la solution de Knop, leurs *feuilles* ont une structure différente :

Dans l'eau distillée, l'épaisseur de la feuille est faible ; le nombre des nervures très réduit. Chez le Seigle, l'Avoine et le Blé, les faisceaux les plus volumineux sont reliés aux deux épidermes par une bande de cellules à parois lignifiées. Les feuilles présentent à leurs bords des fibres scléreuses. Le mésophylle est entièrement formé de cellules très fortement sclérifiées. L'épiderme est cutinisé chez l'Avoine. Celui du Blé et celui du Seigle restent minces ; mais ils portent de nombreux poils lignifiés.

Dans la liqueur de Knop, l'épaisseur de la feuille est très grande. Le nombre des nervures est augmenté ; la disposition des faisceaux est par suite très modifiée. (Comparer les figures 26 et 27. Pl. 5.) Il n'existe plus de bande de cellules lignifiées reliant les nervures principales aux deux épidermes. Le mésophylle est parenchymateux au niveau de la nervure médiane et n'est nulle part aussi sclarifié que dans l'eau distillée. Les épidermes sont toujours minces. Les poils, quant ils existent ne sont pas lignifiés.

III. *Polygonées* (Sarrasin).

L'action de l'eau distillée provoque, dans la tige, la formation d'un manchon fibreux qui enveloppe des faisceaux à vaisseaux étroits et très lignifiés. La présence des sels retarde la sclérification, augmente le nombre et le diamètre des vaisseaux (Pl. 6, fig. 32 et 33).

IV. *Linées* (Lin).

L'absence des sels diminue le nombre des vaisseaux et hâte la lignification de la racine et de la tige. Elle retarde les formations secondaires.

V. *Solanées* (Pomme de terre).

La solution de Knop augmente le nombre et les dimensions des vaisseaux ; elle retarde le développement des fibres péricycliques.

VI. *Composées* (Grand Soleil).

La solution de Knop active les formations secondaires de la tige ; l'absence des sels retarde la lignification.

VII. *Crucifères* (Moutarde).

La liqueur de Knop favorise le développement du métaxylème, hâte l'apparition des formations secondaires de la racine et change le sens des lignifications de l'endoderme, en même temps qu'elle provoque la disparition de l'écorce.

Elle augmente le nombre des faisceaux de la tige et accroît les dimensions de ses éléments constituants.

APPENDICE

Dans le cours de recherches analogues, M. Schultz a pensé qu'on pouvait attribuer l'atrophie des racines chez les plantes cultivées dans l'eau distillée à une action nocive due à des traces de métaux provenant de l'alambic qui servait à la distillation.

Cette interprétation était possible ; car on sait qu'il suffit de 0,2 à 0,3 dix-millionièmes de plomb pour empêcher le développe-ment de l'*Elodea*, du *Ceratophyllum* et du *Lemna trisulca* (M. Devaux, 1893). Mais, puisque ma solution de Knop avait été faite avec la même eau distillée, il fallait admettre, ou bien que ces métaux étaient précipités par les sels de la liqueur, ou bien qu'ils formaient avec eux des composés inoffensifs.

D'autre part, en admettant que notre eau distillée recélât des traces de métaux, on ne pouvait guère attribuer à ceux-ci une action nocive ; car les plantes y vivaient pendant des mois entiers, avec des dimensions rudimentaires il est vrai, mais avec un aspect bien vivant.

Quoi qu'il en soit, des recherches s'imposaient. M. Schultz a cultivé des Lupins dans de l'eau distillée à deux reprises succes-sives dans des ballons en verre.

Les Lupins ont donné des racines assez longues, sans radicelles.

Il m'a semblé, dès lors, que l'eau distillée de M. Schultz n'était peut-être pas exempte des nitrates et des sels ammoniacaux dont il est si difficile de se débarrasser.

Dès lors, j'ai repris moi-même les expériences. J'ai distillé la même eau six fois de suite dans des ballons en verre, et, au début de chaque opération, j'ai eu soin de laisser dégager une grande quantité de vapeurs, afin de chasser autant que possible tous les nitrates.

J'ai battu cette eau et je m'en suis servi pour les cultures suivantes :

15 grains de Blé sont semés dans l'eau que j'ai distillée dans les ballons.

15 grains de Blé sont semés dans l'eau distillée qui m'avait servi dans mes expériences précédentes.

15 grains de Blé sont semés dans la liqueur de Knop faite avec l'eau distillée dans le verre.

3 grains de Blé sont semés dans des éprouvettes remplies d'eau distillée à laquelle j'ajoute de la rognure de cuivre.

J'ai pris le soin de n'employer que des éprouvettes absolument neuves.

Dans chaque éprouvette il y avait trois grains germant.

Après 30 jours de végétation, j'ai relevé les résultats suivants :

Les plantes de la liqueur de Knop ont des racines très longues et abondamment ramifiées.

Celles de l'eau distillée des expériences antérieures ont des racines avortées.

Des 15 plantes cultivées dans l'eau distillée dans les ballons en verre, *douze sont exactement semblables aux plantes cultivées dans l'eau distillée à l'alambic.*

Trois autres, celles de l'éprouvette qui avait été remplie avec le fond du ballon d'eau distillée, avaient des racines longues de 10 centimètres, mais sans trace de ramification. Peut-être le fond de la réserve d'eau renfermait-il des traces de silice extraite du verre par la vapeur d'eau, peut-être aussi l'éprouvette n'était-elle pas d'une propreté absolue ?

Dans tous les cas, les résultats fournis par les douze autres plantes autorisent à considérer ceux de cette dernière éprouvette comme un accident. Dès lors, il semble absolument certain que les caractères que j'ai constatés dans toutes mes cultures de l'eau distillée sont bien dus à l'absence des sels nutritifs et non à la présence des métaux nuisibles.

Quant à l'effet toxique des métaux, il est indiscutable. Les trois plantes qui ont été cultivées dans l'eau à laquelle j'avais ajouté de

la tournure de cuivre, se sont à peine développées. Elles n'ont pas étalé une seule feuille. Leurs dimensions n'ont pas atteint la moitié de celles des Blés cultivés dans l'eau distillée. La chlorophylle ne s'est pas formée. Les plantes sont restées jaunes et leur sommet s'est flétri de très bonne heure. Elles étaient mortes à l'époque des comparaisons ; tandis que les plantes de l'eau distillée étaient bien vivantes, avec des racines rudimentaires, il est vrai, mais avec des feuilles bien étalées et colorées en vert intense.

En présence de ces résultats, je me crois en droit de considérer les faits que j'ai exposés précédemment comme définitivement établis.

CHAPITRE DEUXIÈME

ACTION SPÉCIALE A CHAQUE SEL

LUPIN

Méthode directe. — Pour déterminer la part que prend chacun des sels dans la somme des différences observées dans les expériences précédentes, j'ai comparé des Lupins ayant poussé dans de l'eau contenant le sel étudié en même proportion que dans la solution de Knop.

Cette méthode a été peu féconde en renseignements : dans le phosphate de potasse, les graines mises à germer ont donné des organes aériens plus raccourcis encore que dans l'eau distillée et des racines maigres, mais marquant une tendance à l'allongement (Pl. 2, fig. 5). Les autres plantes étaient, en tous points, comparables à celles qui avaient vécu dans l'eau distillée (Pl. 2, fig. 4).

Méthode indirecte. — Dès lors, j'ai cultivé des Lupins dans des solutions ayant la formule de la liqueur de Knop, moins le sel étudié ; j'ai établi la comparaison avec des Lupins cultivés dans la solution complète.

Les échantillons recueillis sur plus de cent exemplaires ont donné les résultats suivants :

I. — SULFATE DE MAGNÉSIE.

Au bout de trente jours, les plantes sont mieux développées dans les solutions privées de sulfate de magnésie que dans les autres milieux ; elles atteignent 40 cent. de long (Pl. 1, fig. 1). La racine et l'axe hypocotylé ont les mêmes dimensions que dans la solution complète de Knop, mais des pétioles plus longs supportent des folioles plus grandes ($20^{m}/^{m}$ au lieu de 12).

Vingt jours après, l'absence de ce sel semble moins indifférente :

la racine principale, longue de soixante centimètres, garnie de radicelles bien développées mais peu nombreuses, n'est pas mieux développée que dans les solutions privées de nitrate de potasse.

II. — NITRATES.

30ᵉ jour. — Les Lupins qui ont poussé sans nitrate de potasse ou sans nitrate de chaux sont exactement semblables.

Leur racine, grêle (Pl. 1, fig. 2) et flanquée de quelques radicelles à peine ébauchées, a 14 centimètres ; l'axe hypocotylé mesure 7 centimètres. La tige est sensiblement moins développée que dans le cas précédent.

50ᵉ jour. — 1° *Nitrate de potasse.* — Dans la suite, la culture privée de nitrate de potasse a développé vigoureusement ses racines : au 50ᵐᵉ jour de végétation, l'axe principal, long de 60 centimètres, porte dans son tiers supérieur un grand nombre de radicelles ramifiées, longues de 5 à 10 centimètres. La tige, plus développée que partout ailleurs, porte dix feuilles ayant chacune 25ᵐᵐ de longueur.

2° *Nitrate de chaux.* — Dans la culture privée de nitrate de chaux, la racine mère s'est peu développée ; mais elle a de larges et nombreuses radicelles vigoureusement ramifiées et qui, pour la plupart, la dépassent au 50ᵐᵉ jour. Elle a à cette époque 30 centimètres. L'axe hypocotylé est un peu plus épais que celui des autres plantes. Les entre-nœuds sont semblables à ceux des plantes privées de sulfate de magnésie.

III. — PHOSPHATE DE POTASSE.

30ᵉ jour. — L'aspect extérieur de la racine est caractéristique lorsque le Lupin est privé de phosphate de potasse (Pl. 1, fig. 3). Flanquée, sur deux génératrices opposées, d'un grand nombre de radicelles courtes, épaisses et régulièrement disposées à intervalles égaux, cette racine a une croissance uniforme. Les échantillons les mieux développés n'ont pas plus de six centimètres.

Elle est toujours colorée en brun-grenat.

50ᵉ jour. — L'axe hypocotylé atteint 11 centimètres, alors que, dans toutes les autres cultures, il est de sept ou de huit. La feuille la plus différenciée s'insère à 3 centimètres des cotylédons.

La comparaison des organes aériens donne, au 50ᵐᵉ jour, une moyenne de dix feuilles dans les cultures privées de nitrate de potasse. Cette moyenne est plus faible dans les autres. Petites et de couleur vert-foncé dans la solution de Knop sans phosphate, elles sont deux fois plus grandes dans la solution sans sulfate de magnésie ; plus allongées encore, tout en conservant le même diamètre, dans la solution de Knop sans nitrate de chaux, elles sont presque quadruplées quand le nitrate de potasse fait défaut et atteignent 25 millimètres.

L'épaisseur des tiges et des pétioles suit une marche parallèle : filiforme quand le phosphate fait défaut, elle atteint son maximum en l'absence des nitrates.

L'examen de ces faits permet d'exprimer les conclusions suivantes :

Conclusions. — Les sels modifient les caractères de morphologie externe du Lupin et portent surtout leur action sur la forme de la racine.

La solution de Knop favorise son développement, mais détermine assez promptement la destruction de la chlorophylle.

Au début, le sulfate de magnésie semble retarder le développement de la plante ; plus tard, il se montre indispensable.

Les nitrates de chaux et de potasse paraissent utiles pendant les premières périodes ; plus tard ils semblent inefficaces, le sel de potasse surtout.

Le phosphate de potasse est absolument 'indispensable. C'est à lui que revient la part prépondérante dans l'action sur le développement des racines. Son action exclusive suffit à provoquer leur allongement. Son absence détermine leur atrophie et allonge l'axe hypocotylé.

SEIGLE

Dans des conditions d'expériences analogues aux précédentes, quinze jours après le début de la germination, les tiges et les feuilles du Seigle ne montrent que des différences de volume. L'ordre décroissant est représenté par la liste suivante :

1° Sol. de Knop sans sulfate de magnésie ;

2° Sol. de Knop normale ;

3° Sol. de Knop sans nitrate de chaux ;

4° Sol. de Knop sans nitrate de potasse ;

5° Eau distillée ;

6° Sol. de Knop sans phosphate de potasse.

Les figures 6, 7, 8 et 9 de la Planche 2 représentent les racines de ces Seigles :

Plus longues dans la solution privée de nitrate de potasse (20 cent., Pl. 2, fig. 6), puis dans la solution de Knop sans nitrate de chaux 12 cent., Pl. 2, fig. 7), elles sont couvertes, sur toute leur longueur, dans ces deux solutions, de poils absorbants très serrés ayant 3 à 4^{mm} de longueur.

Dans le premier cas, les radicelles font défaut ; elles sont à peine ébauchées, mais nombreuses, dans le deuxième.

Dans la solution normale de Knop (Pl. 2, fig. 8) les racines n'ont plus que 9 centimètres; les poils absorbants sont très rares, peu développés, à peine visibles. En revanche, les radicelles sont très nombreuses et dépassent parfois un centimètre.

L'absence du sulfate de magnésie (Pl. 2, fig. 9) réduit encore leur longueur : Elles n'ont plus que six centimètres et sont pourvues, sur toute leur étendue, de radicelles très nombreuses, régulièrement disposées, constantes dans leurs dimensions (2^{mm} environ).

Dans l'eau distillée et dans la solution sans phosphate de potasse, l'atrophie est évidente. Les racines ne laissent voir ni radicelles ni poils absorbants ; leur longueur ne dépasse pas deux centimètres.

L'époque avancée de la saison ne m'a pas permis de poursuivre ce développement. Aussi, pour toute conclusion, me bornerai-je à faire remarquer combien ces différences de morphologie externe sont déjà appréciables après 15 jours de végétation, ce dont on peut se rendre compte par l'examen des figures 6, 7, 8 et 9.

MORPHOLOGIE INTERNE

Dans le but de faire voir également, combien peut être grande l'influence d'un sel donné sur la structure, même après une action de faible durée, j'ai représenté (Pl. 7, fig. 42) la structure de la racine du Seigle né en l'absence de phosphate de potasse et (Pl. 7, fig. 41) celle de la racine du Seigle ayant vécu sans nitrates.

La première nous montre une écorce entièrement subérisée et

un cylindre central renfermant de larges vaisseaux au sein d'un conjonctif extrêmement mince.

La deuxième (que l'on constate aussi bien en l'absence du nitrate de chaux qu'en l'absence du nitrate de potasse) diffère de la structure de la racine en solution complète par le nombre moins grand des assises de l'écorce et la réduction des espaces intercellulaires.

Enfin, je mentionnerai qu'en l'absence de phosphate de potasse, la feuille de Seigle est garnie d'un grand nombre de poils lignifiés, ce que l'on n'observe ni dans la solution de Knop, ni dans l'eau distillée.

Ces deux séries d'expériences sur le Lupin et le Seigle suffisent à montrer qu'il y a intérêt à rechercher l'action propre à chaque sel sur la forme et la structure des plantes.

Nous allons tenter de préciser l'action de quelques-uns de ces sels sur diverses espèces végétales.

RICIN

I. — ACTION DU PHOSPHATE DE POTASSE

Le 12 mai, j'ai semé des graines de Ricin dans une solution de Knop privée de phosphate de potasse et dans une solution de Knop complète.

MORPHOLOGIE EXTERNE.

Les différences observées le 19 juillet sont les suivantes :

	Sans Phosphate	Avec Phosphate
Longueur de la racine principale	0^{m}03	0^{m}30
Longueur moyenne des radicelles.	0,015	0,30
» » » racines adventives. . .	0,005	0,30
Axe hypocotylé	0 09 (très grêle).	0,09
Axe épicotylé	0,02	0,12
Nombre des entre-nœuds	5	8

Les feuilles, en l'absence de phosphate, sont restées petites (Pl. 12, fig. 79) en comparaison de celles de la solution complète (Pl. 12, fig. 77). Leur forme est modifiée : le lobe médian, relativement très allongé, proémine sur les lobes latéraux.

Pour nous en tenir aux faits principaux indiqués par le tableau ci-dessus, nous dirons : *Le phosphate de potasse augmente les dimensions de la plante; il porte surtout son action sur l'allongement des racines.*

MORPHOLOGIE INTERNE

1' Racine

A. *Extrémité inférieure :*

a. *Solution de Knop*

I. La *moelle* est large. Elle renferme quatre faisceaux en croix, formés de vaisseaux disposés en file. Les plus extérieurs sont séparés du péricycle par trois rangées de cellules.

II. Le *liber* forme quatre paquets directement adossés au péricycle. En dedans, il s'appuie sur des arcs de cellules qui commencent à se diviser et se trouvent en rapport avec les premiers éléments du métaxylème.

III. Le *métaxylème*, à peine ébauché montre qu'il provient de la différenciation de certaines cellules disposées en file reliant les vaisseaux les plus internes au liber.

IV. L'*endoderme* (Pl. 10, fig. 57) est marqué d'une ponctuation sur les faces latérales, auprès de l'intersection de ces faces et des faces internes.

b. *Solution de Knop sans phosphate*

I. La *moelle* est large. On voit quatre faisceaux primaires formés de vaisseaux groupés en massifs. Les faisceaux s'écartent au centre ; les branches tendent à se rejoindre deux à deux comme pour entourer la moelle. Les vaisseaux les plus externes sont séparés du péricycle par 7 ou 8 rangées de cellules allongées radialement.

II. Les quatre paquets de *liber* sont aplatis tangentiellement et séparés du péricycle par trois assises de cellules de parenchyme mince.

III. L'origine du *métaxylème* est plus évidente encore.

IV. L'*endoderme* (Pl. 10, fig. 58) est peu différencié.

V. Les cellules de l'*écorce* sont rondes, à méats. A la périphérie, elles s'aplatissent. Les plus extérieures sont légèrement subérisées.

V. Les cellules de l'*écorce* sont allongées radialement; elles n'ont pas de méats. Au voisinage du cylindre central, elles renferment des cristaux mâclés.

En examinant les coupes sans réactifs, on voit que la plupart des cellules de l'écorce sont opaques, jaunâtres. Cette coloration persiste après l'action de l'hypochlorite de soude. Après action du vert d'iode et du carmin, ces cellules conservent une coloration vert intense. On constate alors qu'il s'agit d'une propriété spéciale de leur contenu qui fixe la matière colorante, soit par places, soit dans toute son étendue.

B. *Région moyenne :*

a. *Solution de Knop*
(Pl. 10, fig. 59).

I. Il n'y a pas de *moelle*. Le centre de l'organe est occupé par le métaxylème qui prend une grande importance. Ce métaxylème a des vaisseaux larges, disposés sans ordre apparent.

II. Les *vaisseaux primaires* (*v.p*) sont disposés sur une seule file.

III. Les vaisseaux secondaires sont séparés du métaxylème par un arc épais de *tissu scléreux* très lignifié (*p. sc*).

b. *Solution de Knop sans phosphate*
(Pl. 10, fig. 60).

I. La *moelle* persiste, large, à cellules rondes, à méats. Elle est circonscrite par un anneau de métaxylème qui renferme des canaux sécréteurs (*sec*).

II. Les *vaisseaux primaires* (*v.p*) sont disposés en massifs.

III. Le *parenchyme secondaire* qui avoisine le métaxylème, bien que lignifié, n'a pas des membranes épaissies comme dans la liqueur de Knop.

IV. Au dos des faisceaux primaires existe un rayon relativement étroit de parenchyme qui
sépare latéralement les libers.

Le *liber* s'appuye directement
sur le péricycle.

V. L'*endoderme* n'est pas lignifié.

VI. L'*écorce* est homogène,
à cellules rondes et à méats, sans
cristaux.

VII. L'*assise subpériphérique*
est légèrement subérisée.

IV. Au dos des faisceaux primaires s'étale un large rayon de
parenchyme qui s'épanouit, vers
l'extérieur, entre le liber et le
péricycle.

Le *liber* est donc séparé du
péricycle par plusieurs assises
de cellules.

V. L'*endoderme* est fortement lignifié.

VI. L'*écorce* renferme des
cellules analogues à celles que
j'ai signalées à l'extrémité de
l'organe ; mais en nombre beaucoup moins grand. Elle ne possède plus de cristaux.

VII. Les *assises de la périphérie* sont très fortement subérisées.

En somme, en l'absence de phosphate, les tissus parenchymateux (moelle, rayons) sont abondants ; la lignification est moindre et
la subérisation (endoderme, assises périphériques) est plus grande.

Au tiers supérieur de la racine, il devient impossible d'établir
des comparaisons, parce que le nombre des radicelles est très grand
dans la solution de Knop, ce qui altère profondément la structure
de l'axe.

*En résumé, dans la racine du Ricin, le phosphate de potasse déter-
mine la formation d'un paquet de vaisseaux qui se substituent à la
moelle. Il diminue l'importance des rayons de parenchyme et provoque
l'apparition, au dos du métaxylème, d'arcs épais, de fibres scléreuses. Il
retarde la subérisation de l'endoderme et celle des assises périphériques.
Il empêche la formation de cristaux à l'extrémité de la racine.*

*Son absence produit dans l'écorce une modification du contenu de
certaines cellules, fait naître des canaux sécréteurs au sein même du
métaxylème et provoque l'apparition de cristaux vers le point végétatif
de l'organe.*

II. Axe hypocotylé (Pl. 10, fig. 62 et 61).

Le grand développement de l'assise génératrice lorsque la plante a vécu dans la liqueur de Knop, la réduction de cette assise lorsque la solution ne contient pas de phosphate, tels sont les deux faits opposés principaux que l'on observe en comparant les axes hypocotylés.

Dans le premier cas, il se développe en outre des fibres péricycliques (*scl*), et, au voisinage de l'anneau d'épaississement, des cristaux màclés.

Ces fibres et ces cristaux font défaut quand la solution nutritive ne contient pas de phosphate.

En résumé, le phosphate de potasse active le développement des couches génératrices cambiales et des fibres péricycliques, il fait apparaître des cristaux dans l'axe hypocotylé.

III. Axe épicotylé (3ᵐᵉ entrenœud supérieur).

En présence du phosphate (Pl. 10, fig. 63), l'assise génératrice est large et forme sept des vaisseaux secondaires qui viennent s'ajouter au bois primaire ; la moelle est creuse ; les sept assises les plus extérieures ont de larges méats remplis de liquide.

Quand le phosphate fait défaut, il n'y a pas de formations secondaires ; la moelle est pleine ; les trois assises les plus extérieures de l'écorce seulement ont des méats aquifères d'ailleurs peu développés. Tous les éléments sont moins nombreux et plus petits.

Dans les deux cultures, les cellules de la moelle contiennent en abondance des cristaux màclés répartis surtout au voisinage des vaisseaux. On en rencontre aussi au voisinage du liber, et dans l'écorce, mais plus rarement.

Réflexions sur l'origine des cristaux du Ricin. — J'ai dit qu'on observe des cristaux dans toute l'étendue de la tige du Ricin qui a vécu dans la solution de Knop. On n'en trouve pas dans la racine.

Chez le Ricin qui a poussé dans une solution privée d'acide phosphorique, on observe ces mêmes cristaux à la fois dans l'axe épicotylé et à l'extrémité végétative de la racine : on n'en rencontre pas dans l'axe hypocotylé ni dans les régions supérieures de la racine.

Dans les deux cas, le nombre de ces cristaux est considérable au sommet de la tige.

Ces faits portent à penser que les éléments de l'atmosphère ne sont pas étrangers à leur formation.

Et, en effet, si l'on émet l'hypothèse que ces cristaux sont produits par la combinaison de certains des corps de la solution, on ne comprend pas pourquoi, dans un cas, ces cristaux se forment seulement au niveau des parties jeunes de la tige, alors que, dans l'autre cas, on les rencontre à la fois à l'extrémité de la tige et à celle de la racine, mais jamais dans les régions intermédiaires.

De plus, la solution privée de phosphates ne renferme que des azotates et des sulfates. Or, ces derniers seuls sont susceptibles de cristalliser ainsi ; mais la solution nutritive s'appauvrissant constamment, les cristaux devraient être moins nombreux dans les parties récemment développées que dans les régions plus anciennes ; ce qui est contraire à ce que nous avons observé.

Il paraît donc certain que l'atmosphère intervient dans la formation des cristaux et que, par conséquent, l'acide de ceux-ci dérive de l'acide carbonique.

Ce fait mérite d'être mis en relief :

En effet, la transformation de l'azote des nitrates en matières albuminoïdes met constamment en liberté les bases de ces sels. Il est évident que ces bases tendent à être aussitôt neutralisées.

Or, on conçoit que, si le milieu renferme un phosphate acide ou même un phosphate neutre, ces bases puissent être immédiatement fixées par ce sel et accompagner le phosphore dans ses migrations ultérieures. On comprend, en outre, que, à mesure de l'utilisation du phosphore dans les régions supérieures en voie de croissance, ces bases redeviennent libres, se combinent aux dérivés de l'acide carbonique de l'atmosphère et que des cristaux apparaissent. Dès lors, ces cristaux ne se forment qu'au sommet de la tige.

Mais, si le milieu ne renferme pas de sel susceptible de s'emparer des bases mises en liberté (comme c'est le cas pour la liqueur de Knop lorsqu'elle est privée de phosphate), ces bases ne peuvent se combiner qu'à l'acide carbonique du milieu. C'est ce qui semble se passer ici ; et les cristaux que l'on constate dans ce cas au sommet de la racine pourraient bien être dus, — quoi qu'on en pense généralement — à une absorption de l'acide carbonique par cet organe.

Quoi qu'il en soit de ces considérations théoriques que je donne d'ailleurs sous toutes réserves, des faits qui ont été précédemment exposés on peut conclure :

Dans la racine du Ricin, le phosphate de potasse détermine la formation d'un paquet de vaisseaux qui se substituent à la moelle. Il diminue l'importance des rayons de parenchyme et provoque l'apparition de fibres scléreuses au dos du métaxylème. Il diminue la subérisation de l'endoderme et des assises de la périphérie de l'écorce. Il empêche la formation de cristaux à l'extrémité de la racine.

Son absence provoque dans l'écorce une modification du contenu des cellules, fait naître des canaux sécréteurs au sein du métaxylème et provoque la formation de cristaux vers le point végétatif de l'organe.

Dans la tige, ce sel hâte le développement des couches génératrices cambiales et augmente l'importance des méats aquifères; il différencie, dans l'axe hypocotylé, des fibres péricycliques.

II. — ACTION DU SULFATE DE MAGNÉSIE

Le 12 mai, huit graines sont semées dans une liqueur de Knop sans sulfate de magnésie ;

Deux graines sont semées dans une liqueur de Knop ayant, par litre, 1 gramme de sulfate de magnésie.

Les cultures dans la solution normale de Knop dont il a été question plus haut (1) servaient de terme de comparaison. (Toutes ces cultures étaient dans les mêmes conditions).

1° *Marche de la végétation. 29 mai.* — Les comparaisons établies à cette époque (17me jour) sont représentées dans le tableau suivant :

	Avec sulfate 0.250/1000	Sans sulfate
Longeur de la racine principale. . . .	10 centim. (peu ramifiée)	22 centim. (abondamment ramifiée)
Nombre de racines adventives.	14	0
Longueur de l'axe hypocotylé	3 centim.	9 centim.
État des cotylédons.	à peine étalés	très larges (5 c.)

(1) Voir page 103.

CONCLUSION : *Au début de la végétation, le sulfate de magnésie retarde le développement du Ricin.*

Dans la solution renfermant 1/1000 de sulfate de magnésie, un des Ricins est mort avant d'avoir étalé ses cotylédons. Sa racine n'a pas dépassé 3 centimètres.

L'autre a paru souffrir dès les premiers jours. Puis, tout-à-coup, ses organes ont pris un grand développement.

Le *29 mai*, j'ai relevé les observations suivantes :

Longueur de la racine principale	6 cent. (non ramifiée)
Nombre des racines adventives	22
Longueur de l'axe hypocotylé.	13 centimètres
Cotylédons, très larges	7 centimètres

La différence observée entre les deux plantes cultivées dans cette solution d'une part, et, d'autre part, l'apparence de contradiction que ce Ricin oppose à la conclusion précédente (conclusion établie sur 14 cultures) semblent montrer que ce dernier Ricin échappe à la loi générale peut-être par des propriétés qui lui sont individuelles.

Il n'en est rien. On verra plus loin que son cas peut être interprété.

Le *16 juin*, les différences entre les Ricins privés de sulfate de magnésie et ceux de la solution de Knop sont moins marquées. L'activité de la végétation est diminuée chez les premiers ; les autres Ricins poussent vigoureusement.

Le *7 juillet*, l'avantage est à ces derniers.

Leur tige mesure 20 cent. et porte 5 larges feuilles. Celle des autres n'atteint pas 15 cent. ; leurs feuilles sont deux fois plus petites.

L'arrêt de croissance, dans ce dernier cas, pouvait être attribué soit à l'indispensabilité de la magnésie, soit à l'appauvrissement du liquide par une consommation trop rapide des sels dans les premiers temps de la végétation.

Pour éviter cette objection, j'ai renouvelé les liquides :

Les différences continuent à s'accentuer : Les feuilles âgées tombent successivement, chez les plantes privées de sulfate ; tandis que, dans la solution de Knop, les plantes poussent vigoureusement.

Le *20 juillet*, j'ai mis fin aux expériences parce que le développement restait stationnaire chez les Ricins privés de magnésie.

Les figures 77 et 78 (pl. 12) font voir les dimensions respectives des feuilles les mieux développées (la 2me au sommet), la première dans la solution de Knop, la deuxième dans la solution privée de sulfate. Elles représentent assez exactement le rapport de l'ensemble des feuilles.

Les autres faits observés sont notés ci-dessous :

	Avec sulfate de magnésie 0,230/1000	Sans sulfate de magnésie
Longueur de la racine principale. . . .	30 centim.	60 centim.
Longueur moyenne des radicelles	30 centim.	3 à 4 cent.
Longueur de l'axe hypocotylé.	9 centim.	11 centim.
Longueur de l'axe épicotylé.	12 centim.	4 centim.
Longueur maxima des pétioles	10 centim.	6 centim.
Nombre des entre-nœuds	8	7

J'ajouterai, qu'en présence du sel de magnésie, l'ensemble des racines adventives et des radicelles constitue un système beaucoup mieux développé qu'en l'absence de ce sel, tandis que la racine principale est moins longue de moitié, comme il est indiqué dans le tableau ci-dessus.

Cette remarque doit être rapprochée des données fournies le même jour par l'examen du Ricin cultivé dans la solution à 1/1000 de sulfate de magnésie et qui sont les suivantes :

Longueur de la racine principale	15 centimètres
Longueur de l'axe hypocotylé	16 centimètres
Longueur de l'axe épicotylé	15 centimètres
Nombre des entre-nœuds.	9

En comparant ce tableau au précédent, on voit que la racine principale est quatre fois plus petite que dans les cultures privées de sulfate. Elle est d'ailleurs grêle et très peu ramifiée. Au niveau du collet, elle s'élargit brusquement et il se détache un très grand nombre de racines adventives dont l'ensemble forme un système absorbant extrêmement puissant.

Déjà, le 29 mai (voir plus haut) nous avions constaté que la racine principale était très courte ; mais que le système adventif était bien développé.

Il ressort donc que, *dans toutes ces expériences, le sulfate de magnésie s'est montré nuisible à la croissance de la racine principale mais qu'il s'est montré très favorable au développement des racines adventives* (1).

L'apparition des racines adventives peut être plus ou moins hâtive. Dès le 29 mai, elles sont nombreuses (22), à la dose concentrée 1/1000 ; moins nombreuses (14) dans la solution de Knop ; on n'en voit aucune, à cette date, dans la solution privée du sel de magnésie.

L'absorption devenant brusquement plus active avec l'apparition du système adventif, on comprend que les autres organes prennent un grand développement dès que ce système commence à fonctionner.

Ces organes se développant d'autant plus tôt que les racines adventives fonctionnent de meilleure heure, l'apparence de contradiction que semblait provoquer le Ricin poussant dans la dose concentrée n'existe pas. Il y a eu dans ce cas un raccourcissement de la période languissante que provoque le sulfate de magnésie sur la racine principale, raccourcissement né du développement hâtif des racines adventives.

L'ensemble de ces considérations permet de conclure :

Chez le Ricin, le sulfate de magnésie nuit au développement de la racine terminale ; mais il provoque l'apparition d'un système adventif qui croît d'autant plus vite que la proportion de ce sel dans la liqueur est plus grande. Le développement des organes aériens est en rapport direct avec celui des racines adventives.

L'absence de ce sel est une cause d'activité de croissance pour la racine principale et, consécutivement, pour les divers organes, au début de la végétation; mais les dimensions que prend la racine ne sont pas suffisantes pour assurer le développement complet de la plante. La croissance est ralentie faute d'un système adventif qui ne se forme pas quand il n'y a pas de sulfate de magnésie dans le milieu salin.

Morphologie interne

La structure des Ricins qui ont été privés de sulfate de magnésie

---

(1) Cette action inverse du sulfate de magnésie sur la racine principale et sur les racines adventives parait étrange, au premier abord ; toutefois, si l'on considère que l'absorption de ce sel par la plante se fait rapidement (de Saussure. *Recherches chimiques*), on peut penser qu'au moment où les racines adventives se développent, la plus grande partie du sel a disparu du milieu de culture et par conséquent ne nuit pas à la croissance de ces nouveaux organes.

diffère de celle des Ricins de la solution de Knop par les caractères suivants :

Il y a : 1° diminution des dimensions des cellules ; 2° Lignification moins accusée des vaisseaux ; 3° Réduction dans le fonctionnement de l'assise génératrice qui ne se forme, d'ailleurs, que dans l'axe hypocotylé.

Les plantes de la solution concentrée en sulfate de magnésie ont une structure qui présente les caractères opposés.

CONCLUSION. — *Le sulfate de magnésie augmente les dimensions des cellules, lignifie les vaisseaux et active le fonctionnement de l'assise génératrice.*

BLÉ

1° ACTION COMPARÉE DE LA SOUDE ET DE LA POTASSE.

A côté des cultures en liqueur de Knop dont il a été parlé plus haut (page 78), j'ai mis germer des grains de Blé dans une solution de Knop dont les sels de potasse étaient remplacés par des poids égaux des mêmes sels de soude.

La comparaison des résultats observés exprime la valeur respective de la potasse et de la soude dans la végétation du blé.

MORPHOLOGIE EXTERNE

Ainsi qu'on l'a vu plus haut, la liqueur potassique se montre très favorable à la végétation, dès le début. Les plantes poussent vigoureusement ; mais, le 20 mai, elles *versent*. Leur croissance dès lors s'arrête ; elles meurent vers les premiers jours de juin.

Dans la solution sodée, la végétation est moins active. Les tiges restent constamment grêles, avec des nœuds très apparents. Mais les plantes ne versent pas ; elles suivent leur complète évolution et donnent des épis, rudimentaires, il est vrai.

Le 30 mai, les plantes de la solution sodée ont acquis un développement supérieur aux dimensions maxima observées dans les cultures en solution potassique, ainsi qu'on le voit dans le tableau suivant :

	Solution potassique	Solution sodée
Longueur moyenne des racines	20 centimètres	30 centimètres
Longueur des tiges	16 »	18 »
Nombre de feuilles étalées	6	6
Longueur des feuilles	13 centimètres	16 centimètres
Largeur des feuilles	4 millimètres	3 millimètres
Coloration	jaune (étiolement)	vert foncé

Dassonville. — 8.

Ces faits, recueillis sur 15 plantes dans chaque culture, peuvent être ainsi résumés :

La solution de Knop donne au Blé, dès le début, une végétation intensive ; mais elle détermine la « verse ».

La substitution dans cette liqueur des sels de soude aux sels de potasse donne une végétation moins luxuriante dès le début ; mais elle suffit à conserver à la tige sa rigidité et sa couleur.

En d'autres termes :

La potasse provoque la verse du Blé ; la soude la prévient.

L'examen de la structure de ces plantes au niveau du deuxième entre-nœud inférieur (centre de flexion de toutes les tiges qui ont versé) nous éclairera sur le mécanisme de la verse en présence de la potasse et fera voir par quel mode d'action la soude prévient cet accident.

MORPHOLOGIE INTERNE

A. — SOLUTION POTASSIQUE DE KNOP.

J'ai décrit plus haut (voir page 79) la structure du blé ayant vécu dans la solution de Knop, au 40e jour de végétation. Nous avons vu que le deuxième entre-nœud inférieur est caractérisé, à cette époque (fig. 46, pl. 8), par la minceur excessive des parois des cellules, par l'absence complète de lignification des assises-limite et des vaisseaux de disposition tangentielle; en un mot, par l'absence des éléments de soutien.

J'ai étudié, au même endroit, la structure de la racine et de la feuille (figures 88, 91, 92, pl. 14).

Je m'occuperai simplement ici de la structure du 2me entre-nœud inférieur au 60me jour, c'est-à-dire à l'époque même de la verse.

Tige. — *2me entre-nœud inférieur. 60me jour.* — En examinant les coupes, on voit un cercle intérieur de 17 faisceaux entouré par un deuxième cercle de faisceaux peu nombreux et peu développés.

Les vaisseaux et l'assise-limite des faisceaux du cercle intérieur sont légèrement lignifiés (fig. 48, pl. 8) ; les faisceaux sont séparés latéralement par de grandes cellules à paroi très mince; les plus rapprochés du centre sont même de toute part entourés par ces cellules et sont, par conséquent, dans de mauvaises conditions

pour assurer le soutènement. Les autres se relient au cercle extérieur par des cellules peu lignifiées.

Les faisceaux du rang extérieur sont reliés latéralement par
des cellules relativement peu lignifiées, disposées en une couronne
de deux assises qui s'appuie sur l'endoderme (?) dont les parois
interne et latérales sont seules épaissies.

L'écorce comprend une rangée unique de cellules minces.
L'épiderme n'est pas cutinisé.

B. Solution sodée

1° **Racine.** — En présence de la soude, les racines ont une
structure très voisine de celle qu'on observe dans la liqueur potassique (voir page 79 et fig. 43, pl. 8).

La différence essentielle réside dans la persistance des assises
de l'écorce qui ne forment pas de lacunes. Le diamètre des vaisseaux est aussi un peu plus faible ; les parois internes et latérales
de l'endoderme sont légèrement lignifiées.

2° **Tige** *(2me entre-nœud inférieur). 40me jour.* — Les coupes
sont semblables à celles du premier entre-nœud des plantes de
même âge ayant vécu dans la solution potassique (voir page 81).
Elles n'en diffèrent que par les dimensions un peu moindres des
éléments constituants. C'est donc dire (d'après ce que nous avons
vu plus haut) : la lignification est incomparablement plus intense
qu'au deuxième entre-nœud de la tige née dans la solution potassique. Par suite, la région est déjà mieux spécialisée pour le soutien
que dans la liqueur contenant de la potasse.

60me jour. — A cette époque, le mécanisme de l'action de la
soude comme agent propre à éviter la verse est encore plus signi-
ficatif ; car les coupes font voir une lignification très intense
(fig. 47, pl. 8), bien apte à maintenir la tige verticale :

Les faisceaux du cercle intérieur sont serrés les uns contre les
autres ; ou bien encore, ils sont réunis par une, rarement deux
cellules très fortement lignifiées. Ils sont, en outre, rapprochés
du cercle extérieur et reliés aux faisceaux de ce dernier par un
tissu très lignifié.

Autrement dit, le méristème vasculaire limite ses cloisonnements et se lignifie abondamment dans toute son étendue.

Enfin, l'épiderme est très fortement cutinisé, surtout à sa face externe et sur ses faces latérales.

3° **Feuille.** — La structure est absolument la même que dans la solution de potasse.

Conclusion. — Dans toutes nos cultures, nous avons vu la verse se produire dans la liqueur potassique ; les tiges rester verticales, dans la solution sodée.

L'examen de la structure nous a montré :

1° Qu'en présence de la potasse, les tissus de soutien font défaut à la base de la tige ; que les éléments cellulaires sont nombreux, grands et minces ;

2° Qu'en présence de la soude, la base de la tige est très fortement lignifiée.

Ces particularités de structure expliquent la différence d'action des deux bases sur le port de la plante et on peut conclure :

Chez le Blé, la potasse facilite les cloisonnements cellulaires et par conséquent favorise la croissance ; mais elle retarde la lignification des tissus de soutien et provoque la « verse ».

La soude joue dans le cloisonnement cellulaire un rôle beaucoup moins actif et par suite favorise moins la croissance ; mais, en sa présence, la tige prend à sa base une lignification précoce et très intense qui prévient « la verse ».

Remarques. — I. Dans les expériences dont il vient d'être question, nos milieux ne différaient que par la nature des bases « Potasse et Soude ». Les faits constatés sont donc imputables à l'action de ces deux corps exclusivement.

Cela ne veut pas dire, bien entendu, que la verse du Blé est toujours causée par un excès de potasse dans le sol ; car d'autres conditions (lumière, chaleur, humidité, etc.) agissent sur la structure et peuvent la modifier dans le même sens que la potasse.

Tous les agents capables d'augmenter le poids des parties supérieures de la plante et de diminuer en même temps la résistance de la tige à sa base sont des causes prédisposantes de la verse.

II. Lorsque le Blé montre, dès le début de la germination, une végétation luxuriante, il verse le plus souvent, à sa maturité. C'est là un fait admis par les Agriculteurs.

Certains ont attribué cette exubérance du début à la potasse, parce que les analyses ont le plus souvent dévoilé l'abondance de ce corps dans les terrains qui donnent généralement cette exubérance.

Mais, si l'on a entrevu la relation qui existe entre la quantité de potasse contenue dans le sol et la croissance des céréales, personne n'a soupçonné (que nous sachions, du moins,) qu'on dût rapporter également à cette base la *verse* de ces plantes.

Nos expériences établissent le rôle de la potasse dans la verse et montrent le mécanisme de son action.

C'est là un fait important ; car, si l'analyse chimique dévoile une forte proportion de potasse dans un sol donné, il devient indiqué de n'y pas semer du Blé avant d'avoir épuisé ce sol par des plantes avides de potasse, comme la Betterave, par exemple.

III. Depuis la découverte des Nitrières du Pérou, le nitrate de soude, en raison de son faible prix, a remplacé le nitrate de potasse que l'on considère comme un engrais de premier ordre. Ce sel a donné de belles récoltes.

Dès lors, les savants qui, avec Péligot, nient l'assimilation de la soude, ont dû invoquer, pour expliquer les bons effets constatés, une double décomposition dans le sol, donnant naissance à du nitrate de potasse.

Cette théorie n'est peut-être pas justifiée ; car, il faut admettre que la soude est assimilable, puisque mes plantes se sont bien développées en l'absence de toute autre base alcaline.

IV. Il est connu que lorsqu'on ajoute du nitrate de soude à un terrain ensemencé avec du Blé, les plantes prennent une couleur vert foncé et un port spécial. On rend le fait particulièrement évident en traçant des figures, sur le sol, avec le sel que l'on répand : La culture reproduit alors les mêmes caractères en vert foncé tranchant sur le fond jaunâtre que forment les plantes avoisinantes.

Plus tard les différences sont moins accusées. Toutefois, les Agriculteurs disent que les Blés cultivés dans un terrain additionné de nitrate de soude versent moins souvent que les autres.

Dans mes cultures en solution sodée, les plantes ont pris dès le début l'aspect qu'elles ont dans les terrains où l'on a répandu du nitrate de soude. Cela me porte à croire que si le nitrate de soude se transforme, dans le sol, en nitrate de potasse, comme le veut Péligot, il agit aussi, au moins en partie, à l'état de sel de soude et donne à la plante sa couleur et sa rigidité caractéristiques.

V. Enfin, il est digne de remarque que M. Is. Pierre n'a constaté la présence de la soude qu'à la base des chaumes. Il en a conclu que n'existant pas dans les régions en voie de croissance qui sont riches en potasse, la soude ne joue par rapport à cette dernière qu'un « rôle secondaire ».

Ce rôle est accessoire, en effet, puisqu'il découle des expériences précédentes que la soude est peu propre à donner un grand développement ; mais elle donne une grande solidité à la base de la tige ; son rôle est donc important.

On peut conclure :

La potasse active la croissance du Blé ; mais elle provoque la verse. L'action de la soude sur la croissance des organes est relativement faible ; elle tend à contrebalancer les effets de la potasse sur la disparition de la lignification et donne à la base de la tige une résistance indispensable au soutien de la plante.

Nous verrons plus loin que la soude n'est pas le corps qui jouit de cette propriété.

IIº ACTION DU PHOSPHATE DE POTASSE SUIVANT LES DOSES

(DÉTERMINATION DE L'OPTIMUM DE CE SEL)

30 mars. 12 grains sont semés dans des solutions nutritives renfermant respectivement $\frac{0.125}{1000}, \frac{0.250}{1000}$ (liqueur de Knop), $\frac{0.500}{1000}$ de phosphate de potasse.

Le *11 mai*, les comparaisons donnent les résultats suivants :

	Sol. $\frac{0.125}{1000}$	Sol. $\frac{0.250}{1000}$	Sol. $\frac{0.500}{1000}$
Longueur des racines	4 cent.	6 cent.	20 cent.

Ce qui exprime un fait déjà énoncé : (1) *le phosphate de potasse favorise le développement des racines en longueur.*

Les dimensions de la tige et des feuilles montrent des différences analogues, mais moins considérables.

La marche de la végétation s'est maintenue dans ce sens ; mais le *30 mai*, les deux premières cultures ont versé ; la troisième a poursuivi son évolution et a donné des fleurs réduites à leurs glumelles.

La longueur des racines est :

(1) Voir plus haut, page 101.

Sol. à $\frac{0.125}{1000}$ 4 cent.

Sol. à $\frac{0.250}{1000}$ 8 cent.

Sol. à $\frac{0.500}{1000}$ 22 cent.

Dans les conditions de l'expérience, la dose $\frac{0.500}{1000}$ a donc été la plus favorable. Il est vraisemblable que la dose optima véritable est plus élevée et il y aurait lieu de recommencer l'expérience en faisant varier ce sel dans de plus larges limites.

Morphologie interne

J'étudierai l'action de ce sel sur la structure en comparant les plantes nées dans la solution $\frac{0.500}{1000}$ à celles de la solution de Knop.

1° **Racine**. — a. *Solution de Knop*. (Voir page 79, fig. 43, pl. 8).

b. *Solution avec* $\frac{0.500}{1000}$ *de phosphate de potasse*.

Le diamètre de la racine est diminué (comparer fig. 43 et fig. 44, pl. 8). La concentration du phosphate a pour effet de lignifier tous les éléments du cylindre central, à l'exception du péricycle et du liber.

Les vaisseaux sont fortement lignifiés, aussi bien ceux du centre que ceux qui s'appuient sur l'endoderme.

L'écorce n'a pas de lacunes ; elle ne présente pas trace de lignification. Les poils absorbants sont nombreux.

En résumé, l'augmentation de la dose du phosphate, dans la liqueur de Knop, *réduit le diamètre de la racine, lignifie le cylindre central, empêche la formation des lacunes dans l'écorce et augmente le nombre des poils absorbants*.

2° **Tige**. A. 2me *Entre-nœud inférieur. 60me jour*.

a. Sol. $\frac{0.250}{1000}$ (Voyez page 80, fig. 48, pl. 8).

b. Sol. $\frac{0.500}{1000}$ (Fig. 49, pl. 8). L'augmentation de la dose du phosphate a diminué de moitié le diamètre de l'entre-nœud. La moelle persiste en partie.

Le méristème vasculaire forme un anneau de cellules très petites et très fortement lignifiées (*lig.*) qui réunit, sur un même cercle extérieur, un grand nombre de faisceaux (18). Le cercle intérieur ne possède que cinq faisceaux qui se relient au cercle extérieur par des cellules très lignifiées.

Cette disposition établit un appareil de soutien très important. L'écorce est relativement très développée. Elle possède trois ou quatre rangées de cellules à paroi mince. L'épiderme est peu épaissi.

La comparaison des figures (48 et 49, pl. 8) montre que :

Quand on porte au double la dose d'acide phosphorique de la solution de Knop, le nombre des assises de l'écorce (?) de la base de la tige est augmenté ; le méristème vasculaire se lignifie très fortement et forme dans l'épaisseur de l'organe un support très résistant.

Les plantes dont nous venons de comparer la structure ont été soumises à des conditions qui ne différaient que par la dose du phosphate de potasse contenu dans le milieu ;

Elles ont versé en présence des doses faibles et ont présenté à la base de leur tige une structure pauvre en éléments lignifiés ;

Elles sont restées parfaitement droites avec une structure très riche en éléments de soutien, en présence des doses élevées.

On peut donc conclure :

Le phosphate de potasse à dose concentrée (0 gr. 500 par litre) empêche la verse du Blé par la lignification qu'il provoque au niveau des entre-nœuds inférieurs de la tige. Cette lignification s'observe également dans le cylindre central de la racine.

B. *3me entrenœud supérieur.* (Sol. $\frac{0.500}{1.000}$). A ce niveau, le méristème vasculaire ne présente pas trace de lignification (fig. 50, pl. 8). Il existe un cercle intérieur de 18 faisceaux. Les vaisseaux de disposition tangentielle restent minces comme à la base de la tige dans la solution de Knop.

Un deuxième rang extérieur de faisceaux s'appuie, à la périphérie, contre l'avant-dernière assise, réduisant l'écorce à une seule rangée de cellules.

Tout le tissu compris entre ces deux cercles de faisceaux est parenchymateux, à grandes cellules analogues à celles de la moelle.

Les coupes ont une analogie frappante avec celles de la tige des plantes qui ont vécu dans un milieu moins riche en acide phosphorique.

Or, on sait, par les travaux de Garreau, Corenwinder, de MM. I. Pierre, Leplay, Berthelot et André (voir page 27), que le phosphore ne s accumule dans les régions supérieures que vers la fin de la végétation.

Il est intéressant de constater, ici, que c'est dans les régions où, d'après ces auteurs, l'analyse révèle la plus forte quantité de phosphore, que nous constatons une forte lignification ; tandis que, dans les parties supérieures, encore pauvres en phosphore, la lignification est très faible.

III. — ACTION DU SILICATE DE POTASSE.

OPTIMUM DE CE SEL.

(*30 mars*). J'ai comparé des cultures de blé poussant dans une solution de Knop ayant $\frac{0,500}{1000}$ de phosphate de potasse du Blé cultivé dans la même liqueur additionnée de silicate de potasse aux doses respectives de 0$^{gr.}$5, 1$^{gr.}$, 2$^{gr.}$ par litre.

MORPHOLOGIE EXTERNE

Au début, la croissance des racines est maxima à la dose de 0$^{gr.}$5. A 2$^{gr.}$/1000, les racines sont sensiblement moins développées que dans la solution privée de silice.

Le développement des organes aériens suit un ordre inverse [1].

(*30 mai*). Le développement des racines est sensiblement proportionnel aux doses de silice.

Les tiges ont les dimensions suivantes :

SANS SILICATE	SILICATE 0gr.5/1000	SILICATE 1/1000	SILICATE 2/1000
0,22	0,28	0,32	0,40

La coloration va progressivement du jaune-vert au vert-foncé, de la solution sans silice à la liqueur concentrée en ce sel.

Les tiges sont rigides. Elles n'ont pas versé ; mais les limbes

---

[1] Bien que ces effets ne conduisent à aucune conclusion, je crois cependant devoir les signaler parce qu'ils se sont montrés constants et très nets dans toutes les cultures.

luisants des feuilles inférieures forment, avec la tige, des angles très aigus, comme si elles avaient fléchi sous l'action d'un poids trop lourd.

Les plantes portent des fleurs avortées.

Ces expériences ne permettent pas de conclure au rôle de la silice sur le maintien de la verticalité, puisque les solutions con-contenaient du phosphate de potasse à dose suffisante pour empê-cher la verse. Elles expriment seulement que, dans les conditions de l'expérience, *le silicate de potasse est favorable à la croissance de la plante.*

MORPHOLOGIE INTERNE

1° **Tige.** — En présence du silicate de potasse à 2/1000, la struc-ture du 2me entre-nœud inférieur de la tige est absolument la même qu'en l'absence de silice (fig. 49, pl. 8).

Au niveau du 3me entre-nœud supérieur, les coupes montrent une lignification intense (fig. 51, pl. 8), alors qu'en l'absence de silice (1) (fig. 50, pl. 8), tous les tissus restent parenchymateux.

L'épiderme est fortement cutinisé. Les deux assises qui lui sont sous-jacentes sont très lignifiées ; leurs cellules restent petites.

Les éléments du méristème vasculaire sont larges, comme en l'absence du silicate, mais les faisceaux se relient à la périphérie par des cellules qui prennent énergiquement le vert d'iode.

Les assises-limite et les vaisseaux sont fortement lignifiés.

2° **Feuille**. En l'absence du silicate, le tissu hypodermique est très réduit, comme dans la solution normale de Knop. L'excès de phosphate de potasse augmente seulement le nombre de nervures.

Quand la silice entre dans le liquide nutritif pour la proportion 2/1000, le tissu hypodermique est très abondant, très lignifié. Il relie toutes les nervures, même les plus petites, aux deux épidermes par une bande épaisse.

Les poils sont abondants.

CONCLUSION. — *Le silicate de potasse favorise la croissance de la plante. A dose de 2 gr. par litre, il n'a pas d'action sur la structure de la base de la tige ; mais il lignifie très énergiquement les éléments périphériques du sommet de cet organe et le tissu hypodermique de la feuille.*

(1) Voir page 120, la structure comparable.

IV. ACTION DU NITRATE DE POTASSE.

Recherche de l'optimum.

J'ai étudié cette action dans des milieux nutritifs contenant respectivement 0 gr. 125 — 0 gr. 250 — 0 gr. 500 — 1 gr. de nitrate de potasse.

1° **Racine**. *40ᵐᵉ jour* : Les racines sont abondamment pourvues de poils absorbants dans les trois premières cultures. Elles ont comme longueur :

Dose 0 gr. 125	0 m. 15
0 » 250	0 » 12
0 » 500	0 » 8
1 » 000	0 » 8

60ᵐᵉ jour (30 mai), elles mesurent :

Dose 0 gr. 125	0 m. 20
0 » 250	0 » 18
0 » 500	0 » 10
1 » 000	0 » 15

A cette dernière dose ($\frac{1}{1000}$), leur diamètre est extrêmement faible ; les racines sont filiformes dans toute l'acception du mot.

Le nombre de ces organes va décroissant avec le degré de concentration de la solution en nitrate.

CONCLUSION. — *Le développement des racines est inversement proportionnelle à la dose du nitrate de potasse.*

2° **Organes aériens**. — Les résultats sont résumés dans le tableau suivant (1) :

DOSES	LONGUEUR DES TIGES		NOMBRE DES FEUILLES 60ᵉ jour	COULEUR DES FEUILLES 60ᵉ jour
	40ᵉ jour	60ᵉ jour		
0gr·125	0ᵐ30	0ᵐ35	6	Étiolées
0,250	0,30 (2)	0,33 (3)	6 ou 5	Vert tirant sur le jaune.
0,500	0,20	0,25	5 ou 4	
1,000	0,15	0,17	4	Vert franc.

(1) Les mesures ont été prises du premier entre-nœud inférieur à la ligule de la plus jeune des feuilles étalées.

(2), (3) Ces chiffres ne sont pas exactement les mêmes que ceux des expériences précédentes. Il convient de remarquer qu'il s'agit d'une série à part et qui n'était pas soumise au même éclairage.

Vers le 60ᵉ jour, les tiges avaient versé, dans les solutions à 0.125 et 0.250.

Leur base fléchissait manifestement à la dose 0.500. Les plantes restaient droites à la dose 1/1000.

On voit, par ces données, que *le développement de tous les organes est inversement proportionnel aux doses de nitrate de potasse employé.*

La verse s'est manifestée d'abord chez les plantes les mieux développées, ce qui s'explique par le poids plus considérable de leurs organes feuillés.

A la dose de 1/1000 les plantes n'ont pas versé et ont achevé leur évolution ; elles ont donné des fleurs avortées, réduites aux glumelles. Mais leurs tiges sont restées très courtes, grèles, et n'ont jamais dépassé 0ᵐ20 ; les racines, filiformes, atteignent au maximum 0ᵐ17.

Il est vraisemblable qu'à cette dose, les plantes n'ont pas versé, malgré la grande quantité de potasse contenue dans le milieu, parce que la forte dose de nitrate a eu pour effet de diminuer d'une façon notable le poids de la tige.

Observation. — L'action nuisible du nitrate de potasse que j'ai constatée dans ces cultures est en désaccord avec les faits généralement admis et en particulier avec ceux qui ont été relatés par M. Is. Pierre.

Mais, il convient de remarquer que ce savant faisait ses expériences en milieux solides, non définis ; par suite, on ne saurait affirmer que ses résultats ne sont pas dus aussi bien à une influence des nitrates sur le sol qu'à une action directe du nitrate de potasse sur la plante.

Le point de vue auquel je me place est par conséquent tout différent du sien et nos conclusions peuvent être opposées sans qu'il y ait contradiction véritable.

MORPHOLOGIE INTERNE.

Les caractères généraux de la structure sont les mêmes quelle que soit la quantité du nitrate contenu dans la culture. C'est celle de la solution de Knop. A la dose maxima, on observe seulement une diminution de volume des éléments. On peut donc dire que le maintien de la verticalité est dû à l'arrêt de développement causé par la proportion trop forte de nitrate de potasse.

AVOINE.

I. — ACTION COMPARÉE DE LA SOUDE ET DE LA POTASSE.

Ces cultures ont été faites dans les mêmes conditions que celles du Blé (voir page 113).

Elles ont donné des résultats analogues :

En présence des sels de soude, les tiges grêles, à nœuds très marqués, sont restées droites et bien vertes ; elles ont fleuri. Les racines sont courtes (4 cent.), non ramifiées, peu nombreuses.

Dans la solution normale de Knop, les plantes ont pris, dès le début, un très grand développement ; mais elles ont versé et ne sont pas arrivées au terme de leur évolution.

CONCLUSION. — Comme chez le Blé, *la potasse provoque la verse ; la soude la prévient.*

MORPHOLOGIE INTERNE

1° **Racine**. A. *Solution potassique* (voir page 75) la structure de la racine dans la solution de Knop).

B. *Solution sodée* (fig. 56, pl. 9).

Le nombre (10) des gros vaisseaux du cylindre central est plus grand que dans la solution de potasse. Celui des faisceaux de la périphérie est de 12. Tous ces vaisseaux sont lignifiés. Il en est de même des faces internes et latérales de l'endoderme.

CONCLUSION. — *Lorsque, dans la solution de Knop on remplace la potasse par la soude, l'endoderme de la racine se lignifie de bonne heure ; il en est de même des vaisseaux qui, en outre, deviennent un peu plus nombreux.*

2° **Tige** (2ᵉ entre-nœud inférieur (fig. 54, pl. 9).

A. *Solution potassique.* (Voir page 76 fig. 53, pl. 9).

B. *Solution sodée.* — La moelle est formée de larges cellules polygonales ; elle renferme un petit faisceau central.

Comme avec la potasse, le méristème est abondamment cloisonné ; mais les faisceaux qu'il différencie sont répartis sur un seul cercle. Ils sont rapprochés les uns des autres au point d'être contigus ou séparés seulement par une ou deux petites cellules dont la lignification est toujours intense.

Les vaisseaux sont lignifiés ; ils ont un grand calibre et sont aplatis dans le sens tangentiel. Les deux larges vaisseaux latéraux de chaque faisceau sont réunis par une longue chaîne de vaisseaux plus petits, qui constituent d'importants éléments de soutien.

Au dos de chacun des faisceaux, le méristème lignifie ses cellules ; si bien que deux faisceaux qui ne sont pas absolument contigus semblent avoir à leur côté extérieur un véritable *tuteur* de cellules lignifiées. Quand les faisceaux se touchent, ils se trouvent comme enveloppés dans un manchon de tissu de soutien.

En présence de la soude, les tissus de la région inférieure de la tige se lignifient donc de très bonne heure, ce qui n'a pas lieu lorsque le milieu de culture est à base de potasse ; dans le premier cas, la plante acquiert un développement moindre, bien qu'assez important. Il suffit de comparer les fig. 53 et 54 pour saisir le rôle de la structure dans le soutien de la plante en présence de la soude.

CONCLUSION. — Dans certaines conditions d'expérience, *les sels de potasse déterminent la verse de l'Avoine parce que la lignification ne se produit pas ou est extrêmement retardée en leur présence ; les sels de soude conservent à l'Avoine sa verticalité en provoquant de bonne heure la lignification indispensable au soutien de la plante.*

3° **Feuille.** — La structure de la feuille s'est montrée identique à celle qui a été décrite pour la solution de Knop.

On voit par là que l'action comparée de la potasse et de la soude est la même chez l'Avoine que chez le Blé.

Ces deux séries d'expériences se complètent et se contrôlent mutuellement.

II. — ACTION DU PHOSPHATE DE POTASSE.

Le 30 mars, 12 grains d'Avoine sont semés dans des solutions à 0 gr. 125 — 0 gr. 250 — 0 gr. 500 de phosphate de potasse par litre de liqueur de Knop.

Les effets observés sont consignés dans le tableau suivant :

DOSES	40ᵉ JOUR		60ᵉ JOUR				
	ORGANES AÉRIENS	LONGUEUR DES RACINES	LONGUEUR DES RACINES	NOMBRE DES ENTRE-NŒUDS	LARGEUR DES FEUILLES	LONGUEUR DES TIGES
0ᵍʳ.125	Sensi-	0ᵐ03	0ᵐ04	4	0ᵐ10	0ᵐ26
0.250	blement	0ᵐ08	0.11	5 et 6	0ᵐ15	0.33
0.500	égaux	0ᵐ11	0.25	5 et 6	0ᵐ16	0.38

Les feuilles ont commencé à jaunir d'abord dans la solution la plus concentrée; puis dans celle à 0.250; enfin, dans la plus faible.

Vers le 30 mai, les plantes *versent* dans la solution à **0.125**.

Quelques jours après, c'est le tour des cultures à la dose 0.250.

Dans la liqueur à 0.500, les plantes ont séché, sans fleurir. Elles sont mortes vers le 15 juin; mais les tiges sont restées droites.

CONCLUSION.— *Le phosphate de potasse active la végétation de l'Avoine en raison directe de sa dose.* (La dose optima n'a peut-être pas été atteinte). *A la dose* $\frac{0.500}{1000}$, *ce sel prévient la verse de la plante.*

III. — ACTION DU SILICATE DE POTASSE.

30 mars. 12 grains de Blé sont mis à germer dans des solutions renfermant 0 gr. 500 — 1 gr. — 2 gr. de silicate de potasse par litre de liqueur de Knop.

Dès les premiers jours, on constate que la croissance des organes est proportionnelle à la dose de silicate.

Le 30 mai, l'effet sur la végétation est moins appréciable. Les cultures se ressemblent ; toutefois, à la dose 2/1000, les feuilles sont moins larges et un peu moins longues.

Toutes ces Avoines ont versé.

CONCLUSION. — *Le silicate de potasse a peu d'action sur la croissance de l'Avoine. Il ne prévient pas la verse.*

IV. — ACTION DU NITRATE DE POTASSE.

. Dans des conditions analogues à celles que j'ai exposées pour le Blé, les diverses doses de nitrate ont donné chez l'Avoine des effets analogues, pendant quarante jours de végétation.

Plus tard, les comparaisons n'ont pu être établies : Les plantes ont été envahies par les pucerons; elles en ont souffert au point de ne pouvoir plus être comparées.

Le tableau suivant résume les faits recueillis le 11 mai (40me jour).

DOSES	LONGUEUR DES RACINES	FEUILLES	
		NOMBRE	LONGUEUR
0.125	5 (1)	4	20
0.250	3	3	15
0.500	2	3	15
1.000	2	2	10

Ces résultats incomplets montrent encore que *le nitrate de potasse est défavorable à la croissance de l'Avoine.*

TOMATE.

I. — ACTION COMPARÉE DE LA POTASSE ET DE LA SOUDE.

Des graines de Tomate sont semées, d'une part, dans la solution potassique de Knop, d'autre part dans une solution sodée de Knop.

50me jour. — Dans la première solution, les feuilles commencent à jaunir ; les tiges ont trente centimètres de longueur. Dans la solution sodée, les tiges ne dépassent pas quinze centimètres.

Dans les deux cultures, la racine principale est rudimentaire (1 cent.); mais les racines adventives sont très développées, surtout dans la solution potassique.

(1) Ces racines sont couvertes de poils absorbants très nombreux.

Dans cette dernière, l'axe hypocotylé, très large, porte à sa surface un grand nombre de rugosités qui sont des ébauches de racines adventives. Ces organes se seraient probablement développés en grand nombre, si le grillage sur lequel reposaient les graines avait laissé un libre passage à l'axe hypocotylé, et si, au lieu d'être aqueux, le milieu avait été solide, apte à fournir aux racines un point d'appui pour enfoncer la plante.

Dans la solution sodée, l'axe hypocotylé ne présentait pas de rugosités analogues. L'examen histologique n'a pas montré d'ébauche de racines à ce niveau.

CONCLUSION.— *La soude favorise moins que la potasse la formation des racines adventives et la croissance des organes.*

MORPHOLOGIE INTERNE

1° **Racine**, *Solution potassique* (fig. 67, Pl. 11). — De chaque côté des vaisseaux primaires (*v.p*) on voit un métaxylème et du bois secondaire en si grande abondance que les coupes prennent la forme d'un 8 de chiffre. Le liber est refoulé dans la direction perpendiculaire aux faisceaux primaires. L'écorce a 6 assises de petites cellules. Les plus extérieures sont subérisés. L'assise pilifère fait défaut.

Solution sodée (fig. 66, Pl. 11). — Les formations secondaires sont très peu abondantes. La racine conserve sa symétrie par rapport à son axe. Au centre, on voit un massif de bois fortement lignifié, dans lequel les faisceaux primaires sont peu distincts du métaxylème et des vaisseaux secondaires, d'ailleurs rares.

Les cellules de l'écorce sont plus grandes que dans la solution potassique ; mais elles ne forment que 4 assises. L'assise sub-périphérique, seule, est lignifiée. L'assise pilifère est persistante.

CONCLUSION. — *Comparée à la potasse, la soude retarde le développement des formations secondaires. Elle diminue le nombre des cellules de l'écorce et elle leur donne de plus grandes dimensions ; en un mot, elle entrave le cloisonnement cellulaire.*

2° **Axe hypocotylé**. — Dans les deux cas, le passage de la racine à la tige se fait très rapidement. Le conjonctif apparaît : il sépare l'un de l'autre les faisceaux primaires et refoule à la périphérie le bois secondaire. Puis, il écarte en *y* les faisceaux primaires qui subissent aussitôt leur rotation.

Pendant que la rotation s'opère, la zone périmédullaire s'ébauche et différencie deux paquets de liber interne qui se placent dans un plan perpendiculaire au plan primitif des faisceaux primaires.

En face de la situation que chacun d'eux occupe, l'assise génératrice active ses cloisonnements et refoule, latéralement, les faisceaux de bois.

Lorsque la rotation est effectuée, l'axe est constitué par quatre coins de bois équidistants dont les sommets intérieurs, occupés par les vaisseaux primaires, sont reliés deux à deux par du liber interne.

L'assise génératrice se cloisonne alors tout autour de l'organe et différencie un anneau fermé de bois.

Dans les deux tiers inférieurs de l'axe hypocotylé, le bois ainsi constitué possède, dans la solution potassique, des vaisseaux plus larges (fig. 68, pl. 11) que dans la solution sodée (fig. 69, pl. 11) ; mais la lignification des éléments est beaucoup plus intense en présence de la soude, et atteint un plus grand nombre des segments engendrés par l'assise génératrice.

On voit aussi, dans ce dernier cas, des fibres péricycliques(*scl*) très épaisses et très fortement lignifiées dont on ne trouve pas trace en présence de la potasse.

Mais, en approchant des cotylédons, la lignification perd très rapidement de son importance : la lignification du bois devient inférieure à ce qu'elle est dans la solution de potasse. Toutefois les fibres péricycliques persistent jusqu'à l'origine de l'axe épicotylé.

3° **Axe épicotylé.** — *3e Entre-nœud supérieur.* En présence de la soude (fig. 70, pl. 11), on compte cinq faisceaux principaux à vaisseaux petits, très lignifiés, adossés aux cloisonnements de l'assise génératrice. Ces cloisonnements ont de grandes dimensions entre les faisceaux ; ils se différencient parfois en vaisseaux qui sont répartis sans ordre. Les cellules du péricycle sont grandes.

Dans la solution potassique (fig. 71, pl. 11), l'appareil vasculaire est constitué par sept grands faisceaux à vaisseaux très larges et à paroi peu lignifiée. Entre ces faisceaux, l'assise génératrice n'est pas différenciée. Ses cellules sont très nombreuses et petites ; celles du péricycle ont aussi de faibles dimensions.

Les différences sont aussi très grandes dans l'écorce. Comparée au cylindre central, l'écorce a des dimensions réduites dans la solution à la potasse. Sous un épiderme cutinisé on voit une assise de collenchyme, puis, au-dessous, des assises de cellules qui laissent entre elles des espaces assez grands, remplis de liquide. L'endoderme n'est pas différencié.

Dans la solution sodée, les dimensions de l'écorce sont plus grandes. Cela tient uniquement à l'augmentation du diamètre des cellules. L'épiderme n'est pas cutinisé. Il n'y a pas de collenchyme. Les cellules des deux assises sous-jacentes sous-épidermiques laissent entre elles des espaces remplis de liquide, beaucoup plus petits que dans la solution potassique. Enfin, les cellules des assises profondes ont des dimensions particulièrement grandes. Elles ont des méats aérifères.

CONCLUSION. — *La soude diminue le nombre et l'importance des vaisseaux de l'axe épicotylé. Elle accroît les dimensions des cellules de l'écorce, diminue les espaces intercellulaires. Elle ne provoque pas l'apparition d'un collenchyme sub-épidermique et ne cutinise pas l'épiderme.*

En somme, la soude se montre beaucoup moins favorable que la potasse au développement de la Tomate.

Son action sur la structure est très différente de l'action de la potasse.

Entre autres, elle fait apparaître dans les régions inférieures de l'axe hypocotylé des fibres péricycliques qu'on ne retrouve pas quand le milieu contient de la potasse ou qui, dans tous les cas, ne se forment que très tard. Elle lignifie aussi plus fortement les faisceaux, dans cette même région.

Ces faits ne sont pas sans analogie avec ceux que j'ai constatés chez l'Avoine et chez le Blé. Il est intéressant de remarquer que chez ces trois espèces (Tomate, Avoine et Blé) la soude a montré la propriété manifeste de provoquer de très bonne heure la formation des tissus de soutien dans les régions inférieures de la tige.

Or (nous l'avons déjà dit), par l'analyse, M. Is. Pierre a constaté que la soude n'existait pour ainsi dire que dans les régions inférieures de la plante. Il en a conclu que n'arrivant pas aux régions en voie de croissance, ce corps n'était pas indispensable et ne devait jouer qu'un rôle accessoire.

C'est évidemment un rôle accessoire qu'ont joué les tissus de soutien provoqués par la soude chez la Tomate ; mais chez l'Avoine et le Blé, ce rôle devient très important, puisque c'est par le développement précoce de ces tissus que la plante a pu se maintenir droite et suivre le cours complet de son évolution.

En présence de ces faits, n'est-il pas permis de penser que, si la potasse joue le rôle principal dans le développement des végétaux, la soude doit, dans certains cas, lui venir en aide à titre de correctif, en étayant les divers organes que la potasse concourt à former?

II. — ACTION DU NITRATE DE CHAUX. DOSE OPTIMA.

J'ai mis germer des graines de Tomate dans les liqueurs renfermant respectivement 0 gr. 250, 1 gr., 2 gr., 3 gr., 10 gr. de nitrate de chaux par litre de liqueur de Knop.

La hauteur des tiges, au bout de 50 jours de végétation, est la suivante :

Dose :		
0 gr. 250.	30	centimètres
0 gr. 500.	45	»
1 gr.	55	»
2 gr.	60	»
3 gr.	22	»
10 gr.	11	»

Le nombre des feuilles et leurs dimensions sont en rapport avec la hauteur des tiges.

On voit ainsi que la dose 3 gr. devient très préjudiciable au développement, alors que celle de 2 gr. donne une végétation luxuriante.

CONCLUSION. — *Le nitrate de chaux est favorable à la végétation de la Tomate. Sa dose optima est de 2 grammes par litre de solution de Knop.*

CHANVRE.

I. — ACTION DU SULFATE DE MAGNÉSIE. OPTIMUM.

Les expériences ont été mises en train le 5 mai 1896. Elles ont porté sur 42 graines semées, par six, dans les milieux suivants :

Eau distillée. — *Solution aqueuse de sulfate de magnésie à 1/1000* — *Liqueur de Knop sans sulfate de magnésie.* — *Liqueur de Knop avec sulfate de magnésie 0.250 — 0.500 — 1 — et 10 grammes par litre de solution.*

Le schéma suivant représente les dimensions respectives des tiges après 10, 13, 24 jours de végétation.

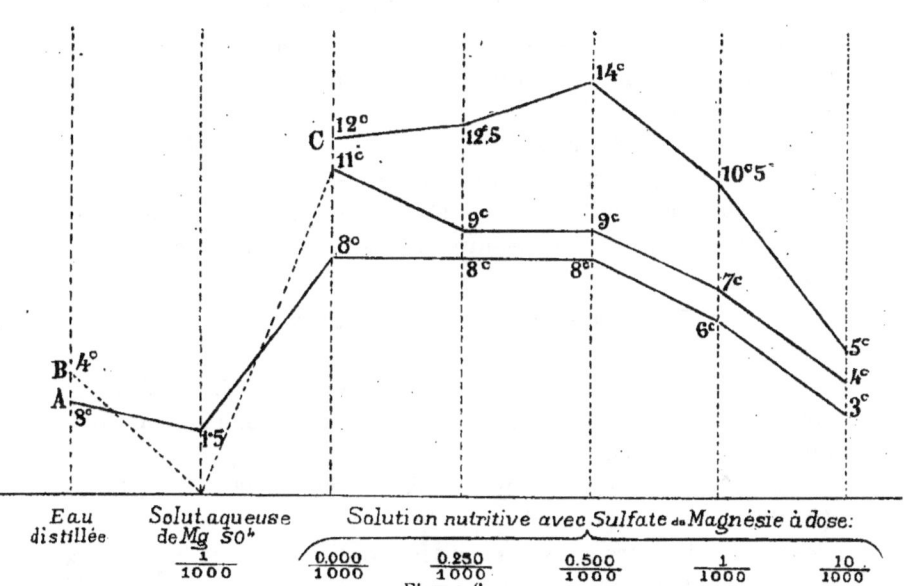

Figure 6.

10e jour. — La courbe A montre un égal développement dans la liqueur de Knop, aux doses de sulfate 0.0.250 et 0.500. Elle fait voir l'action nuisible d'une dose concentrée (1 et 10/1000) et la toxicité de ce sel quand il n'est pas uni aux autres substances minérales.

Les cotylédons et les deux premières feuilles sont bien étalés dans toutes les cultures.

13e jour. — (Courbe B). Les Chanvres meurent dans la solution de sulfate de magnésie pure. L'optimum se montre dans la solution nutritive qui ne contient pas de sulfate de magnésie.

24e jour. — (Courbe C). La vie a cessé, dans l'eau distillée. Dans la solution de Knop sans sulfate les plantes commencent à jaunir. Le maximum est déplacé ; on le constate à la dose de $\frac{0.500}{1000}$. Dans cette culture les radicelles sont très nombreuses. La tige possède deux entre-nœuds. Le supérieur a 2 centimètres, alors qu'il ne dépasse pas 0.5 dans les solutions à 0.250/1000 et à 1/1000. La dose 10/1000 est manifestement nuisible : les racines sont petites, peu vigoureuses ; la tige et les feuilles sont rudimentaires.

A partir de cette époque, le maximum a persisté à la dose $\frac{0.500}{1000}$

45e jour (16 juin). — Les plantes privées de magnésie n'ont plus que deux paires de feuilles qui soient vertes. Les autres sont des-séchées, comme grillées.

A la dose de 0.250 et surtout à celle de 0.500, les plantes sont vigoureuses et portent 10 paires de feuilles.

A 1/1000, les feuilles jaunissent sur les bords ; les limbes sont parsemés de taches blanc-poudreux ; les tiges n'ont que 7 entre-nœuds.

62e jour (7 juillet). — A la dose $\frac{0.5}{1000}$, les tiges dépassent 50 centi-mètres.

Dans toutes ces cultures, les feuilles de la 2ᵉ paire supérieure sont les mieux développées. Leur comparaison donne une idée très approchée du rapport qu'ont entre eux les autres organes.

Ces feuilles sont représentées par les figures 72, 73, 74, 75, 76 (Pl. 12). L'ordre suivant lequel elles sont classées est celui des doses décroissantes de sel. On constatera l'atrophie de la feuille à la dose $\frac{10}{1000}$ (fig. 72), le développement maximum à la dose $\frac{0.500}{1000}$ (fig. 74), le faible développement en l'absence de sulfate de magnésie (fig. 76). Dans ce dernier cas, bien que les dimensions de la feuille ne soient pas les plus petites parmi toutes les cultures (comparez fig. 76 et 72), il est à remarquer que les folioles de la base sont toujours rudimentaires.

Enfin, à 10/1000, les racines montrent une tendance très accusée à se ramifier régulièrement de chaque côté, en figurant un double peigne. Cette tendance n'a pas été constatée dans les autres cultures.

CONCLUSION. — *Chez le Chanvre les solutions pures de sulfate de magnésie sont toxiques.*

L'eau distillée n'entretient la vie que pendant une courte durée.

L'absence du sulfate de magnésie dans une solution renfermant

*les autres éléments nutritifs semble favorable au début de la végé-
tation.*

*Plus tard, ce sel se montre indispensable ; mais il possède une
action nuisible quand il dépasse la proportion 0.5/1000, qui est
optima.*

MORPHOLOGIE INTERNE

J'ai comparé entre elles : les plantes de la liqueur de Knop sans
sulfate de magnésie, celles de la solution à 0.5/1000, et celles de la
solution à 10/1000.

1° **Racine. A.** *Sans sulfate de magnésie.* — α. *Région moyenne*
(fig. 83, pl. 13). L'écorce (*ec*) est ronde, à méats. L'endoderme (*end*)
n'est pas différencié. Le péricycle a trois assises de cellules, au dos
du liber (*l*); sept ou huit au dos des faisceaux.

Il y a deux faisceaux primaires (*vp*), laissant au centre quelques
cellules de moelle légèrement lignifiées.

Le métaxylème et les formations secondaires sont à peine
ébauchés.

β. *Région supérieure* (fig. 85, pl. 13). Dans sa région la plus différenciée, les deux faisceaux primaires ont relativement un grand
développement et se rejoignent au centre. Les vaisseaux du métaxylème (*vmx*), noyés au milieu de fibres lignifiées, sont peu nombreux. Les vaisseaux secondaires (*vs*), rares, sont peu épaissis.
L'assise génératrice (*ag*) est peu développée. Il en est de même du
liber. L'écorce est réduite à un nombre restreint de cellules petites ;
son assise extérieure est subérisée à sa face externe et sur ses faces
latérales.

B. *Avec* $\frac{0.5}{1000}$ *de sulfate de magnésie.* — α. *Région moyenne.* — Vers
le milieu de la racine (fig. 84, pl. 13), on constate une différenciation
très grande, bien plus avancée même qu'au niveau supérieur de
la racine privée de sulfate de magnésie.

Les faisceaux primaires ont six à huit vaisseaux dont les plus
approchés du centre ont une large section. Le métaxylème est très
abondant ; il en est de même des formations secondaires.

L'assise génératrice fonctionne très énergiquement, le liber est
très abondant.

En comparant les figures 84 et 83, on doit conclure que *l'absence du sulfate de magnésie provoque un retard dans le développe-*

ment des divers appareils de la racine, considérée en sa région moyenne.

β. *Région supérieure.* — Au niveau supérieur de la racine, la structure est encore plus différenciée. Mais les vaisseaux primaires sont très peu développés; l'appareil vasculaire est presque exclusivement constitué par du bois secondaire.

C'est là un fait intéressant à noter, parce que les vaisseaux primaires de cette région étaient les seuls qui fonctionnaient au début de la végétation, à l'époque où nous avons constaté que le sulfate de magnésie retarde la croissance de la racine.

La comparaison des figures 83 et 85 nous montre, au contraire, qu'en l'absence du sulfate de magnésie, ces vaisseaux primaires forment dans la région supérieure un système important; or, nous avons vu plus haut que ces plantes se sont bien développées dès le début de la végétation.

Il n'est donc peut-être pas invraisemblable de penser *que le sulfate de magnésie ralentit la végétation au début, parce qu'il retarde la différenciation des faisceaux primaires de la racine.* Et comme il hâte le développement des formations secondaires, on conçoit que la croissance devienne très grande dès que celles-ci ont donné naissance à un système vasculaire important.

2° **Axe hypocotylé.** — Il suffira de comparer les figures 34 et 35 de la Planche 6, pour voir, qu'en l'absence du sulfate de magnésie, les formations secondaires de l'axe hypocotylé subissent encore un retard.

CONCLUSION. — *Le sulfate de magnésie active le développement et la différenciation des formations secondaires de l'axe hypocotylé.*

3° **Axe épicotylé** (*4e entre-nœud supérieur*). — A. *Sans sulfate de magnésie* (fig. 86, Pl. 13). La tige est cylindrique. La moelle, creuse en son centre, est circonscrite par un anneau de bois secondaire. Les faisceaux primaires (*vp*) sont à peine marqués. On ne reconnaît guère leur place qu'à des paquets de petites cellules appartenant à la zone périmédullaire.

L'anneau de bois secondaire a des vaisseaux peu nombreux, répartis sans ordre. Le liber forme un anneau continu: les tubes criblés sont répartis irrégulièrement. Il renferme quelques canaux sécréteurs de petit diamètre.

Le péricycle forme des paquets peu importants de sclérenchyme disséminé sur toute la circonférence.

Les cellules des deux assises extérieures de l'écorce sont légèment sclérifiées et aplaties tangentiellement. Il en est de même des cellules de l'épiderme, qui sont légèrement cutinisées.

B. *Sulfate de magnésie. 0.5/1000* (fig. 87, Pl. 13). La tige est cannelée, à quatre crêtes bien saillantes, séparées par de profonds sillons.

Au centre, la moelle (*m*) différencie quatre arcs de cellules allongées radialement et plusieurs fois divisées. La rencontre de ces arcs deux par deux forme un petit losange à l'intérieur duquel les cellules perdent leur forme polygonale, se plissent et tendent à se lignifier.

L'appareil vasculaire est représenté par des faisceaux (*vp*) ayant 3, 4, 5 et jusqu'à 8 files radiales de vaisseaux à paroi très lignifiée. Les plus importants de ces faisceaux correspondent aux proéminences de la tige. Les cellules de l'assise génératrice forment un anneau large de parenchyme.

En un mot, il y a localisation très nette de l'appareil circulatoire en faisceaux bien distincts.

Le liber présente une disposition analogue. Il a des canaux sécréteurs très larges et très nombreux.

Le péricycle forme une épaisse couronne de fibres scléreuses.

L'écorce comprend un plus grand nombre d'assises au niveau des cannelures. Elle est fortement sclérifiée. L'épiderme est très cutinisé. La section de ses cellules est ronde.

C. *Sulfate de magnésie 10/1000.* — A cette dose, on retrouve avec la forme cannelée, la même tendance à la formation de faisceaux isolés. La moelle persiste ; ses cellules sont très irrégulières. L'assise génératrice est peu épaisse ; le liber peu développé. Les fibres péricycliques sont moins sclérifiées qu'à dose faible ; leur répartition est irrégulière.

L'écorce est parenchymateuse en certains endroits ; ailleurs elle est sclérifiée.

En somme, l'examen des coupes montre une tendance à la disposition que j'ai décrite à la dose de 0.5/1000 ; mais il semble que la proportion élevée du sulfate de magnésie ait entravé le développement des cellules et nui à leur complète différenciation.

CONCLUSION. — A dose optima, le sulfate de magnésie tend *à*

grouper les éléments de l'appareil circulatoire de la tige en faisceaux
bien distincts; il accroît les dimensions et le nombre des canaux sécréteurs, favorise le développement des fibres péricycliques, sclérifie l'écorce
et lui donne un développement inégal; enfin, il modifie le centre de la
moelle.

COURGE

Des courges cultivées dans une solution de Knop sans phosphate
de potasse ont pris un développement beaucoup moindre qu'en
présence de ce sel. Leurs racines, en particulier, sont restées rudimentaires.

MORPHOLOGIE INTERNE

Les différences anatomiques sont peu considérables.

1° **Racine**. A. *Avec phosphate*. — Les parois de l'assise subéreuse
de l'écorce ne sont pas différenciées. L'endoderme présente des
traces de lignification seulement au niveau des faisceaux ligneux ;
au dos du liber, il n'est pas différencié. Quelques cellules du péricycle sont épaissies au niveau de ce dernier tissu.

Les vaisseaux des quatre faisceaux primaires sont disposés en
files radiales. L'assise génératrice fonctionne activement au niveau
du liber.

B. *Sans phosphate*. — La paroi externe et les faces latérales de
l'assise subéreuse sont fortement lignifiées. Toutes les cellules de
l'endoderme possèdent, sur tout le pourtour du cylindre central,
des cadres d'épaississement qui divisent en deux les faces trans-
verses et les faces latérales. Le péricycle n'est nulle part épaissi.
Les vaisseaux des quatre faisceaux primaires sont réunis en
massifs.

2° **Tige** (4ᵉ *entre-nœud supérieur*). — La tige possède, dans les
deux cas, 10 faisceaux collatéraux placés en alternance sur deux
cercles concentriques. Ces faisceaux sont incomparablement plus
développés en présence du phosphate, qu'en l'absence de ce sel. Les
vaisseaux ligneux sont surtout remarquables par leur diamètre
qui est au moins cinq ou six fois plus grand dans le premier cas
que dans le second.

Enfin, dans la liqueur privée de phosphate, les formations
péricycliques sont petites et légèrement épaissies, tandis qu'elles
sont relativement grandes et minces dans la liqueur nutritive
complète.

Les axes hypocotylés ne diffèrent entre eux que par les dimensions des éléments.

Ces différences ne sont pas assez considérables pour légitimer des conclusions.

AUBERGINE.

ACTION DU NITRATE DE POTASSE.

Des Aubergines semées, au mois d'août, dans des solutions renfermant respectivement $0^{gr}.125$, $0^{gr}.250$, $0^{gr}.500$ de nitrate de potasse par litre de liqueur de Knop ont donné des plantes d'autant mieux développées qu'elles renfermaient moins de nitrate de potasse.

Au bout d'un mois, les dimensions de ces plantes étaient inversement proportionnelles à la dose de nitrate employée. L'époque avancée de la saison ne m'a pas permis de prolonger l'expérience. On peut conclure, toutefois, *que le nitrate de potasse est nuisible au développement de l'Aubergine — au moins au début de la végétation.*

VOLUBILIS

ACTION DU NITRATE DE POTASSE.

Le 29 avril 1896, des graines de Volubilis (*Ipomœa volubilis*) sont semés dans les conditions suivantes :

15 graines — dans la solution de Knop.

30 graines — dans une solution de Knop sans nitrates. (Le nitrate de potasse est supprimé : le nitrate de chaux, remplacé par la dose de chaux qu'il contient).

10 graines — dans une solution de Knop renfermant $0^{gr}.750$ de nitrate de potasse par litre.

5 graines — dans une solution de Knop renfermant $1^{gr}.250$ de nitrate de potasse par litre.

10 mai. — Les cotylédons sont bien étalés dans la culture privée de nitrates ; les axes hypocotylés ont quatre centimètres.

Les cotylédons s'ouvrent à peine, dans la solution de Knop ; les axes hypocotylés ne dépassent pas trois centimètres.

Dans les cultures renfermant de fortes doses de nitrate de potasse, la végétation est moins avancée.

CONCLUSION. — *Les nitrates retardent la croissance du Volubilis au début de la végétation.*

Je fais deux séries des trente plantes qui poussent dans la liqueur privée de nitrates :

1º Quinze de ces plantes continuent à vivre dans les conditions où elles ont été placées jusqu'à présent.

2º Aux quinze autres, j'ajoute 0.250 de nitrate de potasse par litre de solution aqueuse.

Voici dès lors ce qui se passe :

Ces dernières prennent un développement considérable ; bientôt elles dépassent les plantes privées de nitrates et ont, sur toutes les cultures, une supériorité manifeste qui dure jusqu'au 15 mai.

15 mai. — Les plantes qui vivent depuis le début de l'expérience dans la solution de Knop commencent à pousser très vigoureusement; si bien que, le 25 mai, elles sont les mieux développées de toutes les cultures.

25 mai. — Enfin, c'est le tour des cultures concentrées en nitrate de potasse de croître avec la plus grande vigueur : le 20 juin, elles ont un grand avantage sur toutes les autres plantes, ainsi que l'expriment les mesures suivantes recueillies à cette époque :

(20 juin).

	SANS AZOTATES	AZOTATES AJOUTÉS LE 29 MAI	AZOTATES 0.250	AZOTATES 0.750 ET 1.250
Longueur de la racine principale	1 mètre	0^{m}30	0^{m}70	0^{m}03
Radicelles et racines adventives	rares	Assez nombreuses, uniformes, 0^{m}40	Très nombreuses, de longueur variable	nombreuses 0^{m}30
Longueur de la tige	0^{m}18	0^{m}50	1^{m}50	0^{m}80
Nombre des entrenœuds	7	12	14	26

A partir du 20 juin, les cultures à la dose 0^{gr}·750 et à la dose 1^{gr}·250 restent constamment identiques.

Les feuilles développées sont toutes semblables pour une même plante et pour chaque culture.

J'ai représenté (fig. 81, pl. 12) une feuille de la culture privée d'azotates (fig. 18, pl. 12), celle de la dose 0.750 ; (fig. 18, pl. 12), celle de la dose 1.250 (19 juillet).

CONCLUSION. — *Au début, le nitrate de potasse retarde la croissance des organes feuillés proportionnellement à sa dose. Plus tard il est très favorable à la croissance de la plante. Malgré son action retardatrice du début, il est indispensable dès la germination,* puisque son action fertilisante ultérieure est relativement faible quand le nitrate n'entre dans la composition du milieu qu'à une période assez avancée du développement.

En examinant le tableau ci-dessus, on voit en outre ceci : *Le nitrate de potasse nuit constamment au développement de la racine principale et proportionnellement à sa dose; mais, il active la croissance des radicelles et celle des racines adventives.*

Cette effet différent sur la racine principale et sur les racines adventives est probablement la cause des résultats inverses que l'on constate dans le développement des organes aériens suivant qu'on observe ces résultats au début de la végétation ou à sa fin.

PIN

10 août 1896. — Des graines de Pin maritime sont semées dans les milieux suivants :

Eau distillée.
Liqueur de Knop sans phosphate de potasse.
    »   sans nitrates.
    »   normale.
    »   avec 1 gr. 5 de nitrate de chaux par litre.

15 septembre. — Les plantes dépérissent dans l'eau distillée et dans la solution privée de phosphate. Les feuilles jaunissent. Les organes aériens sont moins développés que dans les autres cultures.

Les racines ont les dimensions suivantes :

Eau distillée, 2 centimètres.
Liqueur sans phosphate, 2 centimètres.
    »   sans nitrates,   23   »
    »   de Knop,   20   »
    »   »   avec nitrate de chaux 1 gr. 5. — 15 cent.

Quelques jours plus tard, les deux premières cultures meurent. Vers le 15 octobre, c'est le tour des plantes privées de nitrates. Les racines de ces dernières ont pourtant 35 cent., longueur que les autres plantes n'ont jamais atteinte. Les organes aériens sont moins développés que dans les deux derniers milieux.

CONCLUSION. — *Les nitrates retardent la croissance de la racine du Pin ; ils favorisent celle de la tige. Ces sels sont indispensables à la végétation de cette plante.*

30 novembre. — La végétation se ralentit dans le milieu riche en nitrate de chaux. Les dimensions respectives des plantes sont les suivantes :

	Racines	Tiges
Solution de Knop	30 cent.	8 cent.
Solution de Knop avec excès de nitrate de chaux.	15 cent.	5 cent.

CONCLUSION. — *A la longue, une forte quantité de nitrate de chaux est donc préjudiciable.*

Remarque. — On peut se demander si cet effet est dû à un excès d'acide azotique ou à un excès de chaux.

S'il est dû à l'excès d'acide azotique, on doit conclure, en raison des résultats obtenus en l'absence des nitrates, que les doses suivant lesquelles l'acide azotique peut entrer dans la constitution du milieu varient dans des limites assez étroites, comprises entre 0 et 1^{gr}.5.

Si l'action nuisible doit être rapportée à la chaux, on est conduit à penser que l'état sous lequel ce corps se présente dans le milieu a une grande importance, puisque le Pin croît généralement bien dans les sols riches en chaux.

Cette expérience nécessite donc de nouvelles recherches. J'ai cru devoir, cependant, signaler ces résultats, parce que l'étude d'un sujet vaste ne consiste pas forcément à formuler des conclusions immédiates, mais aussi bien à poser les divers problèmes que fait naître à chaque instant cette étude.

MORPHOLOGIE INTERNE

L'examen de la structure m'a montré, qu'en présence d'une forte dose de nitrate de chaux, le bois secondaire de la tige est extrêmement lignifié. Dans la liqueur de Knop, le bois secondaire ne présente pas trace de lignification.

Les résultats obtenus dans la culture du *Pin* peuvent être résumés ainsi :

CONCLUSION. — *L'acide phosphorique est indispensable à la végétation du Pin. Les nitrates sont également indispensables, bien que, dès le début, en leur absence, les racines se développent mieux que dans les milieux contenant des nitrates. Une dose un peu forte de nitrate de chaux est préjudiciable, sans qu'il soit possible de dire, quant à présent, si l'action nuisible tient à l'excès d'acide azotique ou à l'excès de chaux. Le nitrate de chaux hâte la lignification du bois.*

CONCLUSIONS DU DEUXIÈME CHAPITRE

En groupant les divers résultats fournis par chacune de ces expériences, on aboutit aux conclusions suivantes :

SULFATE DE MAGNÉSIE

Le sulfate de magnésie retarde la croissance au début ; plus tard, il se montre indispensable (Lupin, Ricin, Chanvre).

Chez le Ricin, cette action retardatrice porte surtout sur la croissance de la racine terminale. Cet organe reste atrophié. Plus tard, naissent des racines adventives, en nombre d'autant plus grand que le milieu contient plus de sulfate de magnésie; les organes aériens se développent alors en proportion directe de la croissance de ces organes adventifs.

Chez le Chanvre, l'action retardatrice du début se manifeste encore très nettement sur la racine. Elle porte sur les faisceaux primaires, qui se développent peu, en présence du sel. Mais le sulfate de magnésie active le développement des formations secondaires et, par suite, la végétation, quand le bois secondaire vient suppléer à l'insuffisance du bois primaire.

PHOSPHATE DE POTASSE.

Le phosphate de potasse est indispensable à la végétation (Lupin, Ricin, Seigle, Blé, Avoine, Courge, Pin). Il favorise le développement des racines proportionnellement à sa dose (Blé, Avoine). La forme de ces organes est caractéristique quand le milieu est dépourvu de phosphates (Lupin, Blé, Avoine, Courge, etc).

Les doses fortes de phosphate de potasse empêchent la verse de l'Avoine et du Blé.

Les modifications de structure que provoque ce sel sont parfois peu importantes, même quand son action sur la morphologie externe est très grande (Courge). Le plus souvent ces modifications sont profondes : chez le Ricin, le phosphate de potasse restreint le conjonctif central : il supprime la moelle ; l'appareil vasculaire devient axile. Ce sel provoque la formation d'arcs épais de fibres scléreuses au dos du métaxylème et retarde la lignification de l'endoderme. Quand il fait défaut, naissent des modifications du contenu des cellules de l'écorce ; des éléments sécréteurs apparaissent dans le métaxylème. Le phosphate favorise, en outre, le développement des couches génératrices cambiales de la tige ; il joue un rôle important dans la différenciation des fibres péricycliques de l'axe hypocotylé.

La principale action du phosphate de potasse sur la structure du *Blé* est du même ordre : Il lignifie très fortement le cylindre central de la racine et le méristème de la tige, effet de la plus haute importance, car il empêche la plante de *verser*. Enfin, il augmente le nombre des assises de l'écorce.

Chez le *Seigle*, en l'absence de phosphate, le cylindre central de la racine reste entièrement parenchymateux ; l'écorce est subérisée dans toute son étendue.

Enfin, chez la *Courge*, l'action du phosphate, moins accusée que dans les espèces précédentes, a pour effet de retarder les différenciations de l'assise subéreuse et de l'endoderme de la racine ; mais, en même temps, ce sel provoque la formation de fibres péricycliques, aussi bien dans la racine que dans la tige. Comme chez le Ricin, en présence du phosphate, les vaisseaux primaires de la racine se rangent en files radiales, les faisceaux de la tige sont très développés ; tandis qu'en l'absence de sel, les vaisseaux primaires se groupent en massifs et les faisceaux de la tige sont très peu développés.

De toutes ces modifications, la plus importante est, sans con-
tredit, la lignification de la base de la tige que provoque chez les
Céréales, le phosphate de potasse. Elle nous explique le mécanisme
de l'action du phosphate contre la « *verse* » et nous donne une
indication précieuse de l'emploi de ce sel en Agriculture.

SILICATE DE POTASSE

Le silicate de potasse ne prévient pas la verse (Avoine). Il favorise la croissance des organes (Blé), donne aux feuilles une couleur vert foncé, un brillant particulier et semble augmenter leur
poids.

Ce sel agit surtout sur l'extrémité supérieure de la tige et sur les
feuilles. Il lignifie très énergiquement les éléments périphériques
du sommet de l'axe et fait apparaître dans la feuille des bandes de
tissu lignifié qui relient les nervures aux deux épidermes. Il
augmente le nombre des poils.

NITRATES

L'action des nitrates s'est montrée très différente suivant les
espèces :

Ces sels sont indispensables au *Pin maritime*, cependant ils
retardent la croissance de sa racine.

Ils sont également nécessaires à la végétation de l'*Ipomœa Volubilis*, mais leur action fertilisante n'est appréciable qu'assez tard :
au début, ils paraissent nettement nuisibles. Pourtant, pour acquérir son développement maximum, la plante doit avoir des nitrates
à sa disposition, dès la germination. Si les sels ne sont introduits
dans le milieu que plus tard, la plante reste incomplètement
développée. Les nitrates nuisent à la croissance de la racine terminale et activent la formation des racines adventives.

Chez le Lupin, ces sels sont utiles dès le début ; plus tard, ils
sont nuisibles.

Le nitrate de potasse s'est montré nuisible au développement du
Blé, de l'Avoine et de l'Aubergine en raison directe de la dose de
sel employée.

Le nitrate de chaux a été favorable à la végétation de la Tomate.
La dose de deux grammes par litre de solution de Knop a donné le
développement maximum.

Une dose de 1 gr. 5 s'est au contraire montrée nuisible pour le Pin maritime.

En présence d'une diversité d'action aussi grande, il est actuellement impossible de formuler une opinion sur l'action des nitrates. De nouvelles recherches s'imposent.

POTASSE ET SOUDE.

Chez le Blé comme chez l'Avoine, la potasse facilite les cloisonnements cellulaires et par conséquent favorise la croissance, mais elle retarde la lignification et *provoque la versé*.

La soude joue dans le cloisonnement cellulaire un rôle beaucoup moins actif et favorise moins la croissance ; mais elle hâte la lignification et, par suite, *prévient la verse*. Elle peut ainsi contrebalancer les effets de la potasse.

La potasse se montre aussi plus favorable que la soude à la croissance de la Tomate. Comme chez les Graminées précédemment décrites, elle retarde la lignification de la base de la tige ; mais dans l'espèce, cette action est sans effet sur le port de la plante. La potasse augmente en outre les dimensions des vaisseaux de l'axe épicotylé de la Tomate, cutinise l'épiderme et transforme en collenchyme l'assise sous-épidermique de l'écorce. La soude, au contraire, hâte la lignification ; elle fait apparaître des fibres scléreuses d'origine péricyclique à la région inférieure de l'axe hypocotylé. Elle diminue considérablement l'importance de l'appareil vasculaire, augmente les dimensions des cellules de l'écorce, supprime les différenciations de l'épiderme et de l'assise sous épidermique.

En somme, la potasse joue un rôle plus important que la soude dans la croissance du Blé, de l'Avoine et de la Tomate. Mais la soude a une action qui lui est propre et qui est de lignifier les régions inférieures de la tige. Cette action peut dans certains cas n'avoir pas d'effet utile appréciable (Tomate). Elle a une très grande influence sur le soutènement des tiges longues et grêles comme celles des céréales, et contribue à étayer les divers organes que la potasse concourt à former.

DEUXIÈME PARTIE

EXPÉRIENCES EN PLEINE TERRE

LUPIN.

Première série (méthode indirecte).

Le 29 août 1895, je sème des Lupins, en rangées équidistantes, dans six carrés de terre suffisamment écartés les uns des autres pour que les eaux d'arrosage n'aillent pas se mélanger. Chaque parcelle de terrain a un mètre de côté.

Chaque carré est arrosé une première fois avec une solution représentant dix litres de liqueurs utilisées dans les expériences précédentes et dans les conditions suivantes :

Carré nᵒ I. Solution de Knop sans nitrate de chaux.
— nᵒ II.   —   —   nitrate de potasse.
— nᵒ III.   —   —   phosphate de potasse.
— nᵒ IV.   —   —   sulfate de magnésie.
— nᵒ V. Solution de Knop pure.
— nᵒ VI. Eau distillée.

Les figures 7 et 8 représentent schématiquement ces six carrés et montrent les résultats obtenus :

Je dois d'abord signaler que les carrés arrosés avec la solution de Knop avec ou sans sulfate de magnésie se sont développés les premiers. Ils ont montré, dès le début, une végétation active; ce qui indique que le sulfate de magnésie a peu d'influence à cette époque.

Plus tard les différences sont moins évidentes, et, le 1ᵉʳ octobre, les cultures sont également développées.

A cette époque, je prends au hasard, cinq pieds dans chaque carré; je les compare, après lavage des racines :

Les tiges sont égales dans les six cas.

Les diamètres des axes hypocotylés sont sensiblement égaux, mais la longueur de ceux-ci est assez nettement différente, ainsi qu'on peut s'en rendre compte en examinant la courbe A (fig. 7) établie d'après les moyennes recueillies.

La courbe B (fig. 7) montre les longueurs respectives des racines.

L'absence de nitrate de potasse donne la racine la plus longue (20 cm.). Le sulfate de magnésie vient ensuite (18 cm.). Le nitrate de chaux ne marque pas d'effet appréciable (carrés 1 et 5, 12 cm.).

Enfin, les racines sont petites en l'absence de tout sel et dans la solution de Knop privée de phosphate (carrés 3 et 6, 8 cm.).

L'importance des radicelles suit exactement la marche des

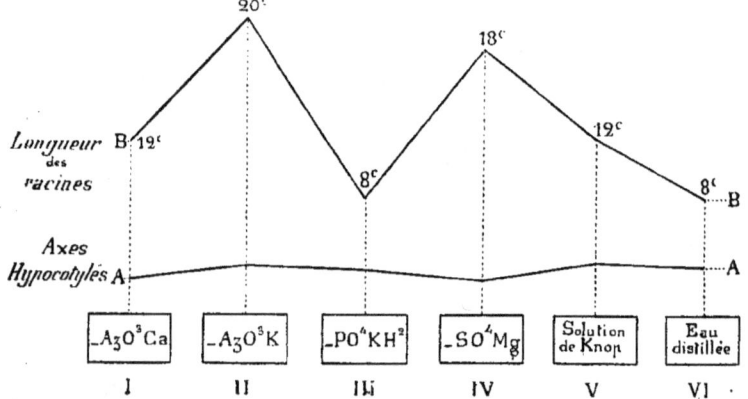

Fig. 7. — Lupin. A, courbe montrant la moyenne des axes hypocotylés; B, courbe montrant les longueurs respectives des racines.

racines; il est à noter que les Lupins qui ont les racines les moins importantes (Knop sans phosphate, sans nitrate de chaux et culture sans sels), ont des radicelles secondaires réunies en amas et concrescentes.

Enfin, la racine principale de chaque plante porte des tubercules surtout abondants dans le carré 2 (sans nitrate de potasse), puis dans le carré 1 et 3 (sans nitrate de chaux et sans phosphate de potasse). C'est dans l'eau distillée et surtout dans la solution privée de sulfate de magnésie qu'ils sont le plus rares.

Etant donné le rôle de ces tubercules dans la fixation de l'azote chez les Légumineuses, il semble intéressant de remarquer, en passant, que c'est justement dans les solutions privées de nitrates que nous les avons trouvés le mieux développés.

Ainsi, ces divers Lupins, qui, considérés en place, semblent peu différents les uns des autres, montrent, surtout dans leurs racines, des différences très appréciables suivant les sels qui leur ont été fournis.

En suivant le développement, j'ai noté, vers le cinquantième jour, une végétation particulièrement active dans les carrés dépourvus de nitrates.

Pour établir une comparaison aussi exacte que possible, j'arrache 10 plantes dans chaque carré; je pèse, pour chacun de ces

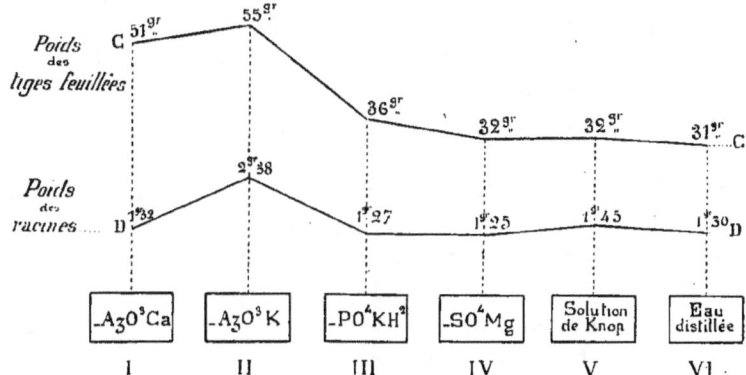

Fig. 8. — Lupin. C, courbe montrant les poids des tiges feuillées ;
D, courbe montrant les poids des racines.

lots, l'ensemble des organes aériens séparés de la racine et coupés exactement suivant le plan de séparation extérieure de l'axe hypocotylé et de la racine.

Les poids respectifs de ces lots sont représentés par la courbe C (fig. 8) qui atteint les points culminants avec les solutions privées d'acide azotique.

Les racines sont soigneusement lavées, puis desséchées à l'étuve. Leur poids respectif donne la courbe D (fig. 8), dont les sommets les plus élevés sont dus aux Lupins privés de nitrate de potasse (2 gr. 38), de nitrate de chaux (1 gr. 82). La courbe s'abaisse à 1 gr. 45 avec la solution de Knop, puis descend dans les trois autres carrés à 1 gr. 3, 1 gr. 27, 1 gr. 25, avec l'eau distillée, la solution privée d'acide phosphorique et celle qui n'a pas de sulfate de magnésie.

Ces résultats restent à peu près dans les conclusions que j'ai énoncées plus haut; mais il faut se garder de les considérer comme absolus. On ne doit pas oublier que les sels sont, ici, étudiés sous des titrages déterminés; qu'à d'autres doses, ils pourraient avoir des effets un peu différents.

Deuxième série d'expériences: Action des sels suivant leurs doses. (Méthode directe).

Le 15 mai 1896, j'ai semé en lignes, dans des carrés de terrain ayant chacun 1 mètre de côté, des graines de Sarrasin (poids égaux dans chaque carré.) J'ai semé aussi du Chanvre. Je m'étais donné comme but de comparer, sur chaque récolte, les effets de divers sels que j'introduisais dans le sol à des doses différentes.

Quatre carrés sont affectés à l'étude de chaque sel : Je dissous 50 grammes du sel dans de l'eau, puis, j'arrose le premier carré avec 1/15 de la solution, le second avec 2/15, le troisième avec 4/15, le quatrième avec 8/15 ; les poids du sel mis dans les carrés varient donc comme 1. 2. 4. 8 et ont respectivement pour valeur absolue 3 gr. 333 — 6 gr. 666 — 13 gr. 332 — 26 gr. 664.

Les semis sont faits après ces arrosages.

Les sels dont j'ai étudié les effets sont les suivants :

Chlorure de sodium, chlorure de potassium ;

Azotate de soude, azotate de potasse, azotate d'ammoniaque ;

Sulfate de magnésie, sulfate de chaux ;

Phosphate de potasse, phosphate de peroxyde de fer ;

Oxalate de potasse.

Quatre carrés servant de témoins n'ont rien reçu.

ACTION SUR LA GERMINATION.

Le chlorure de potassium à la dose de 13 gr. 332 (carré n° 3) a montré, dès le début, une action très favorable à la germination des graines du Sarrasin.

Le 1er juin, en effet, les plantes présentent, dans ce carré, des axes hypocotylés de 5 centimètres de longueur, avec des cotylédons parfaitement étalés, alors que, dans les autres carrés, pas une plante n'est encore sortie de terre.

Le Chanvre a germé très tard, en présence de l'oxalate de potasse.

Je n'ai pas noté d'effet appréciable sur la précocité de la germination dans les autres cultures.

Le poids des graines semées ayant été le même dans chaque carré, il semble que l'on puisse apprécier l'effet des divers sels sur la germination par le nombre des plantes qui ont été récoltées. Mais, les causes nombreuses qui peuvent nuire au développement du végétal au début de la germination, la qualité variable de la semence ne nous permettent pas d'attacher au nombre de plantes récoltées rapporté à celui des grains semés un caractère suffisamment précis.

Toutefois, lorsqu'en présence d'un sel, dans toute une série de cultures, le nombre des plantes qui se sont développées est très faible, on est en droit de penser que ce sel a exercé une influence nuisible à la germination.

C'est le cas de l'oxalate de potasse dans les expériences sur le Chanvre (voir plus loin Tableau B) ; cette constatation confirme d'ailleurs le retard que j'ai observé dans l'apparition des plantules.

On peut donc conclure : *Le chlorure de potassium, à la dose de 13 gr. 332 par mètre carré de terrain, favorise la germination du Sarrasin ; l'oxalate de potasse nuit à la germination du Chanvre.*

Appréciation des Récoltes.

L'aspect extérieur des récoltes permet de se faire une première idée approximative sur l'influence d'un sel. Le résultat ainsi obtenu est assurément peu précis. On arriverait à une conclusion plus exacte en pesant toutes les récoltes à l'état vert. Mais ici, une cause d'erreur importante intervient : il est pratiquement impossible de séparer complètement, à l'état frais, les racines de la terre qui les entoure.

D'ailleurs, les végétaux contiennent une grande quantité d'eau. Les plantes qui, par leur aspect extérieur, paraissent les mieux développées, dont le poids frais serait le plus considérable, ne sont pas nécessairement celles qui, dans le cours de leur végétation, se

sont assimilé le plus de substances diverses, carbone, azote, sels
minéraux, etc.

Ce qui mesure avec le plus d'exactitude le *développement réel* du
végétal, la quantité de substances qu'il a fabriquées, c'est le *poids
sec* de la récolte.

La comparaison des résultats obtenus par ces deux méthodes
renseigne sur la quantité d'eau que contient une récolte.

C'est souvent à cette quantité d'eau qu'est due l'exubérance de
la végétation de certaines cultures, tandis que d'autres cultures d'un
aspect moins beau fournissent des récoltes ayant un poids sec plus
considérable, par conséquent plus belles en réalité.

I. — SARRASIN.

1° Aspect extérieur des récoltes.

Pour donner une idée de la marche du développement, j'examinerai les cultures à deux époques différentes, au 17 juin et au 21
juillet 1896. A cette dernière date, toutes les plantes étaient en fleurs.

I. CHLORURES.

A. *Chlorure de sodium.* *17 juin.* Les tiges les mieux développées
n'ont pas plus de 6 centimètres. Les entre-nœuds sont courts, les
feuilles petites (1 cent. 1/2). C'est dans le carré n° 1 (dose 3 gr. 333)
que les plantes sont le moins atrophiées.

21 juillet. Dans les divers carrés, le développement est en raison
inverse de la quantité de chlorure de sodium ajoutée au sol. En
outre, on constate aisément que ces quatre carrés fournissent des
récoltes incomparablement plus pauvres que ceux où il y a d'autres
sels et même que ceux où l'on n'a ajouté aucun sel.

En résumé, *le chlorure de sodium nuit à la végétation du Sarrasin.
Son action nocive est proportionnelle à son poids.*

B. *Chlorure de potassium.* 17 juin. La dose 13 gr. 332 (carré n° 3)
se montre très nettement optima dans la culture : les organes
aériens ont 14 à 15 centimètres de longueur. Les tiges sont, en
général, garnies de cinq feuilles, dont les plus grandes dépassent
4 centimètres ; presque toutes ont des fleurs.

A la dose de 6 gr. 666, la hauteur maxima est de 9 centimètres.

Les tiges les mieux garnies ont deux feuilles aussi larges que dans le carré précédent, mais sensiblement plus courtes.

Le développement est encore moindre à la dose 3 gr. 333 de sel.

Avec la plus grande quantité du chlorure employée, 26 gr. 664 (carré n° 4), les plantes sont moins développées qu'avec la dose la plus faible. Les feuilles, au nombre de deux seulement par individu, ne dépassent pas 2 centimètres. Elles sont jaunes ; leurs nervures, colorées en rouge intense, tranchent violemment sur le limbe.

21 juillet. L'optimum n'est plus à la dose 13 gr. 332, il est à la dose 6 gr. 666 (carré n° 2) et l'ordre suivant lequel la végétation décroît est représenté par les proportions respectives 2. 1. 4. 8 de chlorure, c'est-à-dire dans les carrés n° 2, n° 1, n° 3, n° 4.

Ces quatre cultures sont moins chétives que celles obtenues avec le chlorure de sodium, mais elles sont inférieures à presque toutes les suivantes (1).

On peut conclure : *Pendant les premiers temps de la végétation, les organes aériens du Sarrasin croissent avec les proportions plus grandes de chlorure de potassium : cet effet s'arrête à une certaine dose qui est optima, au-delà de laquelle le sel est nuisible à la plante. A l'époque de la floraison, la dose optima du début est manifestement nuisible et le maximum de développement s'observe à une dose moins concentrée.*

II. Azotates.

A. *Azotate de soude. 17 juin.* Développement peu avancé. Les cotylédons seuls sont étalés ; les axes hypocotylés, rudimentaires. La hauteur maxima est de 4 centimètres. Dans le carré n° 4, les plantes sont tout à fait rabougries.

21 juillet. Les organes feuillés sont très petits. Ce sont les plus petits, après ceux de la culture en chlorure de sodium ; mais les feuilles sont arrondies au lieu d'être acuminées comme dans les cultures précédentes et elles ont une coloration vert foncé.

En somme, *l'azotate de soude est manifestement nuisible à la végétation du Sarrasin ; ce sel donne aux feuilles une teinte verte particulière.*

(1) A l'époque de la floraison, les ramifications de la plante, le nombre et les dimensions des feuilles sont trop variables pour qu'il soit possible de donner des valeurs numériques sur la taille de la tige et des feuilles des diverses plantes.

B. *Azotate de potasse. 17 juin.* En présence de ce sel, les plantes ont des dimensions plus grandes que dans toutes les autres cultures. Les individus atteignent une hauteur qui dépasse 18 centimètres. Les entre-nœuds sont longs et gros. Les feuilles sont aussi larges que longues (4 centimètres). Elles ont une coloration vert foncé, analogue à celle de la culture dans l'azotate de soude.

Le développement est un peu plus grand aux doses faibles (carrés 1 et 2) qu'aux doses plus fortes.

21 juillet. Culture superbe, très supérieure à toutes les autres. Les feuilles sont larges et vert foncé. Pas d'optimum appréciable.

En résumé, *l'azotate de potasse est très favorable au développement du Sarrasin. Les doses faibles de ce sel semblent les plus actives au début, mais (dans les conditions de l'expérience) le degré de concentration n'a aucune influence sur le résultat final. Ce sel donne aux feuilles une teinte verte particulière.*

C. *Azotate d'ammoniaque. 17 juin.* Les Sarrasins sont moins développés qu'en présence de l'azotate de potasse ; mais ils sont incomparablement plus hauts qu'avec l'azotate de soude, excepté pourtant dans le carré n° 4, où la tige n'atteint pas 3 centimètres ; c'est-à-dire, qu'à cette période, une dose très concentrée est nuisible.

Dans les carrés n° 1 et n° 2, les organes feuillés ont 7 centimètres. Dans le carré n° 3, la tige mesure 12 centimètres ; elle est garnie de feuilles nettement acuminées, de 3 cent. 1/2. Il y a donc optimum, à cette époque, pour la dose 13 gr. 332.

21 juillet. L'optimum persiste dans le carré n° 3 et la culture est très belle, bien que notablement inférieure à celle du nitrate de potasse. A la dose maxima, les plantes qui, le mois précédent, avaient semblé souffrir d'un excès de sel, ont pris d'assez grandes dimensions, bien que celles-ci soient sensiblement moindres que dans le carré n° 3.

Aux doses faibles, les plantes sont moins développées.

Il est à noter, enfin, que les feuilles ont pris la même coloration vert foncé et la même forme arrondie que dans les sols arrosés de nitrate de soude et de nitrate de potasse ; ce qui semble indiquer que les caractères que j'ai constatés en présence des nitrates, doivent être attribués à l'acide azotique.

En résumé, *le nitrate d'ammoniaque favorise le développement du Sarrasin, mais à un degré moindre que l'azotate de potasse. Une dose très forte se montre, dès le début, préjudiciable. Il existe un degré de concentration optimum (13 gr. 332 dans nos recherches) pour toute la durée de la végétation.*

Il convient d'ajouter, à titre de conclusion générale : *L'acide des nitrates donne aux feuilles du Sarrasin une couleur verte très foncée.*

III. Sulfates :

A. *Sulfate de Magnésie. 27 juin.* Les cotylédons seuls sont étalés. A la dose minima, les axes hypocotylés n'ont pas plus de 4 centim. Ils sont progressivement plus grands dans les terrains plus chargés de sels ; à la dose maxima, ils atteignent 7 centimètres.

21 juillet. Les cultures sont assez bien développées. La plus belle culture est celle du carré n° 2.

En résumé, *pendant la première période de la végétation, les effets sont proportionnels aux doses de sulfate de magnésie ; vers l'époque de la floraison, les doses fortes ne se sont pas montrées avantageuses. Il y a eu un optimum pour la dose de 6 gr. 666.*

B. *Sulfate de Chaux. 17 juin* La dose la plus concentrée donne de belles plantes qui, par leur taille, peuvent être classées après les plantes de l'azotate de potasse. Même aux doses plus faibles, ces plantes se sont toujours montrées supérieures à celles des cultures témoins qui n'avaient reçu aucun sel.

21 juillet. Par l'aspect général de la récolte à cette époque, le sulfate de chaux se classe à côté du sulfate de magnésie ; mais ici, les plantes sont d'autant plus belles que le sol contient plus de sulfate de chaux.

En résumé, *le sulfate de chaux est favorable au développement du Sarrasin. Son action est proportionnelle à la dose* (dans les limites où ce sel a été employé).

IV. Phosphates :

A. *Phosphate de potasse. 17 juin.* La végétation est luxuriante, surtout dans les carrés les plus chargés de sels, où les tiges mesurent 9 centim. et portent de larges feuilles.

21 juillet. La culture se classe après celle des nitrates de potasse et d'ammoniaque, avec optimum aux deux doses les plus faibles.

En résumé, *le phosphate de potasse est très favorable au Sarrasin, surtout à faible dose.*

B. *Phosphate de peroxyde de fer. 17 juin.* Les plantes sont hautes, mais grêles. Les tiges ont 12 centimètres de longueur, mais les feuilles sont très petites et jaunâtres. Il y a optimum dans le carré n° 3.

21 juillet. Le développement est à peu près analogue à celui du phosphate de potasse; mais, ici, ce sont les doses les plus fortes qui produisent les meilleurs effets.

Je dois noter que les feuilles sont restées jaunâtres pendant toute la durée de la végétation.

En résumé, *le phosphate de peroxyde de fer favorise le développement du Sarrasin ; mais aux doses concentrées il altère la couleur verte des feuilles.*

V. Oxalates :

Oxalate de potasse. 17 juin. Le développement est très irrégulier, et, en général, les plantes sont chétives. Certaines d'entre elles ont une tige feuillée qui atteint 10 centimètres; mais beaucoup n'ont étalé que leurs cotylédons et leur axe hypocotylé ne dépasse pas 3 centimètres.

21 juillet. La culture est uniforme, avec un léger avantage en faveur de la dose la plus faible. L'ensemble est comparable aux cultures en présence des sulfates. Mais un fait particulier que l'on constate, c'est que les fleurs ont souffert et paraissent comme grillées.

En résumé, *l'oxalate de potasse s'est montré, dès le début, préjudiciable à un grand nombre de plantes ; cette action nuisible ne s'est pas maintenue et l'emploi du sel a donné une récolte assez avantageuse. Toutefois les fleurs ont paru souffrir.*

VI. Cultures témoins :

17 juin. Dans les cultures où il n'avait pas été ajouté de matière minérale, le développement, à cette époque, était moyen. Les éléments du sol ont suffi à donner des plantes mieux développées que dans les cultures arrosées de chlorure de sodium, d'azotate de soude, de sulfate de magnésie ou d'oxalate de potasse.

Le *21 juillet,* la culture témoin n'était plus supérieure qu'à celles de l'azotate de soude et du chlorure de sodium.

Classement des sels d'après la récolte qu'ils ont fournie.

L'ordre décroissant suivant lequel on pouvait ranger les récoltes d'après leur développement moyen, à l'époque de la floraison, est le suivant :

Azotate de potasse.

Azotate d'ammoniaque.

Phosphate de potasse.

Sulfate de chaux. Sulfate de magnésie. Oxalate de potasse.

Phosphate de peroxyde de fer.

Chlorure de potassium.

Culture témoin.

Azotate de soude.

Chlorure de sodium.

CONCLUSION. — L'action des sels *sur la forme et les dimensions* des plantes, d'après ce qui vient d'être dit, peut être résumée ainsi :

Chez le Sarrasin, l'azotate de soude et le chlorure de sodium sont nuisibles, en tout temps, à la culture.

Le chlorure de potassium se montre favorable à faible dose, nuisible à dose concentrée.

L'azotate de potasse, l'azotate d'ammoniaque, le phosphate de potasse, le sulfate de chaux et le phosphate de fer sont des sels fertilisants pendant toute la durée de la végétation. (Cette énumération les classe dans l'ordre de leur utilité décroissante).

Le sulfate de magnésie et l'oxalate de potasse retardent le développement, au début. Plus tard, ils exercent une action favorable qui les classe près du sulfate de chaux.

L'acide nitrique des azotates donne aux feuilles une coloration vert foncé, caractéristique.

2° Poids sec.

Le nombre des plantes qui se sont développées a été parfois très différent, suivant les carrés. Aussi, pour comparer l'effet des diverses doses d'un même sel ne doit-on pas considérer le poids brut de ce sel mis dans le sol, mais le poids moyen que chaque pied a eu à sa disposition. Il peut arriver en effet que, dans un sol pauvre en sel, le nombre des graines ayant germé soit très faible ; et alors, chaque pied développé a pu utiliser plus de substance minérale que ceux du carré voisin dans lequel le poids de sel mis dans le sol était plus considérable mais où il y a eu beaucoup plus de plantes à se partager ce poids.

Dès lors, il m'a semblé préférable d'établir le rapport qui existe entre le poids sec de chaque plante et la quantité de sel qui lui a été fourni, que de rechercher la relation entre ce poids et le degré de concentration du sol.

Pour le Sarrasin, la distinction n'a pas d'importance, parce que, dans chaque culture, les plantes ont pu prendre une dose proportionnelle au degré de salure du terrain (Tableau A) ; mais il n'en est pas de même pour le Chanvre, ainsi qu'on le verra plus loin (Tableau B).

Le poids sec a été déterminé sur les plantes entières, les racines soigneusement débarrassées de la terre restée adhérente. Après un séchage de plusieurs mois à l'air libre, les plantes ont été coupées en petits morceaux, puis séchées à l'étuve. Quand, après plusieurs jours, le degré de siccité était devenu suffisant, les échantillons étaient réduits en poudre, puis pesés. On les reportait à l'étuve et on les y maintenait jusqu'à ce que leur poids demeurât invariable.

Les résultats sont consignés dans le tableau A (voir pages 159 et 160). Les sels sont classés suivant l'ordre d'après lequel ils se sont montrés favorables à la végétation.

De l'examen de ce tableau, il ressort, qu'en présence de certains sels (*Azotate d'ammoniaque, azotate de potasse, sulfate de magnésie, sulfate de chaux, oxalate de potasse, phosphate de potasse, phosphate de fer*), le poids moyen de la substance sèche de chaque plante est plus grand qu'en l'absence de tout sel ; c'est-à-dire que ces sels sont fertilisants.

Au contraire, on voit que dans les sols arrosés avec de l'*azotate de soude*, du *chlorure de potassium* ou du *chlorure de sodium*, le poids moyen a été plus faible que dans le sol naturel, d'où il suit que ces sels ont une action nuisible.

Seule, la détermination du poids sec permet d'apprécier d'une façon réelle l'action fertilisante des divers agents. S'il nous avait été possible de connaître exactement le poids des plantes à l'état vert, par une simple soustraction, nous aurions pu mesurer la quantité d'eau contenue dans les cultures.

A défaut de ce second terme numérique, reportons-nous aux

Tableau A. — SARRASIN

NATURE DES SELS	Numéros des carrés	Nombre des plantes	Quantité de sel par plante	POIDS SEC		
				total par récolte	par pied	moyen par culture
			Gr.	Gr.	Gr.	Gr.
Azotate d'ammoniaque . .	1	124	0.0235	162	1.467	
	2	134	0.044	205.5	1.526	1.841
	3	138	0.086	276.5	2.003	
	4	119	0.1995	282	2.369	
				926.0		
Azotate de potasse	1	189	0.0145	248.5	1.310	
	2	167	0.0355	191	1.143	1.283
	3	216	0.05	270	1.250	
	4	100	0.2376	144	1.440	
				853.5		
Sulfate de magnésie . . .	1	178	0.0154	218	1.2303	
	2	121	0.049	201	1.636	1.266
	3	148	0.0802	141	0.952	
	4	149	0.159	274	1.839	
				834		
Sulfate de chaux.	1	181	0.0151	251	1.386	
	2	140	0.042	117.5	0.839	1.222
	3	133	0.089	123	0.924	
	4	118	0.258	205.5	1.741	
				697.0		
Oxalate de potasse . . .	1	201	0 01035	194	0.965	
	2	103	0.0575	140	1 359	1.205
	3	96	0.102	112	1.166	
	4	104	0.2315	138.5	1.331	
				584.5		
Phosphate de potasse. . .	1	158	0.017	152	0.962	
	2	128	0.046	138.5	1.089	0.830
	3	172	0.069	125.5	0.729	
	4	124	0.191	82	0.661	
				493.0		

NATURE DES SELS	Numéros des carrés	Nombre des plantes	Quantité de sel par plante	POIDS SEC		
				total par récolte	par pied	moyen par culture
			Gr.	Gr.	Gr.	Gr.
Phosphate de fer. . . .	1	137	0.020	114	0.833	
	2	145	0.0405	109	0.751	0.826
	3	134	0.088	126.5	0.944	
	4	121	0.196	118	0.975	
				467.5		
Absence de sels	1	83	o	62.5	0.753	
	2	93	o	67	0.720	0.736.5
Azotate de soude. . . .	1	187	0.0195	163	0.871	
	2	176	0.0335	123	0.698	0.731
	3	124	0.095	95.5	0.770	
	4	36	0.066	21	0.585	
				402.5		
Chlorure de potassium .	1	146	0.0185	99.5	0.682	
	2	99	0.06	59.5	0.682	0.568
	3	148	0.084	72.2	0.487	
	4	111	0.214	55.5	0.500	
				286.7		
Chlorure de sodium . .	1	74	0 037	43	0.608	
	2	54	0.110	16.5	0 305	0.394
	3	61	0.1945	19	0.311	
	4	71	0.3345	25	0.352	
				103.5		

observations qui sont résumées page 157. Dans le groupement des
sels que nous avons exposé à cet endroit, nous avons vu que
plusieurs d'entre eux ont des effets fertilisants tellement marqués,
que le doute sur la place que nous avons assignée à ces sels n'est
pas possible. Ainsi, quoique nous ne puissions exprimer par des
chiffres les poids respectifs des plantes vertes récoltées, d'une part,
dans l'azotate de potasse, d'autre part dans l'azotate d'ammoniaque,
nous sommes cependant en droit d'affirmer que l'avantage des
dimensions était incontestablement aux premiers, tant les différences étaient appréciables au simple aspect des récoltes.

Si nous ne tenons compte que des différences dont le sens est indiscutable, nous pourrons comparer les conclusions que nous avons formulées sur les Sarrasins à l'état vert aux résultats indiqués par le tableau des poids secs, et, les divergences entre ces deux séries devront être rapportées à la quantité d'eau contenue dans les plantes, suivant les divers sels employés.

Nous observons ainsi que l'azotate de potasse, qui donnait les végétaux verts les mieux développés, n'occupe que le second rang dans la série des poids secs ; ce qui indique qu'une grande partie de son action sur l'accroissement de la plante consiste en l'introduction d'une grande quantité d'eau dans les tissus de celle-ci. Par contre, l'azotate d'ammoniaque montre une action opposée et, pour une quantité d'eau moins grande, donne une très forte quantité de matière sèche.

Nous voyons, en outre, que tous les sels de potasse (Phosphate, oxalate et chlorure, aussi bien que l'azotate) occupent une situation moins élevée, dans la série des poids secs que dans l'autre série ; ce qui exprime qu'en présence des *sels de potasse la teneur du Sarrasin en eau est plus grande qu'en présence des autres sels.*

Enfin, le tableau A montre :

1° Que le poids sec augmente continuellement avec les quantités d'azotate d'ammoniaque ajoutées au sol.

2° Que l'effet nuisible de l'azotate de soude et des chlorures est surtout marqué aux doses concentrées.

3° Que le phosphate de potasse révèle un optimum, à la dose de 0 gr. 092 par plante et qu'il devient nuisible lorsque la dose dépasse 0 gr. 138.

On ne saurait tirer des déductions quant à l'action du degré de concentration des autres sels.

En comparant les poids secs obtenus avec des sels de même acide, on peut avoir une idée de l'effet respectif des bases ; inversement, on peut juger de l'effet des acides par la comparaison des sels de même base : En rapprochant les effets de l'azotate de potasse de ceux de l'azotate de soude, on voit que la base de ce dernier sel convient moins bien que la potasse et ne saurait lui être substituée.

La comparaison des effets des chlorures donne la même conclusion.

De la même façon, on verrait que la chaux et la magnésie ont des effets très approchés.

En comparant entre eux les sels de potasse, on est conduit à ranger ainsi les acides d'après leur ordre d'importance dans la formation de la matière sèche :

1° Acide azotique. 2° Acide oxalique. 3° Acide phosphorique. 4° Acide chlorhydrique.

Enfin, si on considère que le phosphate de potasse et le phosphate de fer ont donné des résultats très voisins l'un de l'autre, on est conduit à penser que les effets de ces sels sont presqu'exclusivement dus à l'acide phosphorique, puisque le fer n'entre dans la constitution des végétaux que pour des proportions infinitésimales.

Conclusions. — De l'exposé qui précède, on peut conclure :

I. Pour des doses convenablement choisies, *certains sels sont favorables au développement du Sarrasin pendant toute la durée de la végétation* (azotate d'ammoniaque, sulfate de chaux, phosphate de potasse, phosphate de protoxyde de fer).

D'autres se montrent nuisibles dès le début qui, plus tard, exercent une action fertilisante (sulfate de magnésie et surtout oxalate de potasse).

D'autres accusent un effet favorable au début mais nuisible à la fin (chlorure de potassium).

Enfin, l'*azote de soude et le chlorure de sodium se montrent constamment nuisibles.*

II. Dans certains cas, le degré de concentration du sel semble n'avoir pas d'influence appréciable sur les dimensions du végétal ni sur le poids sec (azotate de potasse).

Dans d'autres, le degré de concentration des sels *a une action progressive croissante* et l'effet nuisible ou utile croît en raison directe de la quantité de sel.

Il reste entendu que cette action progressive n'est considérée que dans les conditions de nos expériences, car l'action utile des sels fertilisants doit passer par un maximum, puisque, si l'on opérait dans des sols sursaturés, la vie serait impossible.

Souvent, ce maximum se présente déjà avec une des doses que nous avons employées. Ce maximum est *réel*, s'il est l'expression de faits observés sur la variation de la substance sèche ; il n'est qu'*apparent* quand on le déduit du simple aspect extérieur de la récolte et que la considération du poids sec ne fournit pas la même conclusion. Dans ce dernier cas, c'est une quantité d'eau considérable qui donne à la récolte son apparence exubérante.

De même l'*action progressive* peut être seulement *apparente* ou *réelle* dans les mêmes conditions.

Ces considérations permettent de classer les résultats de la façon suivante :

SELS DONT LE DEGRÉ DE CONCENTRATION A UNE ACTION

INVARIABLE		VARIABLE				
Sur l'aspect	Sur le poids sec	Progressivement croissante				Avec optimum
		Réelle		Apparente		Réel	Apparent
AzO^3K	AzO^3K	nuisible	utile	nuisible	utile	Réel	Apparent
		Nacl. Kcl. AzO^2Na	AzO^3AzH^4 $PO^4Fe^2O^3$	Nacl. AzO^3Na	$FO^4Fe^2O^3$ SO^4Ca		Kcl. AzO^3AzH^4
Oxalate de potasse	SO^4Ca SO^4Mg Oxalate de potasse (Résultats peu nets.)						SO^4Mg
						PO^4K^2H	PO^4K^3H

Les faits consignés dans ce tableau peuvent être ainsi exprimés :

a. *L'azotate de potasse et l'oxalate de potasse agissent, aux doses diverses qui ont été employées, indépendamment de leur degré de concentration.*

b. *Le chlorure de potassium, l'azotate d'ammoniaque, le sulfate de magnésie produisent, à une dose déterminée, un maximum dans la quantité d'eau de la plante ; mais les effets des doses sur la formation de* la substance sèche ne suivent pas la même marche : *L'azotate d'ammoniaque produit un effet fertilisant qui va croissant avec le poids de sel employé. Le chlorure de potassium a également un effet constamment croissant, mais c'est un effet nuisible. Quant au sulfate de magnésie, il produit un effet qui ne paraît pas varier avec les doses employées.*

c. *Le phosphate de potasse révèle une action fertilisante maxima tant au point de vue du développement extérieur des plantes que de la production de matière sèche.*

d. *Le phosphate de fer, le chlorure de sodium, l'azotate de soude provoquent des effets proportionnels aux doses*, appréciables aussi bien sur les plantes vertes qu'après élimination d'eau, le premier dans un sens favorable, les autres dans un sens nuisible.

e. *Le sulfate de chaux augmente progressivement la quantité d'eau de la plante, quand on l'introduit à des doses croissantes ; mais ces différentes doses n'ont pas fait varier d'une façon appréciable l'augmentation de la matière sèche* (1).

III. *Pour un sel déterminé*, ce n'est pas toujours la même dose qui produit l'effet optimum aux divers stades de développement de plante.

Ainsi, *pour le chlorure de potassium*, c'est le carré n° 3 qui est le plus beau au début ; plus tard, c'est le carré n° 2.

Pour le *sulfate de magnésie*, au début, le maximum de développement est dans le carré n° 4 ; plus tard, c'est dans le n° 2 qu'il a lieu. Pour *l'azotate de potasse*, le n° 3 présente un optimum au début ; plus tard tous les carrés se ressemblent sensiblement.

D'autre part, pour l'*azotate d'ammoniaque*, c'est la même dose qui produit l'effet maximum pendant toute la durée de la végétation (carré n° 3).

IV. Les effets des sels sur la production totale de la substance sèche du Sarrasin jusqu'au moment de la formation de la graine peuvent être classés, d'après leur sens et leur importance, dans l'ordre suivant :

Effets utiles : 1° Azotate d'ammoniaque ; 2° azotate de potasse ;

---

(1) L'augmentation de la quantité d'eau dans la plante en présence du sulfate de chaux appuie l'opinion de M. Dehérain, qui pense que ce sel agit par une véritable *mobilisation* de la potasse du sol. Il est vraisemblable que la plante s'est enrichie alors en potasse, car on a vu précédemment que les sels de potasse ont pour effet d'augmenter le contenu des plantes en eau.

3º sulfate de magnésie; 4º oxalate de potasse; 5º phosphate de potasse; 6º phosphate de fer.

Effets nuisibles : 1º Azotate de soude ; 2º chlorure de potassium ; 3º chlorure de sodium.

V. *Les sels de potasse augmentent la teneur du Sarrasin en eau.*

VI. *La soude donne toujours des effets moins avantageux que la potasse, soit dans les azotates, soit dans les chlorures.*

VII. *La chaux et la magnésie ont des effets sensiblement égaux.*

VIII. *Les acides, groupés suivant leur importance croissante dans la production de la matière sèche forment la série suivante :* 1º *Acide azotique;* 2º *acide oxalique;* 3º *acide phosphorique;* 4º *acide chlorhydrique.*

IX. *L'acide azotique donne aux feuilles une teinte vert foncé.*

X. *C'est à l'acide phosphorique qu'est dû l'effet prépondérant dans l'action fertilisante des phosphates.*

II. **CHANVRE.**

Avant d'exposer en détails, comme je viens de le faire pour le Sarrasin, mes expériences sur le Chanvre, je tiens à faire remarquer que, dans quelques carrés, le nombre des plantes qui a poussé a été très faible. Ces carrés n'entrent pas en ligne de compte dans l'étude qui suit.

1º **Aspect extérieur des récoltes.**

L'examen des plantes à l'état vert a été fait le 17 juin et le 11 août.

17 juin. Les dimensions moyennes des tiges dans chaque carré sont représentées fig. 9.

D'après cette figure, les résultats suivants sont faciles à voir :

1º L'azotate de potasse et le phosphate de potasse ont une influence très avantageuse sur la végétation. Il y a un optimum au carré nº 2 pour ce dernier sel.

2º Le chlorure de potassium et l'azotate de soude sont favorables aussi ; mais l'effet est déjà moindre que pour les sels précédents. Tous les deux présentent une dose optima.

3º Le chlorure de sodium s'est montré utile à la plus faible dose. A toutes les autres doses il a été nuisible, et cela d'autant plus qu'il était plus concentré.

4º Le sulfate de chaux et le sulfate de magnésie n'ont eu d'effet appréciable qu'à la dose maxima.

5º Le phosphate de fer s'est montré légèrement préjudiciable d'une façon uniforme.

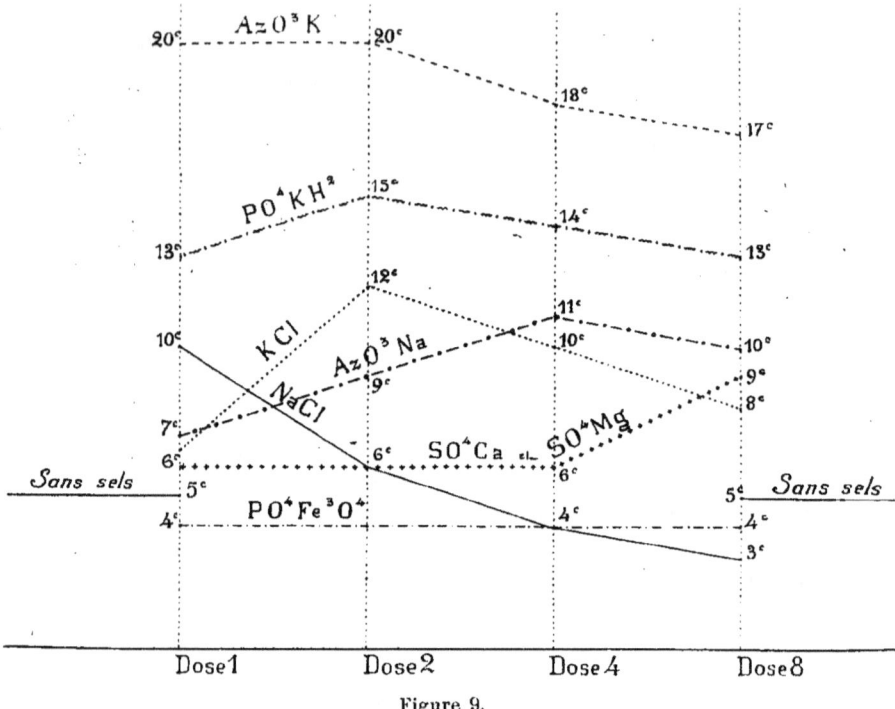

Figure 9.

Je n'ai représenté ni l'oxalate de potasse, ni le nitrate d'ammoniaque parce que les cultures de ces deux sels contenaient, dans chaque carré, des plantes de dimensions très inégales et que, par suite, la moyenne, difficile à évaluer avec précision, n'avait aucune signification.

11 août. A cette époque, les dimensions de quelques tiges obtenues avec l'*oxalate de potasse* sont deux fois plus grandes que dans les autres milieux ; mais, pour les raisons que j'ai données précédemment, il est impossible de tirer une conclusion de cet avantage. Peut-être ce sel exerce-t-il une action très défavorable à la germination ?

Les autres cultures ont paru pouvoir être classées ainsi, d'après les dimensions moyennes des plantes :

1° *Azotate de potasse.* 2° *Phosphate de potasse.* 3° *Azotate d'ammoniaque.* 4° et 5° *Sulfate de chaux et chlorure de potassium.* 6° *Sulfate de magnésie.* 7° *Phosphate de fer.*

8° Culture sans sels.

9° *Azotate de soude.* 10° *Chlorure de sodium.*

Les effets observés, d'après les diverses doses, peuvent être exprimés de la façon suivante :

1° *Sels donnant un développement croissant en raison directe des doses :*

Azotate de potasse. Phosphate de potasse. Azotate d'ammoniaque. Sulfate de chaux.

2° *Sels ayant un optimum.*

Sulfate de magnésie (carré n° 2).

Chlorure de potassium (carré n° 2).

3° *Sels nuisibles à la végétation en raison directe de leurs doses.*

Azotate de soude.

Chlorure de sodium.

4° *Sels sans effet appréciable.*

Phosphate de fer.

2° **Poids sec.**

C'est surtout pour le Chanvre qu'il y a lieu de comparer le poids sec à la quantité de sel puisé par la plante et non pas au degré de salure du terrain. On voit, en effet, dans le tableau qui suit, que, souvent, cette quantité n'a aucun rapport avec le degré de concentration du sel, en raison de la variabilité du nombre des plantes développées dans les cultures.

Il est à remarquer, d'autre part, que les poids de substance sèche relevés sont, en général, en relation assez évidente avec les quantités de sel mis à la disposition de chaque plante ; tandis qu'au contraire, ces poids n'ont le plus souvent aucun rapport avec le degré de salure. Cela tend à démontrer que le résultat de la compa-

Tableau B. — CHANVRE

NATURE DES SELS	Numéros des carrés	Nombre des plantes	Quantité de sel par plante	POIDS SEC		
				total par récolte	par pied	moyen par culture
			Gr.	Gr.	Gr.	Gr.
Oxalate de potasse	2	15	0.444	112	7.467	12.524
	1	6	0.555	42	7	
	4	11	2.424	95	8.63	
	3	3	4.444	81	27	
				330		
Azotate d'ammoniaque . .	1	8	0.4165	32.3	4.037	3.896
	2	16	0.4165	56	3.5	
	3	23	1.159	70	3.043	
	4	27	1.975	135.1	5.005	
				293.4		
Azotate de potasse	1	85	0.039	197.5	2.32	2.995
	2	73	0.091	201.5	2.76	
	3	31	0.43	115.1	3.39	
	4	59	0.452	225	3.81	
				739.1		
Sulfate de magnésie . . .	3	30	0.444	39.5	1.647	2.774
	2	7	0.952	30	4.285	
	4	27	0.9935	72	2.666	
	1	2	1.666	5	2.5	
				146.5		
Phosphate de potasse. . .	2	53	0.125	93.1	1.758	2.513
	1	19	0.175	35	1.842	
	3	15	0.922	35	2.333	
	4	23	1.159	95	4.130	
				278.1		
Sulfate de chaux.	1	13	0.2945	26.8	2.06	2.484
	4	59	0.4515	116.5	1.976	
	3	15	0.888	51	3.4	
	2	6	1.111	15	2.5	
				209.3		

NATURE DES SELS	Numéros des carrés	Nombre des plantes	Quantité de sel par plante	POIDS NET		
				total par récolte	par pied	moyen par culture
			Gr.	Gr.	Gr.	Gr.
Phosphate de fer.	1	26	0.128	58.1	2.234	2.241
	2	37	0.180	70	1.890	
	3	34	0.392	88.5	2.60	
	4	0	»	»	»	
				216.6		
Chlorure de potassium . .	1	96	0.0345	251.5	2.62	2.211
	2	22	0.303	73.2	3.327	
	3	35	0.381	65	1.859	
	4	50	0.583	52	1.04	
				441.7		
Sans sels	1	73	»	158	2.169	2.099
	2	94	»	190.5	2.03	
Azotate de soude.	1	73	0.0455	156.7	2.147	1.499
	2	87	0.0765	161	1.85	
	3	71	0.1875	100.8	1.42	
	4	36	0.7405	21	0.583	
				439.5		
Chlorure de sodium . . .	1	28	0.119	39	1.393	1.277
	2	51	0.1355	70	1.373	
	3	76	0.1755	85	1.118	
	4	95	0.2855	116.5	1.226	
				310.5		

raison du poids sec à la quantité de sel que la plante a pu prendre doit se rapprocher assez exactement de la vérité.

La dessiccation a été plus difficile pour le Chanvre que pour le Sarrasin : il a été impossible d'obtenir un état de division aussi complet, car les fibres du Chanvre résistent au triturage. J'ai dû maintenir ces plantes à l'étuve pendant un séjour qui a duré de trois semaines à un mois.

Dans tous les cas, les résultats ont été seulement considérés comme acquis, lorsque les poids demeuraient invariables après un intervalle de 48 heures à l'étuve.

Les résultats obtenus sont résumés dans le tableau des pages 168 et 169 ;

Si, pour les raisons que j'ai exposées, on fait abstraction de l'oxalate de potasse, on voit, dans ce tableau, que la série des sels classés d'après le poids moyen de la substance sèche qu'ils ont donnée, est assez sensiblement la même que pour le Sarrasin.

Elle en diffère par le passage du phosphate de potasse au-dessus du sulfate de chaux et par celui du chlorure de potassium dans la catégorie des sels fertilisants. Il convient de remarquer que, chez le Chanvre, le premier de ces sels ne montre plus d'optimum, mais accuse au contraire un rendement proportionnel à sa dose ; c'est là la réelle différence que ce sel présente dans les deux cultures. Le chlorure de potassium paraît avantageux, quand le sol en renferme une très faible quantité ; il présente une dose optima au-dessus de laquelle il devient nuisible.

SELS DONT LE *DEGRÉ DE CONCENTRATION* A, SUR LE CHANVRE, UNE ACTION

INVARIABLE		VARIABLE					
Sur l'aspect	Sur le poids sec	Progressive				Avec optimum	
		Réelle		Apparente		Réel	Apparent
		nuisible	utile	nuisible	utile		
		Nacl. AzO^{3}Na	AzO^{3}K PO^{4}Fe^{2}O^3 AzO^{3}Az H^4	Nacl. AzO^{3}Na	AzO^{3}K PO^{4}K^{2}H AzO^{3}AzH^4 SO^{4}Ca	Kcl. SO^{4}Ca SO^{4}Mg	Kcl. SO^{4}Mg
PO^{4}Fe^{2}O^3	PO^{4}Fe^{2}O^3						

Oxalate de potasse indéterminable dans les conditions de l'expérience.

Les différences que nous venons de signaler pour ces deux sels entre leurs effets sur le Sarrasin et sur le Chanvre sont d'ailleurs peu accentuées.

En comparant les résultats fournis par l'examen des plantes sur pied à ceux du poids sec, on établirait de la même manière que pour le Sarrasin le tableau ci-contre :

Les faits consignés dans ce tableau peuvent s'exprimer ainsi :

L'azotate de potasse, le phosphate de potasse, l'azotate d'ammonia-que, augmentent à la fois les dimensions et le poids sec du Chanvre en raison directe de leur dose.

Le sulfate de magnésie et le chlorure de potassium produisent un effet maximum pour une dose qui est la même, que l'on considère les dimensions des plantes ou les poids secs obtenus.

Le sulfate de chaux augmente progressivement la teneur de la plante en eau ; mais le poids sec passe par un optimum.

Le chlorure de sodium et le nitrate de soude diminuent la teneur en eau et la substance sèche proportionnellement à leur poids.

En rapprochant les résultats généraux des observations recueillies à la première période du développement, on verrait, en outre, que *l'action des sels se traduit par des effets qui varient suivant l'époque de la végétation :*

Le sulfate de magnésie montre son action favorable assez tardivement. L'azotate d'ammoniaque est dans le même cas.

L'azotate de potasse montre surtout son efficacité dans les premiers temps de la végétation.

Le phosphate de fer n'a d'action appréciable que très tard ; encore cette action est-elle faible.

La position des optimums est très variable : Certains disparaissent dans le cours du développement (phosphate de potasse, azotate de soude) ; d'autres apparaissent (sulfate de chaux et de magnésie) ; d'autres, enfin, persistent (chlorure de potasse).

Enfin, en s'appuyant sur des conditions analogues à celles que j'ai exposées pour le Sarrasin, on aboutirait aux conclusions suivantes :

Les sels de potasse augmentent la teneur de la plante en eau.

La soude produit toujours des effets moins avantageux que la potasse.

La chaux et la magnésie ont des effets sensiblement égaux.

L'ordre d'utilité décroissante des acides est le suivant : 1° Acide azotique. 2° Acide phosphorique. 3° Acide chlorhydrique.

Comparaison entre les expériences de la première série (Lupin) et celles de la seconde (Sarrasin et Chanvre).

Les expériences faites sur le Chanvre et le Sarrasin d'une part, sur le Lupin d'autre part, fournissent les résultats concordants qui suivent :

1° Le sulfate de magnésie a exercé, chez toutes ces espèces, une influence très faible au début ; plus tard, il s'est montré très nécessaire.

2° Le phosphate de potasse a toujours favorisé le développement du Chanvre et du Sarrasin. L'étude du Lupin nous a conduit à la même conclusion, puisque nous avons vu que la suppression de ce corps dans la liqueur de Knop donne des plantes de taille très réduite.

Mais, en ce qui concerne l'azotate de potasse, nous constatons un désaccord frappant :

Tandis que ce sel a été très favorable au Chanvre et au Sarrasin, il s'est montré, au contraire, préjudiciable à la culture du Lupin. Nous avons vu, en effet, que le poids sec est relativement faible dans une culture arrosée avec de la solution de Knop privée d'azotate de potasse ; qu'il est au contraire relativement élevé lorsque les plantes sont arrosées avec une solution de Knop normale.

Ce désaccord ne peut pas être réel, car on devrait en conclure que les tissus du Lupin se constituent sans sel azoté.

D'où vient donc cette contradiction ?

On sait par les travaux de MM. Hellriegel et Wilfarth, Bréal, Pratzmowski, Beyerinck, Franck, Tacke et surtout ceux de MM. Schloesing fils et Em. Laurent que les tubercules radicaux des Légumineuses jouissent de la propriété de fixer l'azote atmosphérique. Bien plus, les micro-organismes de ces tubercules semblent être les éléments les plus importants de l'alimentation azotée du Lupin, puisqu'ils ont suffi aux besoins de la plante dans les sols pauvres en nitrates.

Or, nous avons constaté que les Lupins cultivés dans un milieu où nous n'avions pas ajouté de nitrate de potasse étaient ceux qui possédaient le plus grand nombre de tubercules.

Il est dès lors vraisemblable, qu'en ajoutant du nitrate de

potasse au sol, on entrave le développement des micro-organismes des racines du Lupin qui se trouve ainsi privé de sa principale source d'azote.

La contradiction signalée est donc seulement apparente et l'ensemble de nos expériences permettent de formuler des conclusions d'ensemble.

CONCLUSIONS DES EXPÉRIENCES DE LA DEUXIÈME PARTIE

Dans nos expériences, nous avons observé une augmentation de la teneur en eau, en présence des sels de potasse ; la substitution de la soude à la potasse a toujours produit une diminution de récolte ; la chaux et la magnésie se sont montrées sensiblement équivalentes. L'ordre des acides — réserves faites pour l'acide oxalique — a été le même. Les poids moyens de la substance sèche développée sous l'influence des mêmes sels ont subi des variations analogues (exception faite de la substance sèche du Lupin, en présence des nitrates, que nous avons expliquée plus haut). Les mêmes sels ont été fertilisants et leurs effets ont permis de les classer, à très peu de chose près. dans le même ordre. Les mêmes sels se sont montrés nuisibles.

Nous avons vu que, d'une façon générale, les premiers effets d'un sel sur le développement du végétal sont souvent en opposition avec le rendement final et que l'exubérance d'une récolte est souvent due, au moins en partie, à une accumulation d'eau. Or, l'effet produit, dès le début, par l'adjonction d'un engrais chimique et l'estimation sur pied de la récolte sont. dans la pratique agricole, les deux critériums habituels qui font apprécier la valeur d'un engrais. On voit, par suite, quelle grave erreur on est appelé à commettre.

Il y aurait intérêt à reprendre, pour les principales espèces exploitées, des expériences comparatives et à déterminer rigoureusement les variations du poids sec pour chaque sel.

L'analogie d'action des sels suivant leur degré de concentration s'est montrée moins nette ; mais l'imperfection même de la méthode ne nous permet pas d'attribuer les écarts observés à la différence des espèces.

Lorsque nous ajoutons un sel à une terre, nous ne pouvons pas apprécier les modifications que nous faisons subir à cette terre : une certaine quantité de ce sel peut être fixée par les éléments du sol, le reste restant à l'état libre ou disparaissant, entraîné par les eaux. Dès lors, on ne connaît pas avec précision le degré de concentration du sel ; et, si l'on veut établir le rapport des variations de la substance sèche avec les doses des sels, il est indispensable de recourir à l'emploi des cultures pures qui permettent d'évaluer le poids sec d'une récolte en fonction de la dose du sel employé.

Seules, les cultures en solutions aqueuses ont toute la rigueur et la précision désirables.

CONCLUSIONS GÉNÉRALES

A. — ÉNONCÉ DES RÉSULTATS PRINCIPAUX

I

Les principaux résultats qui ont été obtenus dans l'étude de l'action générale des sels (première partie, chapitre premier) peuvent être résumés ainsi :

Dans une solution minérale convenablement choisie, les plantes poussent vigoureusement et donnent des fleurs et des fruits. Dans l'eau distillée, les plantes restent chétives et ne fleurissent ordinairement pas, bien que la durée de leur vie soit généralement aussi longue, parfois même plus longue que dans la solution minérale.

Quand on compare la structure des plantes *en voie de croissance, mais de même âge,* on constate les faits suivants : En présence des sels, les éléments anatomiques sont très nombreux et ont de grandes dimensions. La cutinisation, la sclérification et la lignification sont très faibles. Dans l'eau distillée, les éléments anatomiques sont peu nombreux et ont de petites dimensions. La cutinisation, la sclérification et la lignification sont très accentuées.

On pourrait croire, d'après ce dernier résultat, que, dans l'eau distillée, la plante acquiert une plus grande différenciation que dans une solution qui lui fournit un abondant aliment. Nous verrons plus loin comment doit être interprété ce fait, en apparence paradoxal.

II

L'action spéciale à chaque sel, qu'elle ait été étudiée par la méthode des cultures en solutions aqueuses, ou qu'elle ait été fondée sur des expériences en pleine terre, peut être résumée de la façon suivante :

1° *Le sulfate de magnésie* retarde la croissance, au début de la végétation ; plus tard, il l'active et se montre indispensable aux besoins de la plante.

Dans certains cas (Ricin), l'action retardatrice porte principalement sur la racine terminale, qui reste atrophiée. Plus tard, naissent des racines adventives, en nombre d'autant plus grand que le milieu renferme plus de sel ; la plante croît dès lors en raison directe du développement de ces racines.

Dans d'autres cas (Chanvre), il n'y a pas de système adventif. Les vaisseaux primaires se développent mal en présence du sulfate ; mais ce sel active le développement du bois secondaire qui, dès lors, supplée à l'insuffisance des vaisseaux primaires et modifie l'allure générale de la végétation.

L'effet avantageux du sulfate de magnésie passe par un optimum.

2° Le *phosphate de potasse* est, en tout temps, indispensable à la végétation. Quand le milieu n'en contient pas, les racines sont parfois atrophiées et prennent une forme spéciale, caractéristique (Lupin, Blé, Avoine, Courge).

La dose la plus favorable à la végétation augmente seulement la quantité d'eau dans la plante (Sarrasin), mais quelquefois aussi la substance sèche (Chanvre); elle donne aux tissus une différenciation plus grande, surtout au niveau du péricycle.

Le phosphate de potasse produit ordinairement de très grandes modifications de structure. Ainsi, il active la sclérification du péricycle de l'axe hypocotylé du Ricin ; il lignifie le cylindre central de la racine du Blé ainsi que la base de la tige de cette plante et joue ainsi un rôle préventif contre la « verse » des céréales.

3° Le *silicate de potasse* donne aux feuilles une couleur vert foncé et un brillant particulier ; il ne prévient pas la « verse ». Il lignifie les cellules périphériques du sommet de la tige ; il modifie aussi la structure de la feuille, mais il n'a pas d'action appréciable sur les tissus des autres organes.

4° Les *nitrates* ont une action très différente suivant les espèces, suivant l'époque de la végétation et suivant les doses.

Actuellement, il nous est impossible de formuler une loi générale sur leur action et nous renvoyons, pour les détails, au chapitre deuxième de la première partie de ce travail (Voir : Lupin, Blé, Avoine, Aubergine, Ipomée, Tomate, Pin).

En sol naturel, l'*azotate d'ammoniaque* et l'*azotate de potasse* se sont montrés les sels les plus avantageux pour le Chanvre et pour le Sarrasin. L'*azotate de soude* a eu, au contraire, une action nuisible. Quelle que soit leur base, les nitrates ont toujours donné aux feuilles une teinte verte spéciale qu'il convient d'attribuer à l'influence de l'acide azotique.

5° La *potasse* favorise la croissance et augmente la quantité d'eau contenue dans la plante ; mais elle retarde la différenciation des éléments de soutien. Ce retard peut être considérable au point d'être cause de la « *verse* » chez les Graminées.

6° La *soude* favorise moins la croissance que la potasse ; mais elle hâte la lignification de la base de la tige et *prévient la verse*.

7° La *chaux* et la *magnésie* ont des effets utiles sensiblement égaux sur la végétation du Chanvre et du Sarrasin.

8° L'ordre d'utilité décroissante des acides, chez ces deux espèces, est le suivant : 1° *Acide azotique* ; 2° *acide phosphorique* ; 3° *acide chlorhydrique*.

Interprétation des Résultats

Nous avons vu précédemment que, chez des plantes *en voie de croissance et de même âge*, la cutinisation, la sclérification et la lignification sont plus accentuées dans l'eau distillée que dans une solution nutritive.

Or, ce fait ne semble-t-il pas étrange ? N'est-ce donc pas un caractère de supériorité pour un être que de présenter une plus grande différenciation, et l'effet d'une nourriture plus abondante ne devrait il pas être de provoquer un tel perfectionnement organique ? En un mot, ne devrions-nous pas nous attendre à trouver exactement l'inverse de ce que nous constatons ici ?

Cherchons à nous expliquer ce résultat, et, pour fixer les idées, comparons les figures 55 et 56 (Planche 9) relatives à l'Avoine.

La première représente la racine qui a vécu dans l'eau distillée. Elle nous montre un *vaisseau central unique* et un cercle de *six* faisceaux réduits à un seul vaisseau.

La seconde représente la racine de la solution minérale. Dans la région centrale il y a un *grand nombre de vaisseaux* ; puis, contre l'endoderme, un cercle de *douze* faisceaux.

Par conséquent, un des effets de la solution nutritive est de produire un système conducteur plus développé. De plus, l'aspect des deux coupes nous montre d'une façon bien claire que l'on a affaire, d'une part, dans l'eau distillée, à une plante qui ne forme plus de cellules nouvelles et dont la structure est complètement différenciée ; d'autre part, dans la solution minérale, à une plante qui multiplie encore ses éléments et ne les différenciera complètement que plus tard.

Pour nous expliquer comment ces deux états si différents existent au bout du même temps, comparons l'état actuel et définitif de la structure dans l'eau distillée à l'état plus jeune d'une coupe de racine développée dans le milieu salin, au moment où cette dernière coupe présente un aspect général semblable à celui de la structure actuelle dans l'eau distillée ; c'est-à-dire quand le premier vaisseau de chaque faisceau vient d'apparaître.

A partir de cet instant, l'Avoine, trouvant dans la solution de Knop amplement à se nourrir, les cellules sont restées plus long-temps jeunes et à parois minces ; elles ont proliféré abondamment. Leur protoplasma a utilisé les matériaux contenus dans la solution saline pour s'accroître et produire de nouveaux éléments.

Au contraire, faute d'aliments, dans l'eau distillée, le proto-plasma a été incapable de donner naissance à de nouvelles cellules ; et, par une sclérose hâtive, la plante a atteint de bonne heure sa structure histologique définitive.

C'est seulement après l'époque où on a comparé les figures que, dans la solution de Knop, la plante, ayant beaucoup multiplié ses éléments, achèvera, elle aussi, sa différenciation histologique, sa sclérose, qui devient alors, pour chaque cellule, aussi accentuée que dans l'eau distillée.

La sclérose hâtive que nous avons signalée, loin d'être un indice de supériorité organique, n'est donc, au contraire, que l'effet de conditions de nutrition défavorables.

En somme, dans l'eau distillée la racine achève plus rapidement la différenciation de ses éléments, dans une structure plus simple que celle de la plante vivant en milieu salin.

Ainsi, il est vrai que l'absence absolue des aliments a pour effet de sclérifier les tissus dès le jeune âge, tandis qu'au contraire la présence des sels retarde beaucoup la différenciation anatomique. Mais, il convient de faire observer maintenant qu'entre deux solutions nutritives de valeurs alimentaires inégales, on observe que la plus favorable au développement est souvent celle qui donne le plus tôt des différenciations. Ainsi, par exemple, le phosphate de potasse, qui active la croissance du Ricin, fait naître de bonne heure des fibres péricycliques dans l'axe hypocotylé de cette plante ; le sulfate de magnésie, à la dose la plus favorable à la croissance, hâte la différenciation des vaisseaux de la tige.

Or, remarquons que, dans ces cas, les tissus qui se différencient sont des tissus particuliers, destinés à jouer un rôle déterminé ; mais à côté de ces différenciations spéciales, l'assise génératrice conserve la propriété de se diviser, compliquant ainsi la structure.

Cela n'est en rien comparable à ce qui se passe dans l'eau distillée, où nous avons vu une sclérose hâtive arrêter toute prolifération cellulaire ultérieure.

On conçoit, dès lors, qu'entre trois individus de même espèce vivant respectivement dans un sol stérile, dans un sol de fertilité moyenne et dans un sol extrêmement fertile, on puisse observer des différences de structure considérables. Et, en effet, le premier, en sol stérile, aura une structure simple et une différenciation précoce ; le second, en sol de fertilité moyenne, aura une structure compliquée et une différenciation tardive ; le troisième aura une structure compliquée et cependant certains de ses tissus pourront se différencier rapidement.

Recherchons maintenant quels sont les tissus dont la structure est modifiée par l'action des sels : Nous voyons qu'en présence des substances minérales, il se produit des lacunes aérifères dans l'écorce de la racine (Fig. 43, Pl. 8), lacunes qui ne se forment pas lorsque la plante vit dans l'eau distillée (Fig. 88 Pl. 14) ; que, sous l'action de sels différents, le parenchyme médullaire peut être très développé ou faire défaut (Ricin, Fig. 59 et 60, Pl. 10); que la zone génératrice peut être le siège de cloisonnements très nombreux (Ricin, Fig. 62, Pl. 10) ou très rares (Ricin, Fig. 61, Pl. 10) ; que les cellules peuvent être petites (Fig. 71, Pl. 11), ou grandes (Fig. 70, Pl. 11) ; que l'appareil sécréteur est lui-même influencé par la nature des sels (Fig. 59 et fig. 60, Pl. 10).

Quoique déjà grandes, ces différences ne sont pas les plus importantes que l'on puisse constater quand on compare des *plantes de
même espèce, en voie de croissance et de même âge*. Dans ces conditions, on observe des particularités de structure qui, comme nous
l'avons dit plus haut, sont en quelque sorte provisoires, mais qui
n'en font pas moins différer considérablement la structure d'une
même espèce, au moment donné. Ces particularités ont surtout
trait à la cutinisation, à la sclérification et à la lignification.

Il n'est pas hors de propos de citer ici quelques exemples qui
suffiront à montrer combien il serait dangereux de classer les végétaux d'après les caractères anatomiques observés chez des plantes
en voie de croissance et soumis à des alimentations différentes.

1° *Cutinisation*. — En l'absence des sels, l'épiderme de la tige est
cutinisé (Blé, Seigle, Avoine). Il l'est aussi quand le milieu renferme
de la soude (Blé) ou du silicate de potasse (Blé, entre-nœuds supérieurs).

Dans la solution de Knop, les cellules de l'épiderme sont
minces.

2° *Sclérification*. — Dans l'eau distillée, les cellules du mésophylle sont très fortement sclérifiées (Maïs, Avoine et Blé); les
cellules du cylindre central de la racine d'Avoine, celles qui avoi-
sinent les faisceaux de la tige de Sarrasin, sont aussi très fortement
sclérifiées.

Dans la solution de Knop, la sclérification de ces éléments est
très faible, sinon nulle.

3° *Lignification*. — D'une façon générale, dans l'eau distillée,
les tissus se montrent rapidement très lignifiés chez tous les végétaux. Ils le sont, chez les Graminées, par la soude (Blé, Avoine),
par un excès de phosphate de potasse (Blé).

Dans la solution de Knop, ces plantes *versent* avant d'avoir présenté la moindre trace de lignification.

On voit donc que les sels agissent sur la structure des tissus les
plus divers et que, dès lors, l'anatomie de deux plantes de même
espèce, considérées à un moment donné, peut être très dissemblable.

Les recherches d'anatomie expérimentale effectuées depuis une
quinzaine d'années ont montré jusqu'à quel point les divers tissus
des plantes peuvent varier suivant les conditions du milieu. L'étude
de l'action des sels recule encore les limites des variations.

Ainsi, on savait que, chez une même espèce, la structure varie suivant les conditions climatériques auxquelles les plantes sont soumises. On peut ajouter maintenant qu'elle varie avec la composition chimique du sol. C'est donc dire que l'anatomie des végétaux de la flore naturelle peut être très différente chez une même espèce, même dans des contrées très rapprochées, puisque le sol dans lequel croissent ces végétaux peut être riche en chaux (roches calcaires), en silice (roches siliceuses), en magnésie (dolomie), en potasse (roches feldspathiques), etc... ou, au contraire, être presque complètement dépourvu de ces éléments.

En présence de ces faits, on se demande s'il y a des caractères anatomiques vraiment immuables, constants, quel que soit le milieu dans lequel le végétal s'est développé.

Jusqu'ici, nous pouvons dire qu'il en existe au moins un ayant ce privilège. Nous voulons parler de la disposition relative des faisceaux du bois et des faisceaux du liber, soit dans la racine, soit dans la tige, disposition qui s'est maintenue constante à côté des variations énormes constatées pour tous les tissus.

De nombreux travaux ont déjà été faits dans le but de préciser la structure anatomique des végétaux et de faire servir les connaissances acquises à fixer avec plus d'exactitude les affinités des plantes entre elles, en d'autres termes, d'appliquer l'anatomie à la classification. Certes, de fort intéressants résultats ont été déjà obtenus à cet égard ; mais les variations dues à l'influence de certains milieux sont si considérables, qu'il y a lieu de se demander si certaines différences anatomiques constatées ne sont pas dues parfois aux différences des milieux dans lesquels les plantes comparées ont vécu.

Ne risque-t-on pas, en effet, de donner une signification taxinomique à des faits d'ordre purement physiologique ?

Pour comparer les gaz entre eux au point de vue de leur densité, ne doit-on pas les prendre tous à 0° et à 760 ?

De même les recherches anatomiques devraient porter sur des plantes ayant vécu dans le même milieu, mêmes conditions de lumière, chaleur, etc. L'expérimentation est donc nécessaire si l'on veut obtenir toute l'exactitude dont l'anatomie a besoin pour les comparaisons et ses classifications.

Ces recherches ont été faites au Laboratoire de Biologie végétale de Fontainebleau et au Laboratoire de Botanique de la Sorbonne. Elles ont été entreprises sur les indications de M. Gaston Bonnier et sous sa direction. Je suis heureux de lui témoigner ici toute ma reconnaissance pour son bienveillant accueil et pour les excellents conseils qu'il n'a cessé de me donner.

J'adresse aussi mes bien vifs remerciements à M. Dufour, pour son précieux concours et l'aide obligeante qu'il m'a prêtée avec tant d'amabilité.

EXPLICATION DES PLANCHES

PLANCHE I

Fig. 1. — *Lupin* poussé dans la solution de Knop, sans sulfate de magnésie (30ᵉ jour).

Fig. 2. — *Lupin* poussé dans la solution de Knop, sans nitrate de potasse (30ᵉ jour).

Fig. 3. — *Lupin* poussé dans la solution de Knop, sans phosphate de potasse (30ᵉ jour).

PLANCHE II

Fig. 4. — *Lupin* poussé dans l'eau distillée (30ᵉ jour).

Fig. 5. — *Lupin* poussé dans une solution de phosphate de potasse (30ᵉ jour).

Fig. 6. — Racines de *Seigle* développées dans la solution de Knop, privée de nitrate de potasse (15ᵉ jour).

Fig. 7. — Racines de *Seigle* développées dans la solution de Knop, privée de nitrate de chaux (15ᵉ jour).

Fig. 8. — Racines de *Seigle* développées dans la solution de Knop (15ᵉ jour).

Fig. 9. — Racines de *Seigle* développées dans la solution de Knop, sans sulfate de magnésie (15ᵉ jour).

PLANCHE III

Fig. 10. — Tiers inférieur d'une racine de *Lupin* poussée dans la solution de Knop.

Fig. 11. — Racine de *Lupin* ayant vécu dans l'eau distillée (les figures 10 et 11 sont comparables).

Fig. 12. — Tiers moyen de la même racine (*r*, radicelle).

Fig. 13. — Même région de la racine dont le tiers inférieur est représenté (fig. 10).

PLANCHE IV

Fig. 14. — Racine de *Lupin* dans la solution de Knop. Tiers supérieur.

Fig. 15. — Même niveau dans l'eau distillée.

Fig. 16. — Tige de *Lupin* dans l'eau distillée.

Fig. 17. — Tige comparable du *Lupin* dans la solution de Knop.

Fig. 18. — Feuille de *Seigle* dans la solution de Knop (*as.l*, assise limite du faisceau).

Fig. 19. — Feuille de *Seigle* dans l'eau distillée ; mêmes lettres que précédemment (*a. p. r*, appareil modérateur de la transpiration ; *p*. poils).

Fig. 20. — Tige de *Seigle* (eau distillée).

Fig. 21. Tige de *Seigle* (solution de Knop).

Fig. 22. — Racine de *Seigle* (solution de Knop).

Fig. 23. — Racine de *Seigle* (eau distillée).

PLANCHE V

Fig. 24. — *Maïs*. Racine. Solution de Knop.

Fig. 25. — *Maïs*. Racine. Eau distillée.

Fig. 26. — *Maïs*. Feuille. Solution de Knop.

Fig. 27. — *Maïs*. Feuille. Eau distillée.

Fig. 28. — *Grand Soleil*. Deux faisceaux de la tige. Solution de Knop.

Fig. 29. — *Grand Soleil*. Tige. Région comparable à la figure 28. Eau distillée.

PLANCHE VI

Fig. 30. — *Pomme de Terre*. Tige. Solution de Knop.

Fig. 31. — *Pomme de Terre*. Tige. Eau distillée.

Fig. 32. — *Sarrasin*. Tige. Solution de Knop.

Fig. 33. — *Sarrasin*. Tige. Eau distillée.

Fig. 34 — *Chanvre*. Axe hypocotylé. Solution de Knop avec sulfate de magnésie 0.500/1000.

Fig. 35. — *Chanvre*. Axe hypocotylé. Solution de Knop sans sulfate de magnésie.

PLANCHE VII

Fig. 36. — *Lin*. Racine. Solution de Knop (15ᵉ jour).

Fig. 37. — *Lin*. Racine. Eau distillée (15ᵉ jour).

Fig. 38. — *Lin*. Axe hypocotylé. Solution de Knop.

Fig. 39. — *Lin*. Axe hypocotylé. Eau distillée.

Fig. 40. — *Pomme de terre*. Tige développée en milieu aquatique. Eau distillée.

Fig. 41. — *Seigle*. Racine. Solution de Knop. Sans nitrates.

Fig. 42. — *Seigle*. Racine. Solution de Knop sans phosphate de potasse.

PLANCHE VIII

Fig. 43. — *Blé*. Racine dans la solution de Knop (Région sup⁽ʳ⁾)

Fig. 44. — *Blé*. Même région dans la solution de Knop avec phosphate de potasse 0.500/1.000

Fig. 45. — *Blé*. Deuxième entre-nœud inférieur, dans l'eau distillée (40ª jour de végétation).

Fig 46. — *Blé*. Même région dans la solution de Knop (40ᵉ jour).

Fig. 47. — *Blé*. Deuxième entre-nœud inférieur dans une solution sodée (60ª jour).

Fig. 48. — *Blé*. Même région dans la liqueur de Knop à la potasse (60ª jour).

Fig. 49. — *Blé*. Même région avec phosphate de potasse 0.500/1.000 (60ª jour).

Fig. 50. — *Blé*. 3ᵐᵉ entre-nœud supérieur avec phosphate de potasse 0.500/1.000.

Fig. 51. — *Blé*. Même région avec phosphate de potasse 0.500/1.000 et silicate de potasse 2/1.000.

PLANCHE IX

Fig. 52. — *Avoine*. Deuxième entre-nœud inférieur dans l'eau distillée.

Fig. 53. — *Avoine*. Deuxième entre-nœud inférieur dans la solution de Knop à la potasse.

Fig. 54. — *Avoine*. Même région dans une solution de Knop sodée.

Fig. 55. — *Avoine*. Racine. Eau distillée.

Fig. 56. — *Avoine*. Racine. Solution de Knop.

PLANCHE X

Fig. 57. — *Ricin*. Racine. Solution de Knop. Extrémité inférieure.

Fig. 58. — *Ricin*. Même région dans la solution de Knop privée de phosphate de potasse.

Fig 59. — *Ricin*. Racine. Solution de Knop. Région moyenne.

Fig. 60. — *Ricin*. Même région, dans une solution de Knop privée de phosphate de potasse.

Fig. 61. — *Ricin*. Axe hypocotylé. Solution de Knop sans phosphate de potasse.

Fig. 62. — *Ricin*. Même région, dans la solution de Knop.

Fig. 63. — *Ricin*. Tige. Solution de Knop.

Fig. 64. — *Ricin*. Tige. Solution de Knop privée de phosphate de potasse.

PLANCHE XI

Fig. 66. — *Tomate*. Racine. Solution sodée.

Fig. 67. — *Tomate*. Même région. Solution potassique.

Fig. 68. — *Tomate*. Axe hypocotylé. Solution potassique.

Fig. 69. — *Tomate*. Même région. Solution sodée.

Fig 70. — *Tomate*. Tige. Solution sodée.

Fig. 71. — *Tomate*. Même région. Solution potassique.

PLANCHE XII

Fig. 72. — *Chanvre*. Feuille de la 2ᵉ paire comptée à partir du sommet, solution de Knop avec sulfate de magnésie 10/1.000.

Fig. 73. — *Chanvre*. Feuille comparable. Solution de Knop avec sulfate de magnésie 1/1.000.

Fig. 74. — *Chanvre*. Feuille comparable. Solution de Knop avec sulfate de magnésie 0,5/1.000.

Fig. 75. — *Chanvre*. Feuille comparable. Solution normale de Knop. Sulfate de magnésie 0,2/1.000.

Fig. 76. — *Chanvre*. Feuille comparable. Solution de Knop, sans sulfate de magnésie.

Fig. 77. — *Ricin*. Feuille. Solution de Knop.

Fig. 78. — *Ricin*. Feuille. Solution de Knop sans sulfate de magnésie.

Fig 79. — *Ricin*. Feuille. Solution de Knop sans phosphate de potasse.

Fig. 80. — *Ipomœa Volubilis*. Solution de Knop sans azotates.

Fig. 81. — *Ipomœa Volubilis*. Solution de Knop privée de nitrates au début du développement. Ces sels n'ont été ajoutés que tard, au milieu de culture.

Fig. 82. — *Ipomœa Volubilis*. Avec nitrate à la dose 1 gr. 250/1.000.

PLANCHE XIII

Fig. 83. — *Chanvre*. Racine, région moyenne. Solution de Knop sans sulfate de magnésie.

Fig. 84. — *Chanvre*. Racine, région moyenne. Solution de Knop avec sulfate de magnésie 0.5/1.000.

Fig. 85. — *Chanvre*. Racine, extrémité supérieure. Solution de Knop sans sulfate de magnésie.

Fig. 86. — *Chanvre*. Tige. Solution de Knop sans sulfate de magnésie.

Fig. 87. — *Chanvre*. Tige. Solution de Knop avec sulfate de magnésie 0.5/1.000.

PLANCHE XIV

Fig 88. — *Blé*. Racine. Eau distillée.

Fig. 89. — *Fève*. Tige. Solution de Knop.

Fig. 90. — *Fève*. Tige. Eau distillée.

Fig. 91. — *Blé*. Feuille. Eau distillée.

Fig. 92. — *Blé*. Feuille. Solution de Knop **sodée.**

Fig. 93. — *Avoine*. Feuille. Eau distillée.

Fig. 94. — *Avoine*. Feuille. Solution de **Knop.**

LETTRES COMMUNES

Ep.s, épiderme supérieur ; — *Ep.i*, épiderme inférieur ; — *Wmx*, métaxylème ; — *v. p*, bois primaire ; — *v. s*, bois secondaire ; — *l*, liber primaire ; — *ll*, liber secondaire ; — *p. c*, péricycle ; — *end*, endoderme ; — *scl*, sclérenchyme ; — *a. p*, assise pilifère ; — *a.g*, assise génératrice libéro-ligneuse secondaire ; — *m*, moelle ; — *lib*, tissu libériforme (chez les Graminées) ; — *bull*, cellules bulliformes (feuille des Graminées) ; — *ass. l*, (assise limite).

TABLE DES MATIÈRES

Ch. Dassonville del.

Imp. Le Bigot.

Bordier sc.

Lupin.

[1 (sans sulfate de magnésie) ; 2 (sans nitrate de potasse) ; 3 (sans phosphate)].

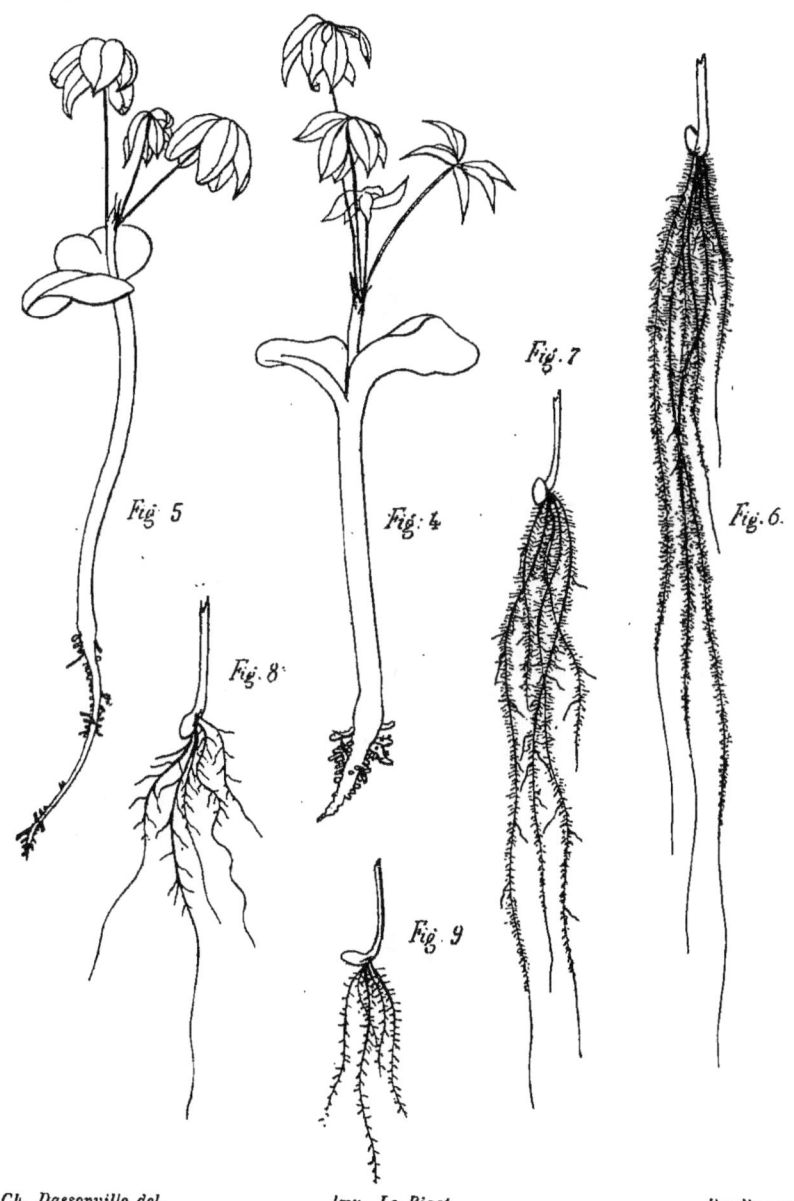

Lupin [4 (*eau*); 5 (*phosphate de potasse*)]. — *Seigle* [6 (*sans nitrate de potasse*);
7 (*sans nitrate de chaux*); 8 (*Knop*); 9 (*sans sulfate de magnésie*)].

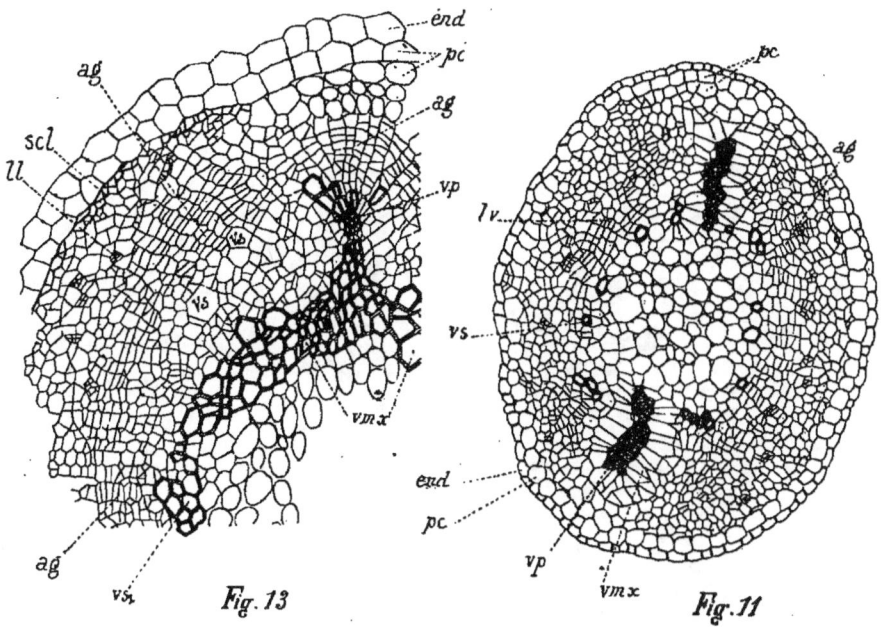

Fig. 13

Fig. 11

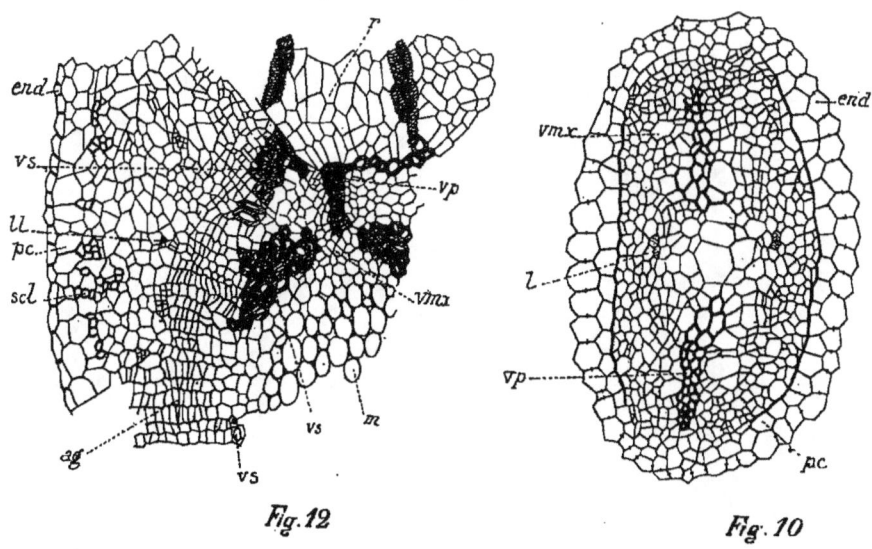

Fig. 12

Fig. 10

Ch. Dassonville del.   Imp. Le Bigot.   Bordier sc.

Lupin.

[11, 12 (eau) ; 10, 13 (Knop)].

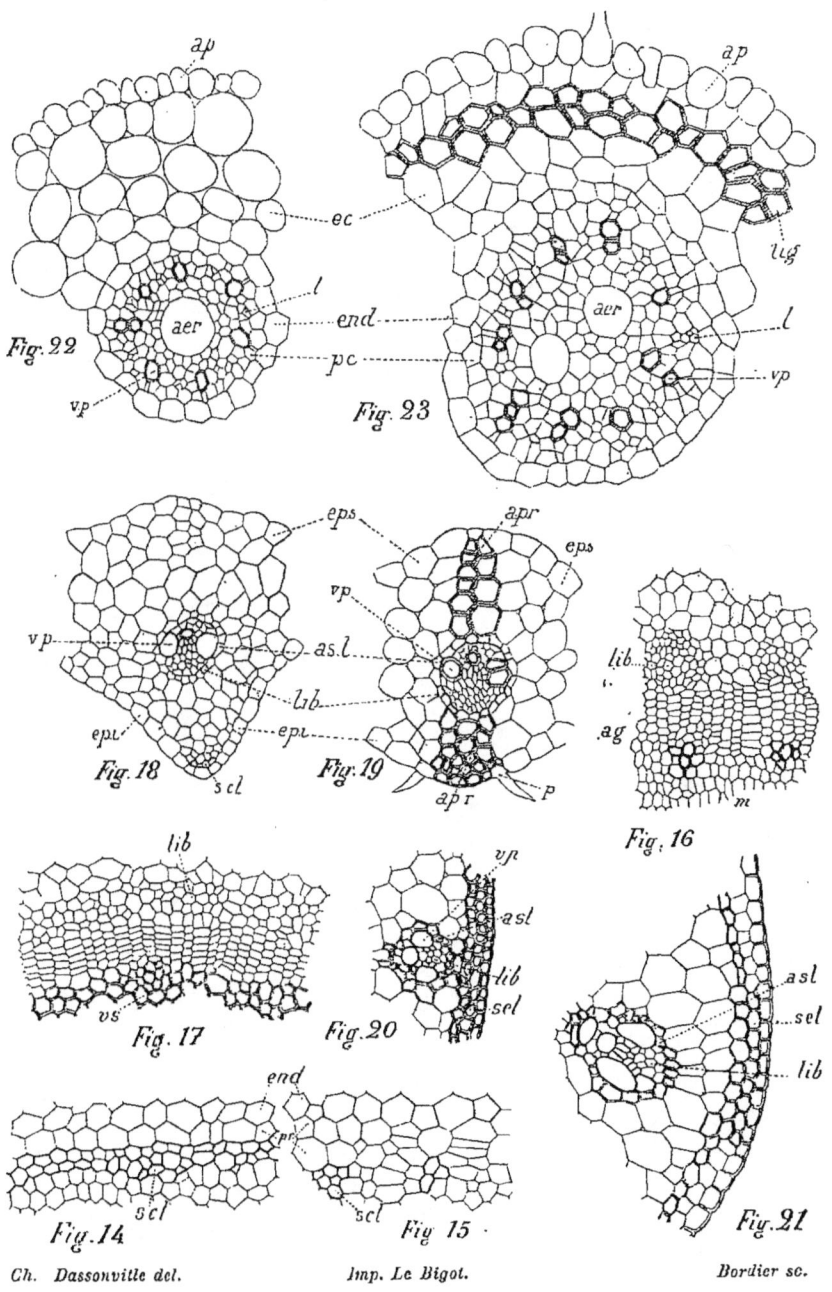

Fig. 22

Fig. 23

Fig. 18

Fig. 19

Fig. 16

Fig. 17

Fig. 20

Fig. 21

Fig. 14

Fig. 15

Ch. Dassonville del.   Imp. Le Bigot.   Bordier sc.

Lupin [14, 17 (Knop); 15, 16 (eau)]. — Seigle [18, 21, 22 (Knop); 19, 20, 23 (eau)].

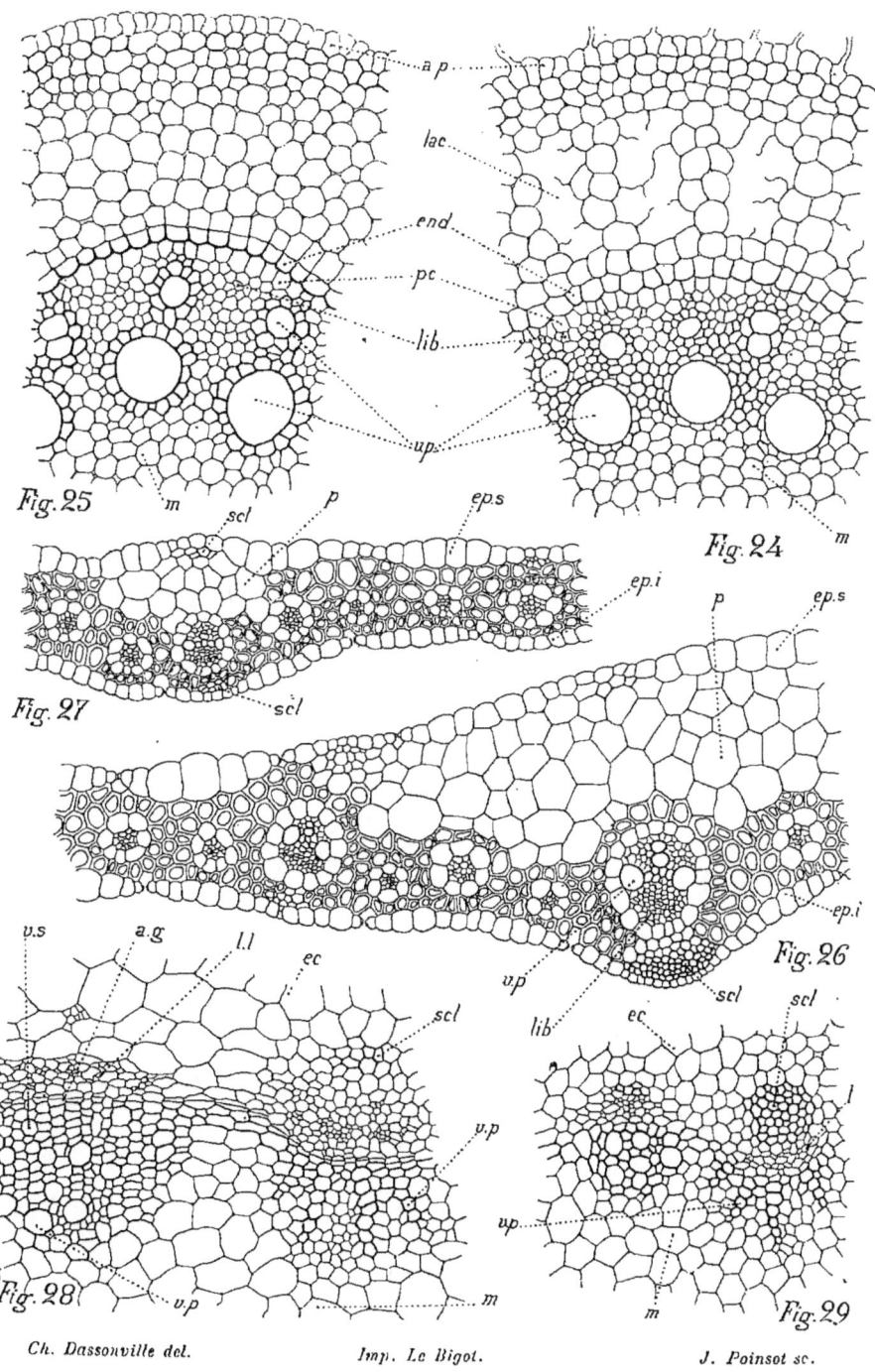

Fig.25

Fig.24

Fig.27

Fig.26

Fig.28

Fig.29

Ch. Dassonville del. *Imp. Le Bigot.* *J. Poinsot sc.*

Maïs [24 et 26 (Knop); 25 et 27 (eau)]. — *Grand Soleil* [28 (Knop); 29 (eau)]

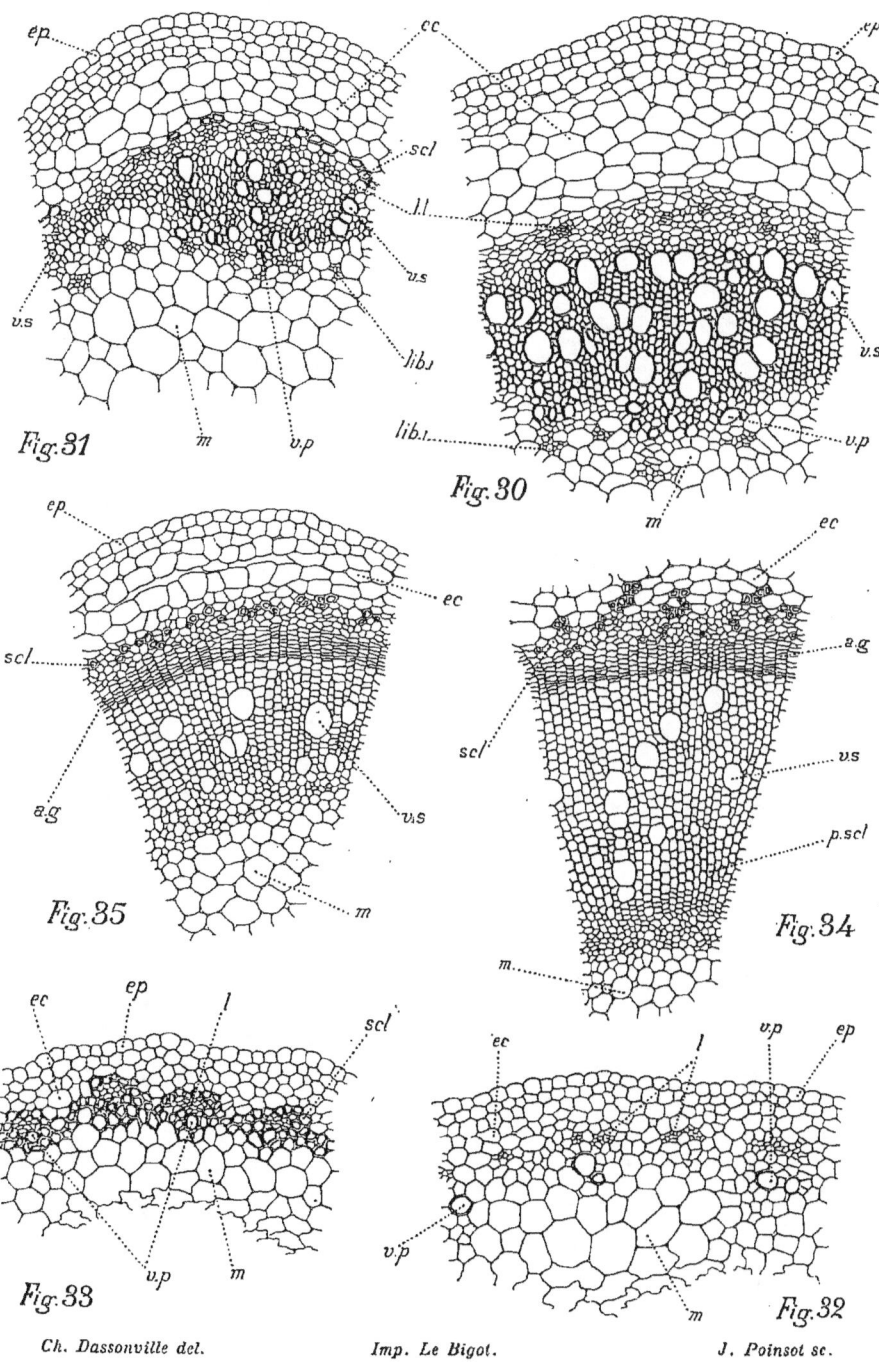

Ch. Dassonville del.   Imp. Le Bigot.   J. Poinsot sc.

Pomme de terre [30 (Knop); 31 (eau)]. — *Sarrasin* [32 (Knop); 33 (eau)].
Chanvre [34 (avec sulfate); 35 (sans sulfate)].

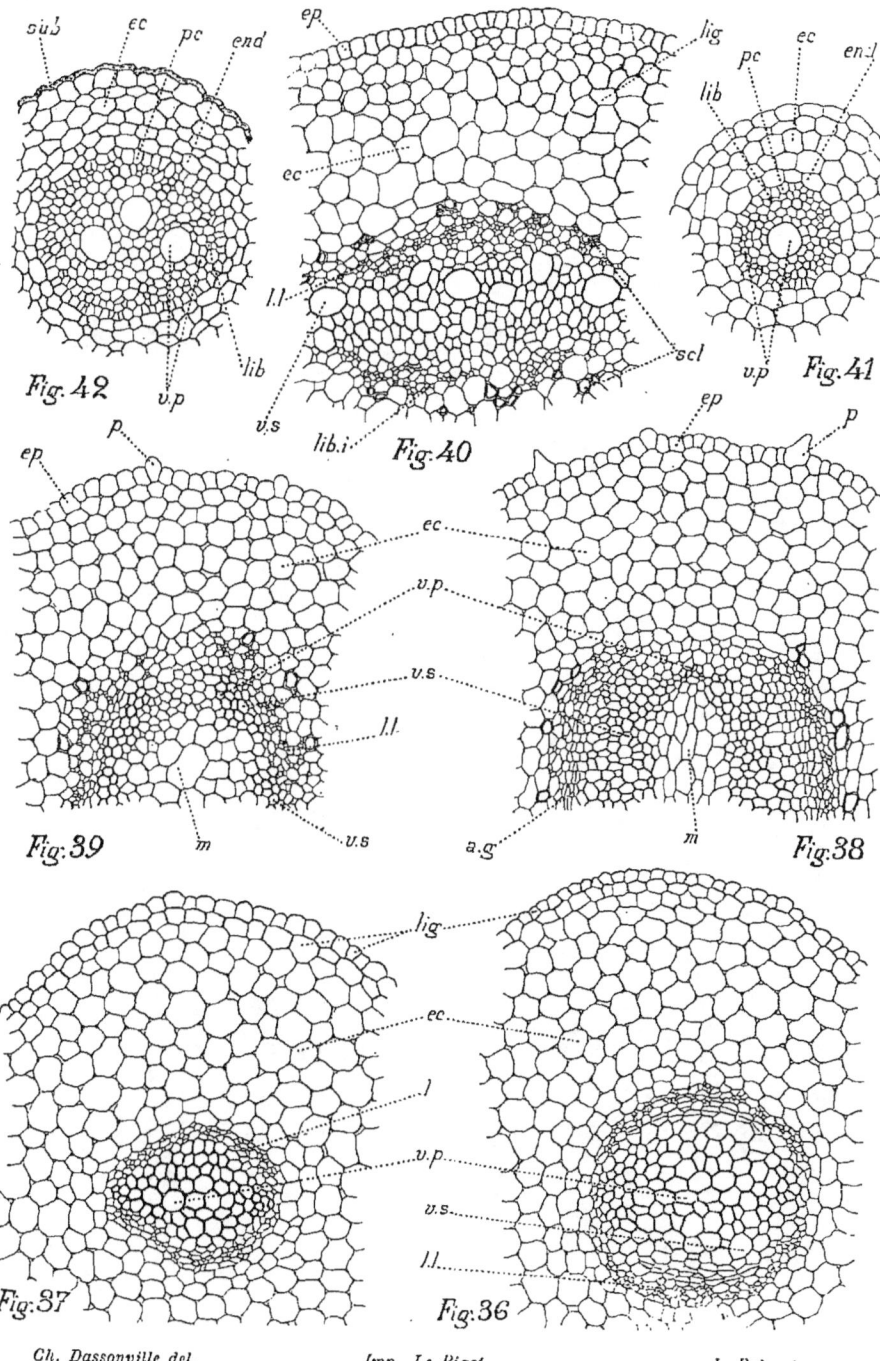

Lin [36 et 38 *(Knop)*; 37 et 39 *(eau)*]. — *Pomme de terre* [40 *(immergée dans l'eau)*.
Seigle [41 *(sans nitrates)*; 42 *(sans phosphate)*].

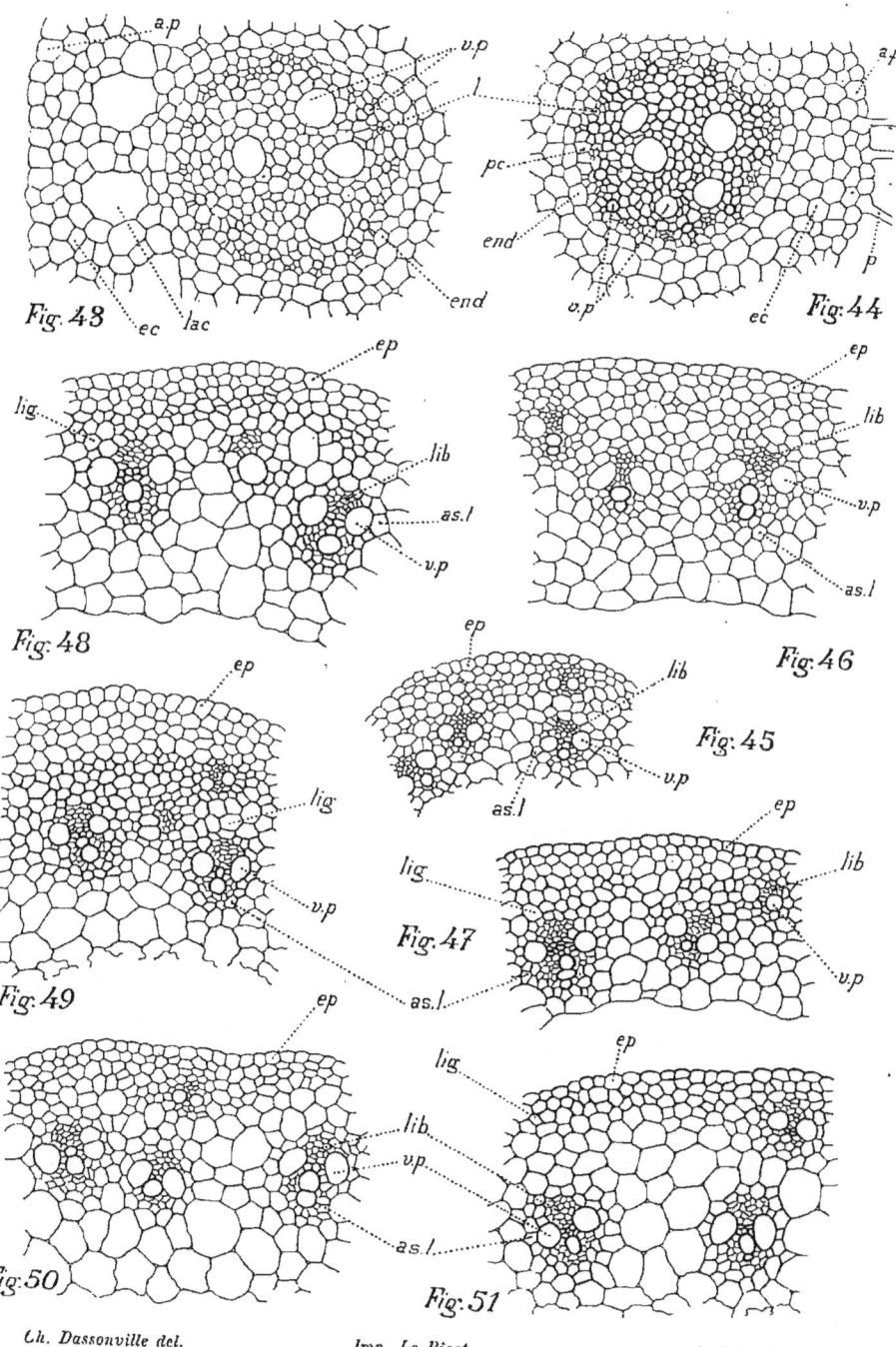

Ch. Dassonville del.　　　　Imp. Le Bigot.　　　　J. Poinsot sc.

Blé

[45 (*eau*) ;　43, 46 et 48 (*potasse*) ;　47 (*soude*) ;　44 et 49 (*phosphate*) ;
50 (*sans silice*) ; 51 (*avec silice*)].

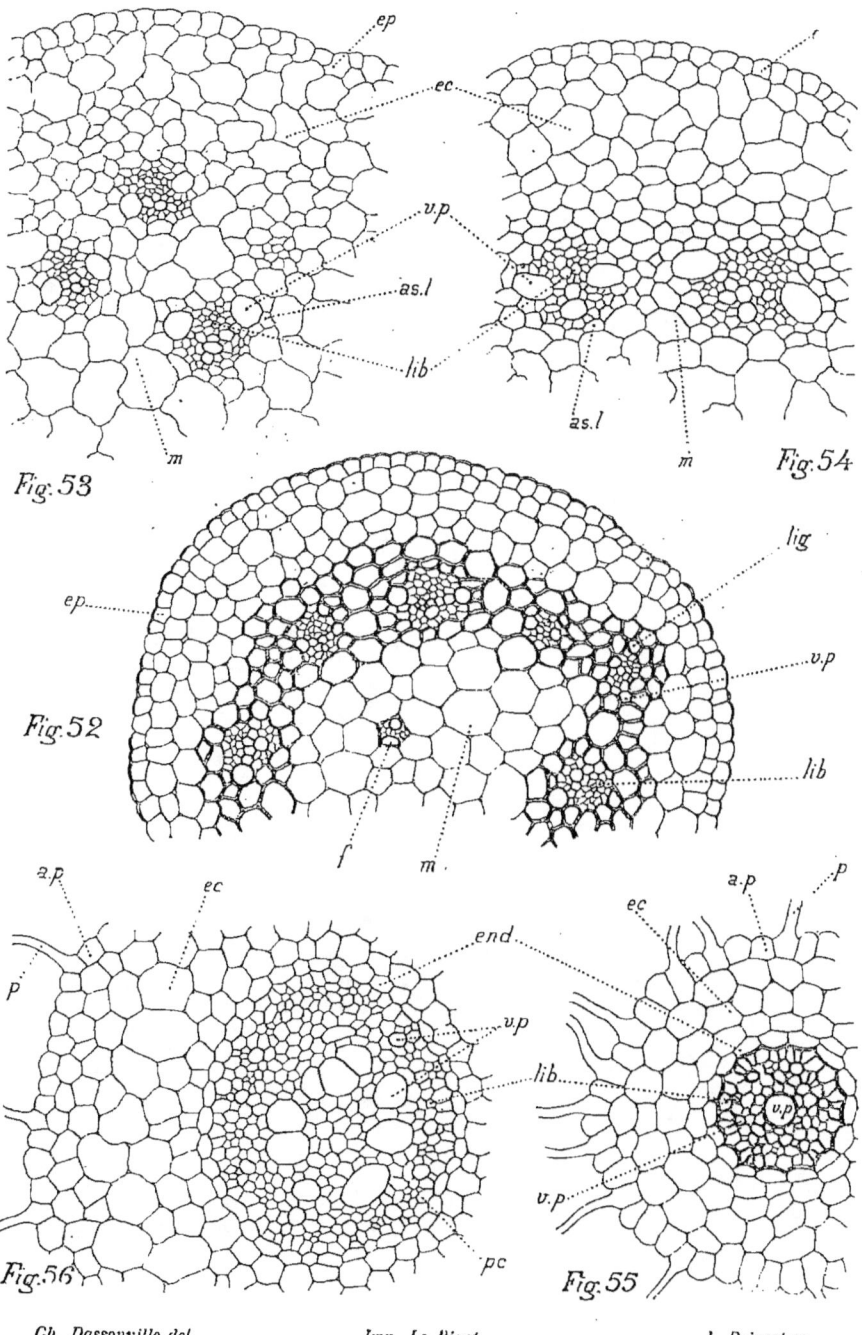

Fig. 53

Fig. 54

Fig. 52

Fig. 56

Fig. 55

Avoine

[52 et 55 (eau); 53 (potasse); 54 et 56 (soude)].

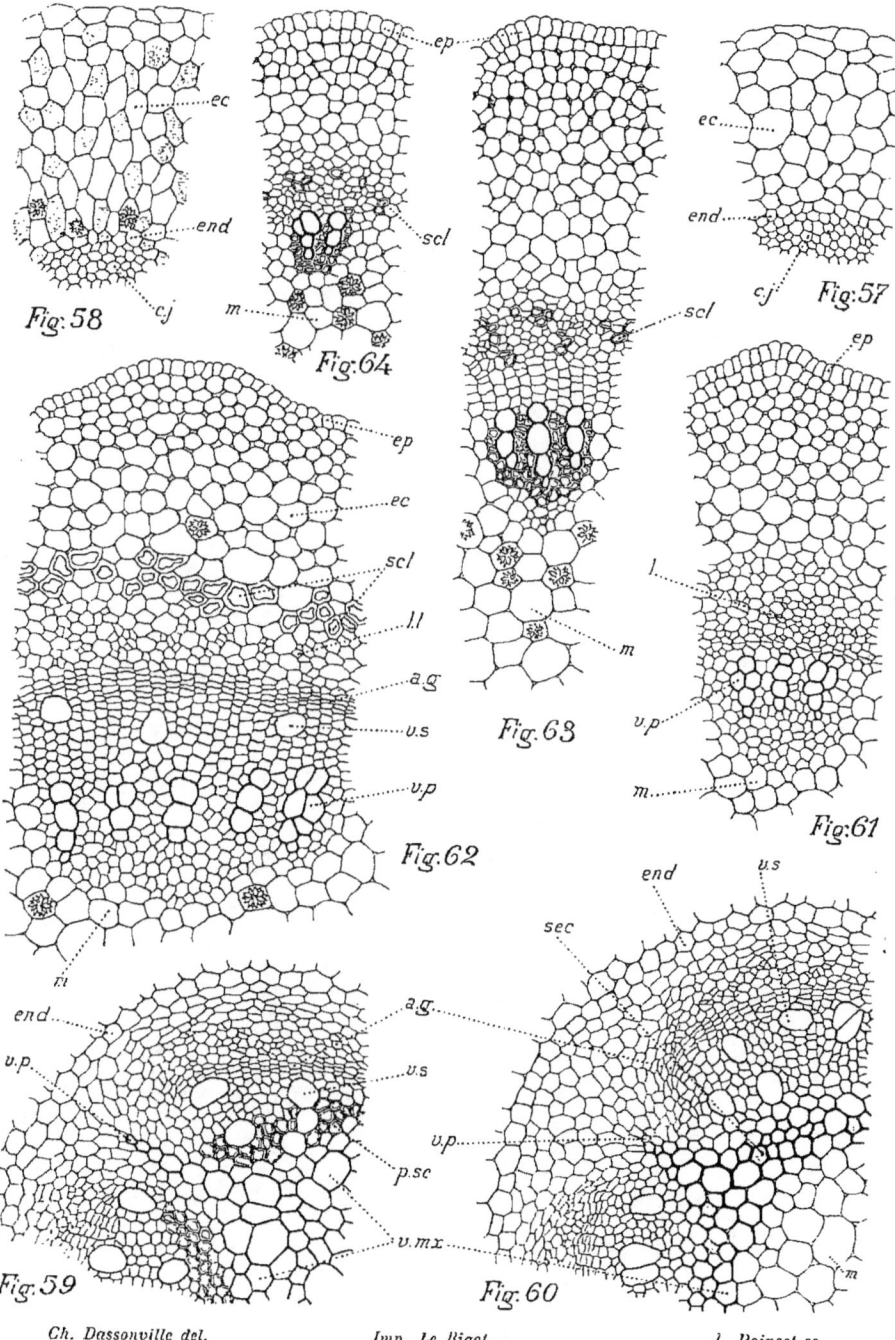

Ch. Dassonville del.   Imp. Le Bigot.   J. Poinsot sc.

Ricin

[58, 60, 61 et 64 (sans phosphate); 57, 59, 62 et 63 (avec phosphate)].

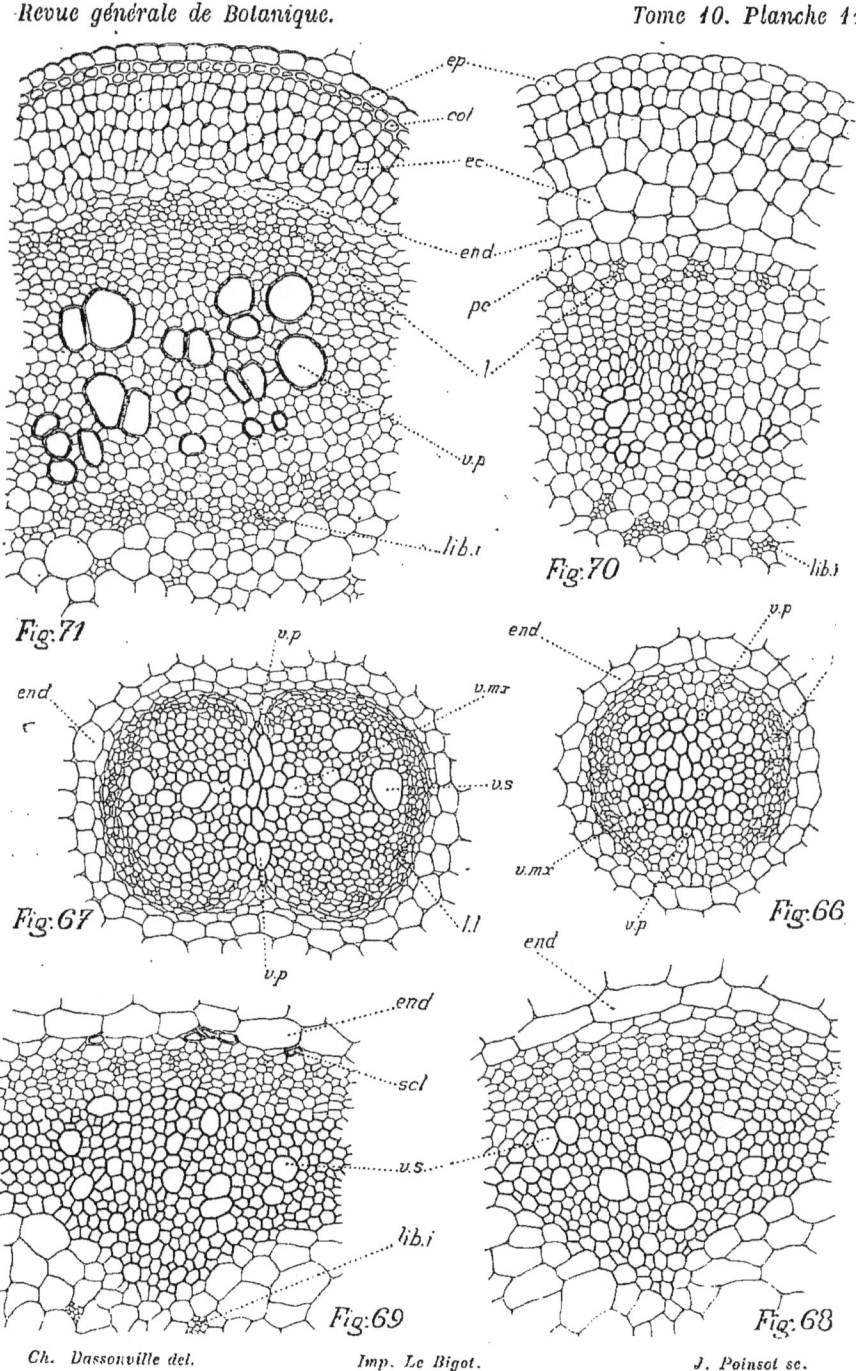

ep·
col
ec
end
pe
l
v.p
lib.i
Fig:70
lib.i
Fig:71
v.p
v.mx
end
v.s
end
c
v.mx
Fig:67
l.l
v.p
Fig:66
v.p
v.p
end
end
scl
v.s
lib.i
Fig:69
Fig:68

Ch. Dassonville del.   Imp. Le Bigot.   J. Poinsot sc.

Tomate

[66, 69 et 70 (soude), 67, 68 et 71 (potasse)].

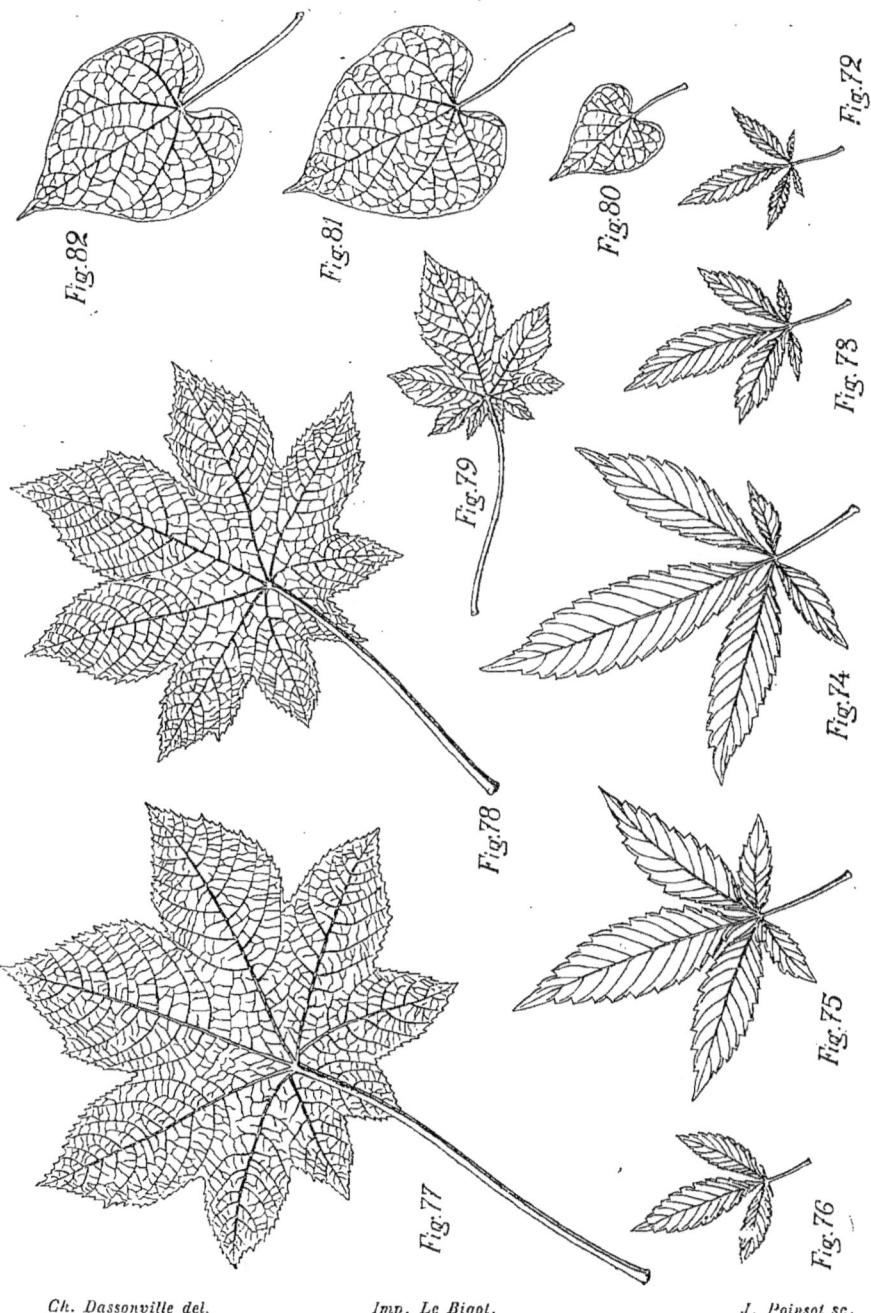

Ch. Dassonville del.   Imp. Le Bigot.   J. Poinsot sc.

Chanvre [72, 73, 74, 75, 76 (MgSO⁴ à $\frac{10}{1000}$, $\frac{1}{1000}$, $\frac{0.5}{1000}$, $\frac{0.25}{1000}$ et O)].

Ricin [77 (Knop); 78 (sans magnésie); 79 (sans phosphate)].

Ipomée [80 (sans azotates); 81 et 82 (avec azotates)].

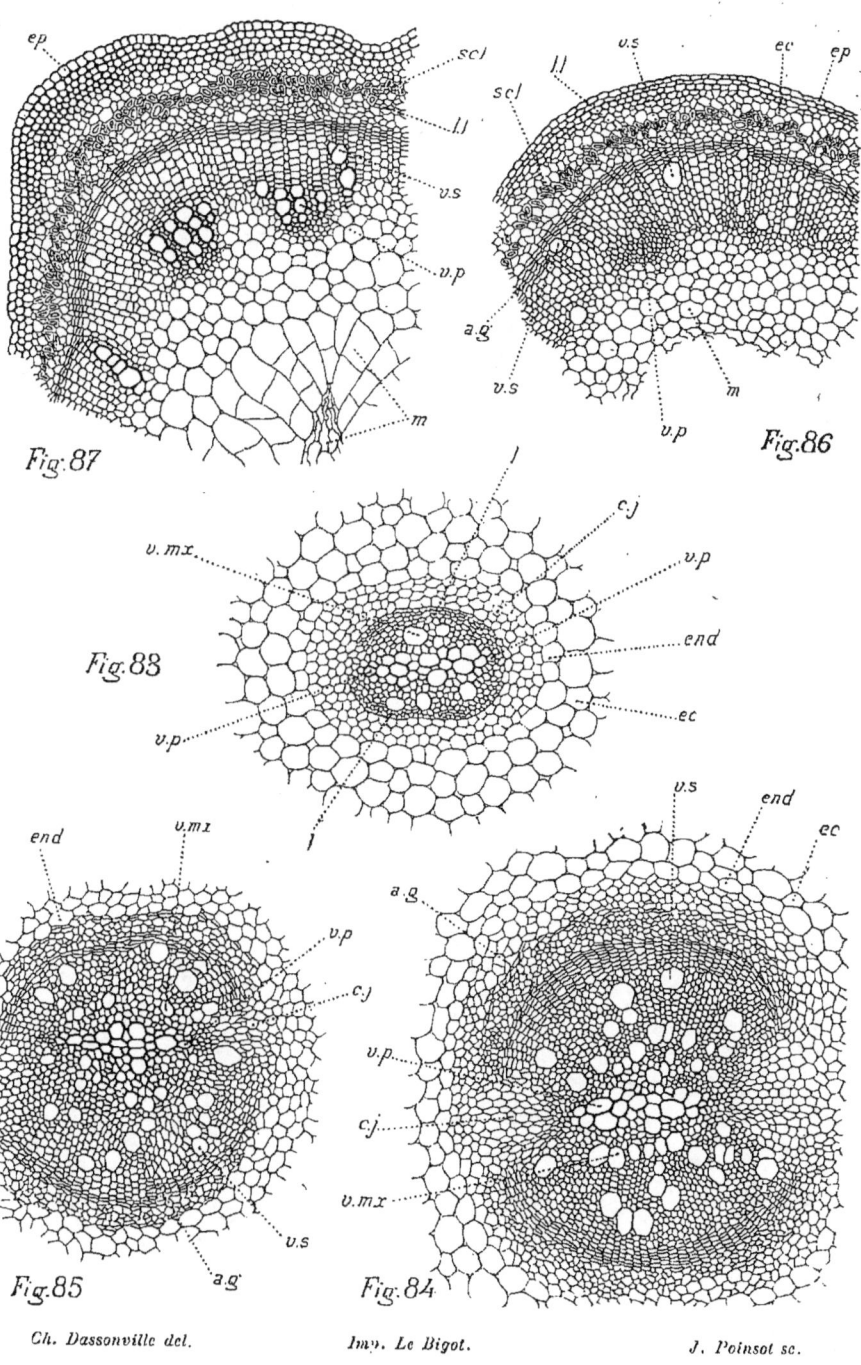

Fig. 87

Fig. 86

Fig. 83

Fig. 85

Fig. 84

Ch. Dassonville del.   *Imp. Le Bigot.*   *J. Poinsot sc.*

Chanvre

[83, 85 et 86 (sans sulfate de magnésie); 84, 87 (sans sulfate)].

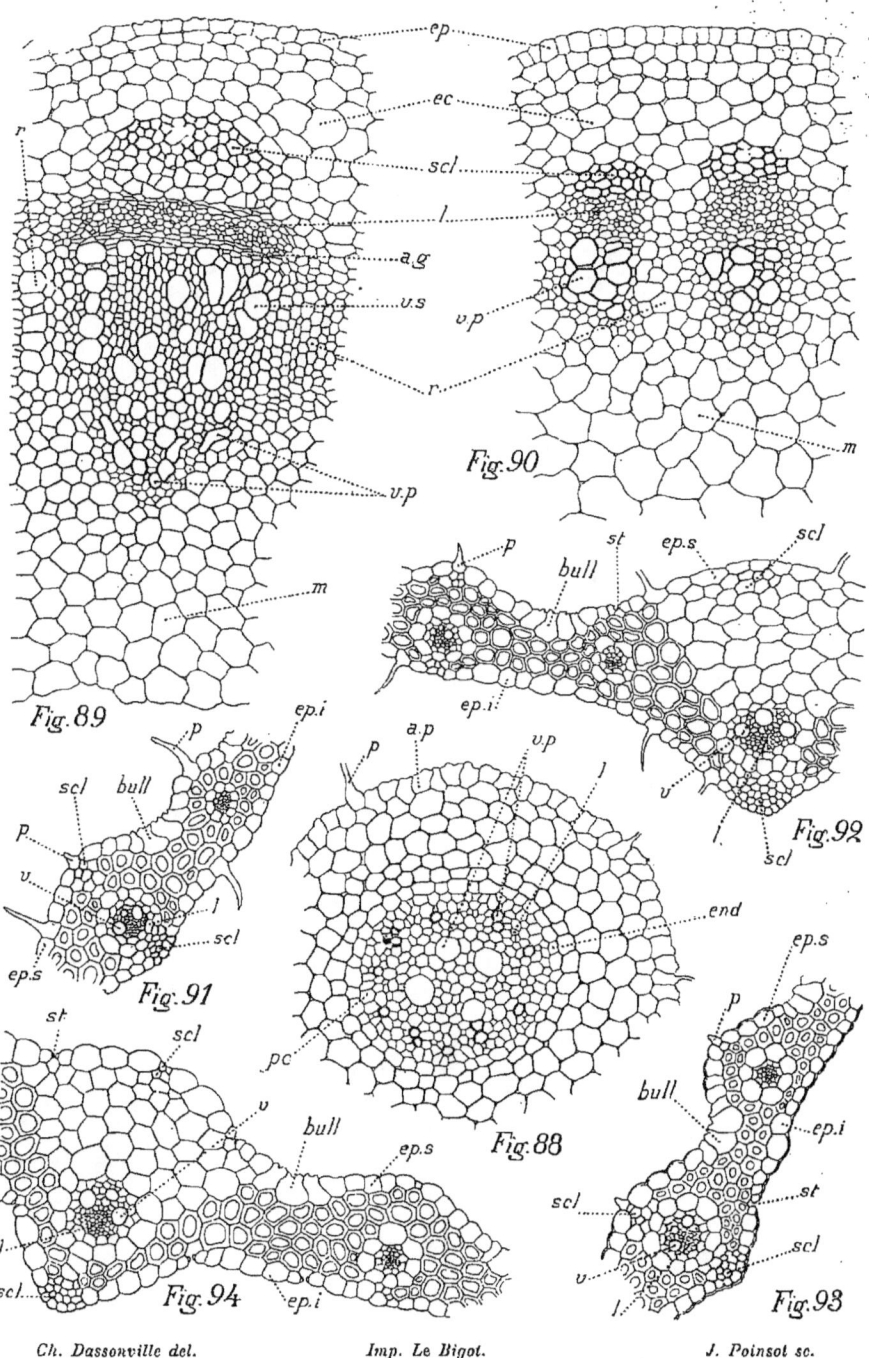

Fig. 90

Fig. 89

Fig. 92

Fig. 91

Fig. 88

Fig. 94

Fig. 93

Ch. Dassonville del.   Imp. Le Bigot.   J. Poinsot sc.

Fève [89 (Knop); 90 (eau)]. — Blé [92 (Knop); 88 et 91 (eau)].
Avoine [94 (Knop); 93 (eau)].

www.ingramcontent.com/pod-product-compliance
Lightning Source LLC
Chambersburg PA
CBHW050354030726
47503CB00006B/1850